KB121272

로크미디어가
유혹하는
재미있는 세상
ROK
MEDIA
로크미디어

우리 교황님 좀 말려 주세요

우리 교황님 좀 말려주세요 7

2023년 3월 8일 초판 1쇄 인쇄
2023년 3월 13일 초판 1쇄 발행

지은이 판미손
발행인 강준규

기획 이기헌 왕소현 박경무 강민구 조익현
책임편집 주현진
마케팅지원 이원선

발행처 (주)로크미디어
출판등록 2003년 3월 24일
주소 서울시 마포구 마포대로 45 일진빌딩 6층
Tel (02)3273-5135 **Fax** (02)3273-5134
홈페이지 rokmedia.com **E-mail** rokmedia@empas.com

값 9,000원

ISBN 979-11-408-0557-0 (7권)
ISBN 979-11-408-0095-7 04810 (세트)

우리 교황님 좀 말려주세요

판미손 퓨전 판타지 장편소설

7

Contents

개성

놀들과의 첫 번째 전투가 끝난 후.

나는 만족스럽게 고개를 끄덕였다.

"기대 이상이네."

경미한 부상자 셋을 제외하고서는 별다른 피해가 없었다. 1백 마리의 놀들을 완벽하게 제압한 것이다.

딱 한 가지, 외관상으로는 좋진 않았다.

근접에서 철퇴로 적들을 박살 내고 손으로 목을 꺾어 버려서 그런가, 1기 교육생들로부터는 비릿한 피 냄새가 물씬 풍겨 왔다.

그러나 그것도 그리 오래가지는 않았다.

"다들 정결의 축복으로 몸을 깔끔하게 하도록."

“예!”

1기 교육생들은 루나가 명령을 내리자마자 빠르게 정결의 축복을 사용하며 자신들의 몸에서 전투의 흔적을 지워 냈다.

그것으로 첫 전투는 끝.

고작 1백 마리 따위로는 우리의 1기 교육생들을 막을 수 없었다.

“상성도 좋네.”

전투 결과는 내가 생각했던 것보다 훨씬 좋았다.

중상자도 발생하지 않았으며, 전투 도중에 경상자들이 보여 준 정신력도 훌륭했다.

즉각적인 응급조치 후 다시 전투에 가담하는 모습들.

그 모습들이야말로 우리 교단이 추구하는 전투 철학이었다.

“정화자 놈들이 장난질을 쳐 둔 것 같기는 한데…… 너는 어떻게 생각하냐, 루나야.”

“확실히 놀치고는 마기가 짙긴 했어요. 우리 교육생들에게는 좋은 소식이긴 한데, 다른 길드나 정부 쪽에는 안 좋은 소식인 것 같은데요.”

“그렇지.”

대한민국에 등장하는 몬스터들에 비해서 훨씬 짙은 농도의 마기를 보유하고 있는 몬스터들.

방금 전에 놀들이 일방적으로 우리에게 휩쓸려 나간 이유는 간단했다.

녀석들은 우리가 예상했던 것보다 훨씬 마기에 의존하고 있었다.

신성력을 무기처럼 사용하는 우리 교단에게 있어서 이건 희소식이었지만, 다른 사람들의 입장에서 봤을 때는 굉장히 나쁜 소식이었다.

마기는 몬스터들의 힘을 대폭 강화시켜 준다.

놀 역시 마기를 근원으로 삼는 몬스터였지만, 이 정도까지 짙지는 않았다.

분명히 누군가 수작질을 부려 둔 것이고, 그 누군가가 정화자일 가능성이 높았다.

우리가 놀들의 군락지를 첫 번째 공략 대상으로 설정한 이유도 거기에 있었다.

백명교에서 넘겨준 정보에 따르면 놀들의 군락지 중심에 정화자들의 비밀 시설이 하나 숨겨져 있다고 한다.

바로 마석 광산.

어쩌면 그 마석으로부터 흘러나온 마기가 이 녀석들을 강화시켰을지도 모르는 일이다.

"정찰대랑 연락 끊겼으니까 조만간 놀들이 알아차릴 거야. 서두르는 게 좋을 것 같다."

"애들 아직 쌩쌩해요. 중심 쪽으로 바로 돌파하실 건가요?"

"그래야지. 길게 끌어서 좋을 게 뭐가 있어? 쉽게 가려면 단번에 끝내야 돼. 아, 그리고 김 실장님. 다른 쪽에다가 조심하라고 연락을…… 김 실장님?"

"예, 예? 아. 죄송합니다. 제가 잠시 다른 생각을……."

뭐가 굉장히 정신없어 보이는데.

김 실장은 아까 전에 우리 신입들의 전투를 보고 난 이후로 계속 저런 표정이었다.

충격이라도 받았나.

나랑 같이 다니면서 이런 쪽으로는 꽤 내성이 생겼을 거라 생각했는데 말이야.

김 실장은 나를 향해 정중하게 고개를 숙였다.

"죄송합니다. 쓸데없는 생각을 해 버리는 바람에."

"쓸데없는 생각이요?"

"리멘 교단의 1기 교육생들이 더 성장하면 어떤 그림일까 잠깐 상상을 해 봤습니다. 그것 때문에 저도 모르게 그만 소름이 돋아서…… 상부에 곧바로 전달하도록 하겠습니다."

"피해는 적을수록 좋으니까요. 다른 길드들에도 전달해 주세요."

"예."

김 실장은 고개를 끄덕인 다음, 주머니에서 통신 장비를 하나 꺼냈다.

잃어버린 땅에서 사용하기 위해 특수 제작된 통신 마법

장비.

무려 최상급 마정석이 사용된 통신 장비였는데, 저건 미국에서 제공해 준 장비였다.

굉장히 섬세한 기술이 들어가 있는 장비.

제작자가 미국의 이레귤러라는 것 말고는 알려진 게 없는 장비였으나 성능 하나만큼은 확실했다.

—선물이다. 한국의 성공을 기원하마.

잃어버린 땅에서는 스마트폰을 이용한 통신이 불가능했기에 저 돌멩이 같은 장비는 아주 효율적인 통신 수단이었다.

저런 걸 보면 미국이 쓸 만한 기술을 다수 가지고 있다는 걸 추측할 수 있었다.

문제는 그 '쓸 만한 기술'의 대부분이 어떤 이레귤러로부터 기원했다는 건데…….

일이 끝나면 한번 이야기 나눠 봐야지.

그쪽에서도 나한테 관심이 있다더라.

"흐음."

그런데 말이다, 아까부터 자꾸 거슬리는 게 하나 있다.

나는 미간을 찌푸리면서 뒤를 돌아보았다.

시야에는 아무것도 들어오지 않지만, 분명히 시선이 느껴졌다.

"성하도 느껴지시나 봐요?"

"내가 너무 긴장을 안 했었나. 언제부터였냐?"

"아까 우리 애들이 놀들을 싸그리 박살 내기 시작했을 때부터였을 거예요. 적의도 없고, 그렇다고 신경 쓰일 정도는 아니어서 잠시 미뤄 뒀는데…… 신경 많이 쓰이세요?"

"글쎄다."

루나의 말대로 그 시선에는 적의가 담겨 있지는 않았다.

오히려 우리를 조심스럽게 관찰하고 있는 듯한 느낌.

마기는 느껴지지 않았고, 거의 자연 상태에 가까운 마력이 은은하게 느껴지는 중이었다.

"어떻게 할까요. 우리한테 뭔가 용무가 있는 것 같은데요."

"슬쩍 데려와 봐라. 이야기나 한번 들어 보자고."

내 말에 루나는 빠르게 고개를 끄덕였다. 그리고 순식간에 몸을 움직였다.

잠시 후.

"이, 이거 놔요!"

"어허, 가만히 있어. 우리 몰래 훔쳐보고 있었잖아. 그거 스토킹이야. 스토킹은 범죄라고. 알겠어?"

"무슨 말인지 몰라요!"

루나가 손바닥만큼이나 작은 생명체 하나를 잡아 왔다.

칙칙하고 어두운 이 잃어버린 땅과는 전혀 어울리지 않는 생명체.

연녹색의 머리카락.

손바닥만 한 앙증맞은 몸집

거기에 네 장의 반투명한 날개까지.

루나의 손에서 벗어나기 위해서 날개를 파드득거리는 모습이 굉장히 귀여운 그 생명체의 정체는 바로

"……페어리네?"

자연을 사랑하는 종족.

페어리였다.

그리고 그 순간,

서브 퀘스트 〈페어리 구출〉이 시작됩니다.
[페어리 구출]
●종류: 서브 – DLC
●설명: 당신은 〈잃어버린 땅〉에서 새로운 이종족 〈페어리〉와 조우하게 되었습니다. 그들은 마기에도 오염되지 않으며, 항상 순수한 영혼을 유지하는 종족입니다. 그런 페어리들에게 불행한 일이 일어난 것으로 보입니다.
교황이시여. 선한 종족의 불행을 불쌍히 여기시어, 그들을 구원해 주소서.
●완료 조건: 〈페어리 구출〉
●보상: 신성 점수 1만 5천 점

눈앞에 퀘스트 창 하나가 떠올랐다.

나는 떨떠름한 표정으로 그 퀘스트 창과 페어리를 번갈아 보았다.

⁂

"그러니까 지금 너희 동족들이 2주 전에 이곳에 왔는데, 오자 마자 놀들한테 잡혀갔다는 거지?"

"네네! 바로 그거예요. 앗, 정말 감사합니다. 감사합니다! 웁웁."

"천천히 먹어."

자신을 '레아'라고 소개한 그 연녹색 머리의 페어리는 우리가 도시락으로 준비해 온 주먹밥을 열심히 먹는 중이었다.

사실 주먹밥을 먹는다고 하기에도 뭐한 게, 그냥 주먹밥에서 밥풀 몇 개 떼서 준 거다.

짭조름하게 간이 잘 되어 있던 주먹밥.

특별히 내 주먹밥은 시연이가 직접 싸 준 건데, 페어리는 그 주먹밥을 굉장히 맛있게 먹었다.

"이거 진짜 맛있어요. 이 음식을 만든 사람은 인간 최고의 요리사인 게 틀림없어요!"

칭찬은 고래도 춤추게 한다.

나를 칭찬해 줘도 기분이 좋았을 텐데, 시연이의 음식을 칭찬해 주니까 기분이 훨씬 더 좋았다.

내 칭찬보다는 시연이 칭찬이 더 기분 좋거든.

"마음껏 먹어."

사회생활을 할 줄 아는 페어리였다.

내 말에 페어리는 날개를 파다닥거리면서 고개를 끄덕였다.

"감사합니다! 나쁜 개대가리들을 처리해 주시는 걸 보고 착한 분들이라고 생각했어요!"

"그런 것치고는 계속 훔쳐보던데……."

"제가 낯을 좀 가려서요!"

"……뻔뻔한 편이구나. 확인."

낯을 가린다기에는 만난 지 10분 만에 밥까지 얻어먹고 있고.

눈치 하나는 기가 막힌 녀석이구만.

페어리의 갑작스러운 등장으로 인해서 작전은 잠시 중지된 상황.

나는 퀘스트 창을 한 번 더 확인한 다음, 페어리를 향해 넌지시 물었다.

"이곳이 다른 세계라는 건 알고 있어?"

"그건 알고 있어요. 친구들이랑 같이 낮잠을 자고 있다가, 갑자기 나타난 이상한 구멍에 빨려 들어갔거든요? 정신을 차려 보니까 이곳이었어요."

에덴의 페어리들과는 좀 다른 느낌이긴 했지만, 그래도 낮잠을 좋아하는 걸 보면 큰 차이는 없어 보였다.

언어의 축복이 아니었다면 말도 안 통할 뻔했다.

"어쩌다가 잡혀갔는지만 말해 줄래?"

“아니 글쎄, 저희도 갑자기 이 세계로 넘어와서 엄청 당황스러웠거든요. 그래서 다 같이 나무 한곳에 뭉쳐서 낮잠을 자고 있었어요. 원래 저희는 힘든 일이 있을 때마다 낮잠으로 이겨 낸단 말이에요. 아무튼 그렇게 낮잠을 자고 있는데 갑자기 개대가리 새끼들이…….”

수다스럽다는 종족 특성도 에덴의 페어리들과 똑같다.

레아는 양손을 흔들면서 말했다.

“큰 그물을 가져와서 동족들을 한 번에 잡아갔어요.”

“너는 어떻게 안 잡혀갔어?”

“저는 햇빛을 싫어하는 편이라서 좀 떨어져 있었거든요.”

간단하군.

이래서 인생이란 게 진짜 한 끗 차이다.

나는 레아의 목소리를 들으면서 슬쩍 김 실장을 쳐다보았다.

김 실장은 꽤 당황한 표정이었다.

잃어버린 땅에 이런 이종족이 있을 거라고는 상상도 못 한 듯 보였다.

“페어리라고 불리는 종족이에요. 귀엽죠?”

“……잃어버린 땅에 있는 이종족들은 모두 적대적인 줄로만 알았는데…….”

“저도 그렇게 생각했으니까 이해합니다.”

이렇게 되면 상황이 좀 복잡해진다.

잃어버린 땅에 있는 모든 것을 적으로 간주하기도 애매해지는 상황.

인간에 우호적인 이종족이 등장하는 경우에 대한 매뉴얼도 새롭게 만들어야 할지도 모른다.

하지만 그건 어디까지나 이 이후의 일.

지금 당장은 이 페어리에게 집중해 주도록 하자.

"동족은 몇이나 될까?"

"저를 포함해서 22명이요. 아직까지는 전부 살아 있어요. 희미하지만 느껴져요."

"그러면 우리를 몰래 지켜보고 있던 이유는……."

"친구들을 구해 줄 수도 있지 않을까…… 해서요. 지금까지는 놀을 제외한 다른 종족을 본 적도 없었거든요."

사람의 흔적이 싸그리 사라진 땅.

이 녀석은 오지도 않을 조력자들을 기다리고 있었던 거다.

만약에 우리가 오지 않았다면 그 페어리들은 꼼짝없이 죽을 운명이었을 거다.

그런데 여기서 드는 한 가지 의문점.

폭급하기로 유명한 놀들이 어째서 페어리들을 살려 뒀는가다.

다른 종족을 심심풀이로 죽이기도 하는 놀들이 아무런 이유 없이 페어리들을 살려 두진 않았을 테고.

뭔가 이유가 있지 않을까?

“제가 몰래 지켜봤는데, 그놈들은 제 친구들을 데리고 이상한 의식을 벌이려고 해요.”

“안내해 줄 수 있어?”

내가 그렇게 말하자마자 레아는 내 주위를 날아다니면서 기쁘게 고개를 끄덕였다.

“네! 네! 물론이죠. 아, 정말 다행이다…… 정말 다행이야. 이렇게 좋은 인간분들을 만나게 될 줄이야!”

방정맞은 날갯짓이었지만, 온몸으로 좋아하고 있다는 게 느껴졌다.

나는 흐뭇한 표정으로 레아를 지켜보았다. 그리고 은근슬쩍 이야기를 꺼냈다.

“그런데 혹시 너희, 구출해 주면 갈 곳은 있니?”

“음, 모르겠어요. 지금 이 땅에는 생명의 기운이 많이 없어서…….”

“아, 그래?”

페어리들은 생명의 기운을 복돋아 주는 존재들이다.

지극히 순수한 마력을 보유한 존재들이었기 때문에 신성력에도 큰 거부감이 없기도 하다.

게다가 나무나 꽃을 가꾸는 실력은 모든 종족 중 최상위.

녀석들의 존재만으로도 초목이 아름답게 자라날 정도였다.

거기에 하나같이 앙증맞고 귀여운 외모를 자랑하는, 그야말로 인형 같은 이종족들.

한마디로 옆에 두면 좋은 일밖에 없는 이종족들이란 뜻이다.

어차피 이미 우리 교단에는 드워프라는 이종족이 추가되어 있는 상황.

여기에 이종족 하나 추가된다고 해서 나쁠 것 없겠지.

나는 최대한 부드럽게 미소를 지었다. 그리고 레아를 향해 말했다.

“내가 진짜 생명이 넘치는 곳 알고 있거든? 거기 같이 갈래? 너희 마음에도 쏙 들 거야.”

“오, 진짜요?”

“그럼. 어때, 이야기 한번…… 아니다! 일단 친구들부터 구하고 다시 얘기하자.”

“앗! 좋아요! 빨리 구하러 가요! 구하고 다시 이야기해요!”

좋아, 걸려들었어.

만능 정원사들을 무료로 고용할 수 있는 기회인데, 이걸 놓칠 수는 없지.

후후.

계획에도 없었던 길잡이의 등장.

레아의 열성적인 안내 덕분에 우리는 예상보다 빠르게 놀들의 거점에 도착할 수 있었다.

평야 위에 세워진 조악한 요새.

대충 깎아서 박아 둔 목책들과 1층을 넘어가지 못하는 조악한 건축물들.

"저기예요, 저기. 보이시죠? 저곳에 제 친구들이 잡혀 있어요."

"잘 보여."

"순 나쁜 놈들이에요. 나쁜 개대가리 새끼들!"

나는 의외로 입이 걸걸한 레아의 욕을 들으면서 천천히 고개를 끄덕였다.

조악하게 세워진 요새기는 했지만, 그렇다고 해서 규모가 작은 건 아니었다.

2천 마리가 넘는 놈들이 목책에 붙어서 경계 태세를 취하고 있었다.

정찰대가 전멸한 걸 눈치챈 걸까?

우리 딴에는 확실하게 단절을 시켰는데, 녀석들에게 별도의 통신 체계가 있었던 모양이다.

요새를 중심으로 놈들이 아주 단단하게 결집되어 있는 상태였다.

"정면으로 뚫는 건 우리 애들한테는 아직 무리일 것 같은데요."

어느새 순백색의 판금 갑옷을 착용한 루나가 자신의 어깨를 철퇴로 두드리면서 말했다.

"무리긴 해. 그리고 아까 전에 상대했던 정찰대와는 수준부터가 달라."

딱 봐도 강력해 보이는 개체들이 곳곳에서 느껴졌다.

마기를 통해 변이한 특이 개체들도 좀 보이고 말이지.

그리고 한 가지 더, 요새 곳곳에 마석이 박혀 있었다.

그것은 저 요새 안에 마석 광산이 자리 잡고 있다는 증거기도 했다.

"개대가리들의 솜씨는 절대로 아니다. 저런 건 백병전으로 쉽게 못 뚫어."

요새 곳곳에 설치되어 있는 마석들.

그 마석들에서 흘러나온 마기가 조악한 목책 전체를 휘어감고 있었다.

얼핏 보면 신성 결계와 비슷한 방식이었다. 마기를 통해서 요새의 방호력을 극대화하는 형식.

만약 저 요새를 공략하는 게 우리가 아니라 다른 세력이었다면 상당한 피해를 각오해야 했을 것이다.

저 정도 수준의 결계라면 일정 수준 이하의 마법들은 싸그리 무효화되었을 터.

"진짜 장난질을 거하게 쳐 뒀네."

이쯤 되면 정화자 놈들이 저지른 짓이 확실하다.

놀의 지능 수준으로는 저런 결계를 만들어 낼 수 없다.

나는 그 요새를 훑어보면서 눈살을 찌푸렸다.

"어떻게든 힘을 소진시키려고 작정을 했네."

정화자 놈들의 속셈이 어떤 건지도 대충 예상이 갔다. 잃어버린 땅 부근의 이종족들을 지원함으로써, 대한민국 측 각성자 전력을 약화시키려는 모양이다.

잃어버린 땅에서 여러 가지 실험을 진행한 것도 분명해 보였다.

사실상 연고가 없던 땅.

자신들이 몸을 숨기고 있던 중국보다도 훨씬 활동하기 편한 땅이었을 거다.

"어떻게, 제가 간만에 몸 좀 풀까요?"

"내가 해결할게."

나는 건틀릿을 착용한 손을 가볍게 흔들면서 말했다.

그러자 루나가 나를 향해 윙크한다.

"역시 우리 성하, 정말 스윗하셔. 부하가 고생하는 꼴은 못 보시겠다는 거죠?"

"착각은 자유란다. 너는 애들 데리고 요새 진입할 준비나 해."

정면으로 진입하기 힘든 건 어디까지나 우리 신입들의 경우지, 나와 루나에게는 해당되지 않는다.

우리는 이것보다 더한 곳도 뚫었다.

마왕성에 들어갈 때도 정문을 박살 내면서 진입했었지.

그때와 비교한다면 이건 정말 새 발의 피였다.

나는 건틀릿에 신성력을 잔뜩 불어 넣었다. 그러자 건틀릿이 신성력에 반응하며 거칠게 울기 시작했다.

우우우우우우웅!

화르르륵.

루나는 성화가 피어오르기 시작한 내 건틀릿을 보면서 박수를 한 번 쳤다.

"성하, 좋은 이름이 떠올랐어요."

"……갑자기?"

"무한의 건틀릿. 어때요? 그리고 '나는 필연적인 존재다!'라고 외치는 거죠."

어쩐지 요새 M사 히어로 영화를 많이 본다 싶었다.

쉴 때마다 태블릿 PC로 히어로 영화들만 보더라.

"너 그러다가 그거 표절이나 불법 도용으로 잡혀 간다."

"에이, 이 정도는 오마주지."

"그 회사는 조심해야 돼. 내 말 명심해라."

나는 루나의 말을 가볍게 씹어 준 다음, 곧바로 요새를 향해서 손을 내질렀다.

그리고 잠시 후.

화르르르르르르륵!

건틀릿에 잔뜩 응축되어 있던 성화가 폭발하듯이 터져 나왔다. 그리고 거대한 불덩이로 변하더니, 곧장 요새를 향해 날아갔다.

특별한 스킬도, 기술도 담겨 있지 않은 순수한 성화.

그러나 옛날부터 이런 말이 있다.

심플 이즈 베스트.

화려하고 말고 따위는 사실 전혀 중요하지 않다. 화려하든, 단순하든, 본질은 딱 하나다.

콰아아아아아아아앙!

그것은 바로 압도적인 강함.

압도적인 강함 앞에서는 기교도 뭐고 없다. 그냥 강한 게 이기는 거고, 이기는 게 강한 거다.

건틀릿에서 튀어 나간 성화가 요새의 정면을 강타했고, 곧바로 거대한 폭발이 일어났다.

하늘을 향해 치솟는 새하얀 화염.

단 일격에 요새의 정면이 깔끔하게 전소되었다.

나는 고스란히 드러난 요새의 내부를 향해 다시 한번 주먹을 휘둘렀다.

콰아아앙!

콰아앙!

아우우우우우우우우!

건물이 무너지고, 놈들의 억장이 무너지고.

무너질 수 있는 건 다 무너뜨려 버리자 그 안에서 철저하게 경계 태세를 취하고 있던 놈들이 하울링을 시작했다. 그리고 무너진 요새의 정면에 빠르게 모여들었다.

죽음을 불사하더라도 막아 내겠다는 자세.

루나는 놈들의 방어진을 살피면서 다시 한번 나에게 물었다.

"지금 투입할까요? 저 요새 진짜 욕구 불만이라서 몸 근질거리든요? 쟤네가 저렇게 정정당당한 승부를 요구하는데, 들어주는 건 어떠세요."

"루나야."

"네, 성하."

"꼬우면 지들도 원거리 공격 하라고 해. 승부에 정정당당한 게 어디 있어? 이기면 이긴 거고, 지면 진 거지. 아, 그리고."

나는 다시 한번 건틀릿에 신성력을 모았다.

그리고 씨익 미소를 지으면서 말했다.

"네가 이 맛을 몰라서 그래. 너는 재미없겠지만 나는 너무 재밌거든?"

"……욕심쟁이."

"지켜보기나 해. 내가 리멘 교단의 교황으로서, 리멘의 신벌이 어떤 건지 딱 보여 줄 테니까."

잠시 후.

콰아아아아아앙!

콰아아아앙!

성스러운 불의 세례가 놈들을 향해 쏟아져 내리기 시작

했다.

그리고 내 어깨 위에 앉아 있던 레아가 방방 뛰면서 소리쳤다.

"우와아아아아! 교황님! 대단해! 진짜 대단해! 내가 본 인간 중에서 교황이 최고예요!"

거, 리액션 한번 맛있구만.

⁂

놀들의 요새에 성화 폭격이 시작된 지 10분 후.

"그런데 교황님."

"응?."

"원래 인간들은 이런 식으로 인질을 구출하나요?"

"음, 글쎄. 이것도 구출이라면 구출이지 않을까? 인질을 잡고 있는 놈들을 싸그리 죽여 버리면, 그게 바로 구출이지. 나는 그렇게 생각해."

"아하…… 그렇구나."

아까까지만 하더라도 신나서 방방 뛰던 레아는 살짝 겁을 먹은 듯한 표정으로 나를 힐긋거렸다.

"그러다가 인질까지 죽어 버리면……."

"그런 실수를 하는 게 아마추어고. 그런 실수를 안 하는 게 프로야. 나는 프로고."

“아하…… 정말 그렇구나.”

레아가 미리 페어리들의 위치를 말해 준 덕분에 딱 그 지역을 제외하고 완벽하게 불태워 버렸다.

목재로 만들어진 요새라서 그런가, 다크 엘프 때처럼 잘 타더라.

원거리에서 요새를 아예 쑥대밭으로 만든 다음에 진입하니까 정말 편했다.

끼이이이잉…….

우드드득.

무차별적인 폭격 속에서 살아남은 놀 몇 마리는 신입들이 돌아다니면서 가볍게 정리하고 있는 중.

뒤처리는 일부러 신입들에게 맡겼다.

어차피 내가 마무리를 지어 봤자 달라지는 건 딱히 없었다.

차라리 막타를 신입들에게 양보함으로써 그들의 성장을 돕는 게 훨씬 이득이었기 때문이다.

혹시 모를 위협에 대비하여 루나를 붙여 뒀으니 걱정할 필요는 없었다.

“여기예요, 여기.”

레아는 날개를 퍼덕이면서 나를 요새의 중심으로 이끌고 갔다.

그곳에는 지하와 연결된 것으로 보이는 작은 입구가 있

었는데, 그 입구의 정체에 대해서는 단번에 알아차릴 수 있었다.

"마석 광산의 입구네."

소용돌이치는 마기.

질이 높은 마석은 아니었으나 그래도 중급 수준의 마석이 매장되어 있는 광산.

역시, 예상대로 놈들은 이곳을 중심으로 요새를 건설한 모양이다.

나는 이곳에 도착하자마자 놈들이 개대가리라는 것을 다시 한번 실감할 수 있었다.

왜냐하면.

"레아야!"

"친구들아! 괜찮아? 응? 다친 곳 없어?"

페어리들을 가둬 둔 조악한 감옥이 입구에 떡 하니 자리잡고 있었기 때문이다.

인질들을 가둬 두기 좋은 마석 광산을 내버려 두고 굳이 입구에 가둬 둘 이유가 있었을까?

하여간에 개대가리들다운 선택이었다.

"저기, 교황님. 이 감옥 좀 부숴 주시면 안 될까요? 이상한 기운 때문에 애들이 힘을 못 쓰거든요."

레아가 공손한 목소리로 말했다.

레아의 말대로 페어리들을 가둬 둔 감옥은 마석 원석으로

도배되어 있었는데, 아마도 그건 페어리들의 마법 능력을 견제하기 위해서였던 모양이다.

페어리들이 귀엽고 앙증맞게 생겼지만, 녀석들의 마법 능력은 무시할 게 못 된다.

인질을 분산해서 수용할 생각은 못 하는 녀석들이 이런 것까지 고려했다는 게 신기하긴 하다.

"그래."

나는 가볍게 주먹을 휘둘러서 작은 감옥을 부숴 주었고.

"레아야아!"

"다시는 못 보는 줄 알았어."

"진짜, 진짜 다행이야."

곧바로 눈물의 상봉이 이루어졌다.

나를 이곳까지 데려온 레아가 눈물을 흘려 대면서 친구들을 껴안았다.

그리고 그것은 친구들 역시 마찬가지.

22명의 페어리들이 서로를 껴안으면서 눈물을 흘리는 장면이 눈앞에 펼쳐졌는데, 그 장면이 감동적이라기보다는…….

'……귀엽네.'

너무 귀여웠다.

마음만 같아서는 사진으로 이 귀한 장면을 담아 가고 싶을 정도였다.

뭐니 뭐니 해도 역시 귀여운 게 최고라니까?

그렇게 한 5분 정도 감격의 상봉을 이어 간 페어리들은 일제히 나를 향해 허리를 숙였다.

"구해 주셔서 감사합니다."

"정말 감사합니다!"

"이 은혜, 평생 잊지 않을게요."

손바닥만 한 귀여운 페어리들의 감사 인사.

나는 흐뭇하게 웃으면서 고개를 끄덕였다.

"다들 무사하셔서 다행이네요. 혹시 다치신 곳은 없으신가요?"

끄덕끄덕.

페어리들이 일제히 고개를 끄덕였다. 그리고 그들 중 한 명이 광산의 입구를 가리키면서 말했다.

"저기 안으로 놀들이 엄청 많이 들어갔어요. 대장 놈도 저기로 들어갔어요!"

"아하."

일종의 방공호로 사용했구나? 개대가리들 주제에 생존 본능 하나만큼은 확실하다.

나는 아주 쓸 만한 정보를 건네준 그 페어리를 향해서 엄지손가락을 들어 올려 주었다.

"알려 주셔서 감사합니다."

어쩐지 서브 퀘스트가 완료 안 되더라.

잔당이 남아 있다는 뜻이었군.

내가 고개를 끄덕거리자 레아가 나를 향해 밝은 목소리로 물었다.

"어, 그 엄지손가락을 들어 올리는 게 무슨 뜻인가요?"

"대한민국에서는 '최고'라는 뜻입니다."

"아하!"

잠시 후, 22명의 페어리들이 나를 향해 앙증맞은 엄지손가락을 들어 올렸다.

"최고!"

"사랑해요!"

"감사해요!"

여기 진짜 리액션 맛집이네.

나는 페어리들을 향해 다시 한번 미소를 지어 주었다. 그리고 천천히 광산 입구를 향해 다가갔다.

"자세한 이야기는 일단 일부터 끝내고 나누도록 하시죠. 여러분들과 나누고 싶은 이야기가 정말 많아요."

이 귀여운 이종족들을 반드시 성지로 데려가야겠다.

그러나 그 전에 확실하게 마무리 지어야 할 일이 있지.

나는 마석 광산의 입구 앞에서 걸음을 멈추었고, 곧바로 입구에다가 신성 결계를 생성했다.

그리고 다시 한번 건틀릿에 신성력을 불어 넣었다.

화르르르륵—!

성화로 달아오르기 시작한 건틀릿.

폭격을 피해서 마석 광산으로 도망친 것까지는 좋은 선택이었을지는 몰라도, 폭격이 끝났으면 바로 나왔어야지.

"한국식 불가마 맛 좀 봐라."

참고로 퇴장은 없다.

⚜

한국식 불가마의 맛은 정말 뜨거웠다.

"이게 한국의 명물…… 불고기?"

"……왜 이게 불고긴데."

"불이랑 고기. 그러면 불고기 아니에요? 아니면 말고."

루나의 반쯤 상한 드립대로, 광산에 숨어든 놀들은 탈출하지 못한 채로 사망했다.

모르긴 몰라도 아마 끔찍하게 고통스러웠을 것이다.

산 채로 익어 가는 기분이었을 테지.

아마 광산에 숨어서 기회를 엿보려고 했을 텐데, 내가 굳이 녀석들과 숨바꼭질을 해 줘야 할 이유는 없었다.

한반도에 왔으면 한반도의 매운맛을 봐야 하는 법이다.

다만, 이번 경우에는 매운맛을 견디다 못해 확 죽어 버렸을 뿐이다.

어찌 되었든 그렇게 해서 퀘스트는 완료되었고.

퀘스트를 완료하셨습니다.
보상으로 신성 점수 1만 5천 점을 획득합니다.

어차피 구출하려고 했던 페어리들을 무려 신성 점수 1만 5천 점을 획득하면서 구해 낼 수 있게 되었다.

이 1만 5천 점은 미래를 위해 요긴하게 사용할 수 있을 것이다.

그렇게 해서 군락지 하나를 깔끔하게 정리한 나는 곧바로 김 실장을 통해서 헬기를 요청했다.

간이 헬기장을 따로 만들 필요도 없었다.

왜냐하면 이미 요새가 있던 지점이 내 성화에 의해 싸그리 평지가 되어 버렸기 때문이다.

그야말로 융단폭격이라고 부를 수 있을 것 같다.

"우리 귀하신 손님분들 잘 좀 부탁드려요, 토비."

"하하! 페어리들은 드워프들의 오랜 친구들입니다. 살던 세계가 다르다고 한들, 그 본질이 어디 가겠습니까?"

헬기를 타고 현장에 도착한 것은 우리 교단의 유일한 드워프, 토비.

이종족의 마음은 이종족이 제일 잘 알아줄 것 같아서 토비를 불렀는데, 헬기에서 내리는 토비를 보자마자 그를 부르길 잘했단 생각을 했다.

최근 토비는 잃어버린 땅 원정을 준비하느라고 신전의 대장간에서 쉴 틈도 없이 일했다.

그렇기 때문에 바람 좀 쐬라고 해서 불렀는데, 그가 페어리들과 어우러지는 걸 보고 있자니…….

"우와! 드워프다, 드워프!"

"이 세계에도 드워프가 있었네?"

"이 아저씨 수염 봐! 우리가 여태까지 만졌던 드워프 수염 중에서 제일 부드러워!"

"꺄하하하!"

"허허허! 우리 페어리분들이 저를 반갑게 맞이해 줍니다그려. 아주 좋습니다! 그런데 성하, 이 페어리분들이 뭐라고 하시는 겁니까?"

아주 그냥 흐뭇하다.

삼촌이 어린 조카들 놀아 주는 모습이라고 해야 하나.

나는 너털웃음을 터뜨리는 토비를 향해 웃으면서 말했다.

"수염이 부드럽다네요."

"오오! 최근에 제가 트리트먼트라는 걸 받은 적이 있었는데, 확실히 효과가 좋은 것 같습니다. 성하의 동생분께서 미튜브 컨텐츠로 준비하시겠다고 찍어 가셨는데, 이거 주기적으로 받아야겠습니다. 수염의 윤기는 드워프의 자존심 아니겠습니까!"

"수염…… 트리트먼트요?"

"예예, 하하! 아주 좋습니다! 성하도 한번 받아 보십쇼!"

‘세계 최초로 드워프의 수염을 관리해 줬습니다’라는 영상 제목이 떠오른다.

도대체 인욱이 이놈, 토비를 데리고 무슨 영상을 만들고 있는 거야?

그래도 뭐 귀여우니까 됐다.

손바닥만 한 페어리들이 난쟁이에게 붙어서 수다를 떨고 있는 모습을 보고 있자면 마치 동화를 보는 것만 같은 기분이다.

딱 한 가지.

“킁킁. 그런데 성하, 어디에서 고기 굽는 냄새 안 납니까? 맥주가 당기는 냄새입니다.”

광산에서 올라오는 이 고기 굽는 냄새만 제외하면 말이지.

토비는 소매로 침을 닦아 내면서 말했고, 그 말을 들은 루나가 광산의 입구를 가리키면서 답했다.

“토비 아저씨. 저기 안에 푹 익힌 불고기 있어요. 생각 있으시면…….”

“오! 어딥니까, 루나 양. 이왕 마실 나온 김에 여기 페어리 분들 모시고 외식이라도…….”

“……돌아가서 제가 한우 사 드릴 테니까, 그냥 페어리들 데리고 복귀해 주세요.”

먹을 게 없어도 그렇지, 바짝 익힌 놀 고기는 솔직히 좀 역하잖아.

내 말에 토비는 배를 통통 두드리면서 고개를 끄덕였다.

"한우 좋지요. 약속하신 겁니다?"

"예."

"좋습니다. 우리 요정님들! 이 난쟁이랑 같이 신전 구경이나 갑시다!"

토비는 바디 랭귀지로 페어리들에게 말했고, 페어리들은 호기심 가득한 눈빛으로 헬기에 탑승했다.

그렇게 페어리들이 토비를 따라서 헬기에 탑승하고 있을 때쯤, 우리를 이곳으로 데려온 레아가 내 앞에서 파닥거렸다.

"고마워, 교황! 그런데 저 이상하게 생긴 기계는 뭐야?"

"헬리콥터라고 해."

"지구는 신기한 게 엄청 많구나! 우리가 살던 세계의 인간들은 마차나 끌고 다녔는데!"

대강 이 녀석들 세계의 문명 수준을 예측할 수 있는 단서.

레아는 상기된 표정으로 열심히 말을 이어 갔다.

"우리가 가는 곳에도 재밌는 게 많을까?"

"물론이지. 사람들도 많아."

"나 새로운 친구들 만나는 거 엄청 좋아해! 그건 내 친구들도 마찬가지야. 시작은 별로 안 좋았지만…… 그래도 지구에서의 생활은 무척이나 즐거울 것 같아! 우리가 지낼 곳을 구해 줘서 정말 고마워, 교황!"

"고맙기는."

내가 더 고맙지.

이렇게 훌륭한 인적자원을 길 가다가 주운 셈인데.

장담하건대 페어리들이라면 분명 우리 교단의 성지를 더 다채롭게 꾸며 줄 것이다.

생각해 보면 리멘 역시 에덴에서 페어리들을 굉장히 아꼈다.

리멘이 좋아하는 꽃들을 페어리들이 항상 예쁘게 가꾸어 주었기 때문이다.

리멘이 지구의 소식을 전해 듣는다면 엄청 기뻐할 것임에는 틀림없었다.

"교황 최고!"

레아는 작은 엄지를 치켜들면서 소리쳤고, 나는 어색하게 웃으면서 손을 내저었다.

"해야 할 일을 했을 뿐인데 뭐. 그런데 레아야."

"응?"

"지구의 사람들은 계약서라는 걸 작성하는데, 나중에 네가 친구들을 대표해서 나랑 계약서라는 거 한 장만 쓸까?"

"계약서? 그거 왜 쓰는데?"

"일종의 상징이지. 상징. 내가 너희랑 평생의 친구가 되겠다, 이런 걸 종이로 써서 남겨 두는 거야."

"친구의 상징! 좋아! 쓸게! 어떻게 쓰는 건데?"

"아, 그건 나중에. 아직 내가 이곳에서 할 일이 남아 있어서, 돌아가는 대로 쓰자. 알겠지?”

“좋아!”

리액션 맛집답게 의사 결정도 확실하구먼.

마음에 든다.

은인은 은인이고, 관계는 확실하게 해 둬야 하는 법.

친구의 상징이라는 말에 레아는 흔쾌히 고개를 끄덕였다. 우리 귀여운 페어리들, 순진하기도 해라.

나는 만족스럽게 고개를 끄덕였고, 레아는 그런 나를 바라보면서 고개를 갸웃거렸다.

“그런데 우리랑 같이 안 가?”

“아직 할 일이 남았거든. 드워프 아저씨랑 먼저 돌아가 있어.”

이번 원정의 첫 번째 목표인 개성까지는 확보해야 한다. 적어도 그곳에서 정부의 전력과 합류한 다음, 전초기지까지는 세워야 마음을 놓을 수 있다.

그래도 한 가지 다행인 점은 여기 이 마석 광산을 박살 냈다는 거.

정화자 놈들에게는 꽤 타격이 있지 않을까?

“신전에서 보자. 거기에 가면 너희를 반갑게 맞이해 줄 새로운 친구들도 있을 거야.”

백설이와 베스라면 이 귀여운 요정들을 격하게 맞이해 줄게 분명했다.

그리고 페어리들은 어린아이들을 좋아하는 경향이 있으니까 아마 시연이랑도 잘 놀아 줄 테고.

그렇게 나는 만족스럽게 웃으면서 레아에게 손을 건넸다. 그러자 레아는 활짝 웃으면서 자신의 손을 내 손가락 위에 올려놓았다.

"응! 먼저 가서 기다리고 있을게."

"그래."

그렇게 해서 우리 성지에는 페어리라는 새로운 친구들이 입주하게 되었다.

미국이 뭐 인종의 용광로?

그렇게 따지면 우리 리멘 교단은 종족의 대용광로다.

⁂

내가 직접 놀들의 군락지를 휩쓸어 버린 후, 우리는 추가로 두 곳의 군락지를 더 박살 냈다.

고블린들, 트롤들이 살고 있던 군락지들.

난이도 자체는 놀들의 군락지랑 엇비슷했다. 고블린들은 루나가 나서는 선에서 끝이 났는데, 트롤의 군락지에서는 꽤 재밌는 그림이 그려졌었다.

-고작 트롤 새끼들한테 맷집으로 밀리냐? 그럴 거면 여기

서 그냥 죽어!

트롤은 이종족 중에서도 재생력으로 굉장히 유명한 녀석들이다.
신체의 회복 능력만큼은 그 어떤 종족도 따라갈 수 없는 수준.
그런 트롤들을 상대로 루나는 1기 교육생들의 한계를 실험했다.
서로 찌르고 찌르는 극한의 싸움.
멀리서 지켜보는 것만으로도 나도 모르게 감탄사가 나왔을 정도로 치열한 싸움이었다.
참고로 그 장면을 옆에서 직관하고 있던 김 실장님이 토를 하러 가더라.
그만큼 치열한 전투였다.
아마 우리 1기 교육생들이 트롤들을 보고 많은 영감을 얻었으리라고 믿는다.
그렇게 세 개의 군락지를 박살 내 버린 우리는 곧바로 개성으로 향했고, 그곳에서 미리 자리를 잡고 있던 정부의 선발대와 합류할 수 있었다.
선발대의 대장은 의외의 인물이었다.
"아니, 유선호 장관님."
"이곳에서도 뵙습니다, 김시우 교황님. 이거, 이 늙은이를 이곳에서도 봐서 실망하신 눈치십니다?"

"그럴 리가요. 반가워서 그렇죠."

현장을 직접 뛸 거라고 생각하지도 못했던 인물.

유선호 장관이었다.

양쪽 소매를 걷은 흰색 와이셔츠 한 장과 정장 바지.

걷어올린 소매 사이로 드러나는 탄탄한 근육은 유선호 장관의 나이와는 전혀 어울리지 않는 건강미를 뿜어 대고 있었다.

그가 정치판에서 오래 살아가고 있는 이유를 짐작할 수 있는 부분이기도 했다.

자기 관리 하나만큼은 끝내주는 사람.

나는 유선호 장관의 팔근육을 슬쩍 쳐다본 다음, 천천히 고개를 끄덕였다.

"다른 길드들의 상황은 어떻답니까?"

"도깨비 길드와 레이스 길드를 제외한 나머지 길드들은 고전을 면치 못하고 있다고 들었습니다. 레이스 길드는…… 레오 대주교의 활약이 돋보인다고 합니다."

"돈 들어오는 소리가 그냥……."

"예?"

"아닙니다. 혼잣말이었어요."

레오가 활약을 하고 있다라.

내가 생각했던 것 이상으로 레이스 길드가 고전을 하고 있던 모양이다.

레오가 직접 나서진 않을 거라 생각했는데, 아마 레이스 길드가 단독으로 해결하기에 힘든 상황이 몇 번 있었던 것 같다.

뭐, 나야 좋지.

이번 원정이 끝난 후에 벌어들일 정산금이 아주 달달하겠는 걸?

"그나저나 개성이란 곳이 제가 생각했던 것보다 황량하네요."

"한때 고려의 수도기도 했지만, 지금은 그때의 흔적을 찾아볼 수가 없습니다. 개성공단을 비롯한 각종 시설물 역시 마찬가지입니다."

유선호 장관의 말대로, 대한민국의 선발대가 임시로 설치한 천막을 제외하고서는 황량한 벌판이 이어지고 있었다.

한때 인간이 거주했다는 흔적을 완전히 말소시켜 버린 듯한 풍경.

몬스터들이 작정을 하고 지웠다는 것 말고는 설명이 되지 않을 정도로 황폐했다.

어느새 내 옆에 나란히 선 유선호 장관은 씁쓸하게 웃으면서 말을 이어 갔다.

"이곳에서 시작하는 겁니다. 주변 일대의 토벌이 완료되는 대로 파주와 이곳을 연결하는 도로의 복구 작업에 들어갈 예정입니다."

땅을 수복한다는 뜻은 그 지역의 통제권을 완벽하게 가져온다는 이야기다.

통제권을 확보하기 위해서는 기초적인 인프라는 필수였고, 도로는 가장 우선순위 되는 인프라였다.

도로를 연결해 둬야 이쪽으로 건축자재들을 운송할 수 있을 테니까.

"피곤하시겠네요."

"전혀 그렇지 않습니다. 오히려 회춘하는 기분이라고 할까요…… 허허."

답답한 상황인 건 맞지만, 황량한 폐허를 바라보고 있는 유선호 장관의 눈빛은 그 어느 때보다 밝게 빛나는 중이었다.

나는 슬며시 미소를 지으며 말했다.

"조만간 리멘 교단에서 제2의 인생을 펼쳐 나가셔야죠? 그때까지 조용히 기다리고 있겠습니다."

"김시우 교황님께서는 항상 농담도 잘하십니다."

"진담인데요."

"……그렇습니까."

그렇게 내가 유선호 장관과 기분 좋게 이야기를 나누고 있을 무렵, 저 멀리서 이능관리부의 직원 하나가 부리나케 뛰어왔다.

"장관님, 보고드릴 사항이 있습니다! 현재 개성시의 북서

쪽 10km 지점에서 대량의 언데드 군단이 관측되었습니다! 선봉에 서 있는 건 데스 나이트와 리치인 것으로 확인……."

"……흐음."

명색이 잃어버린 땅인데, 환영 인사가 없어서 섭섭하기는 했지.

유선호 장관은 곧바로 나를 바라보았고, 나 역시 유선호 장관을 바라보았다.

그리고 은근한 목소리로 제안을 건넸다.

"이번 기회에 '실험'을 해 보는 건 어떻겠습니까? 언데드 상대로는 분명히 효과적일 겁니다."

자고로 실전이야말로 최고의 실험장.

내 제안을 들은 유선호 장관은 천천히 고개를 끄덕였다.

"좋습니다."

리멘 교단. 미국, 대한민국.

이 세 개의 집단이 비밀리에 개발한 신무기.

'그 녀석'이 모습을 드러낼 순간이 찾아왔다.

⁂

"개 떼 같네."

나는 헬기에 탑승한 채, 망원경을 통해서 저 멀리서 접근하고 있는 거대한 언데드 군단을 주시했다.

언데드는 보통 물량으로 승부하는 놈들이다.

데스 나이트, 리치급의 고급 언데드들은 논외의 영역이고, 언데드 군단의 주류를 이루는 것은 최하급 언데드들.

이를테면 좀비나 스켈레톤.

망자의 시체를 그대로 사용하여 만들어진 부류였다.

개성을 향해 다가오는 언데드 군단의 모양새는 꽤 특이했다.

지구의 시체로 만들었다는 것을 증명하듯, 좀비나 스켈레톤들 중 일부는 TV나 드라마에서 보았던 인민군의 복장을 입고 있었다.

즉, 북한 사람들의 시체로 일으킨 언데드라는 뜻.

콰아아아아앙—.

저쪽에서도 우리를 발견했는지 우리가 타고 있는 헬기를 향해서 간간이 검은색 불덩이들이 날아왔다.

하지만 그 불덩이는 신성 보호막에 닿자마자 소멸했다.

"수가 어마어마하군요."

"언데드들의 특징이죠."

"하기는. 언데드 타입의 게이트들 역시 비슷한 양상이긴 합니다."

내 옆에 앉아 있던 유선호 장관 역시 언데드 군단의 군세를 바라보며 쓴웃음을 지었다.

저 멀리 넓게 펼쳐진 평야를 가득 메우는 언데드들의 숫자.

군단의 질은 그리 좋아 보이지는 않았지만, 저 정도 되는 숫자가 전초기지에 들이닥친다면 전초기지는 흔적도 없이 사라지게 될 것이다.

그 정도로 압도적인 숫자였다.

백명교단이 우리에게 전해 준 정보가 맞다는 걸 증명이라도 하듯, 정화자 놈들은 언데드들을 이용해서 이 땅에 영향력을 행사해 왔던 듯싶다.

〈죽은 것들의 요새〉라는 곳에는 특히 상위 언데드 개체들이 몰려 있다는데, 지금의 저 언데드 웨이브는 몸풀기에 불과할 정도라고 해야 하나.

한참 동안 그 언데드 군단을 관측한 유선호 장관은 나를 바라보면서 말했다.

"개발 기간이 너무나도 짧았던 신무기입니다. 효과가 없다면 어떻게 하실 겁니까?"

"별수 있어요? 몸으로 때워야죠."

전투에 할당되는 인과율은 이미 한없이 자비로워진 상태.

저깟 하급 언데드들을 전멸시킨다고 해서 인과율에 걸리는 등의 일 따위는 일어나지 않을 것이다.

나는 가볍게 고개를 끄덕거린 다음, 입꼬리를 올리면서 말을 이어 갔다.

"그래도 효과는 있을 것 같은데⋯⋯ 한번 지켜봅시다. 실험만 성공하면 언데드들에 대한 부담은 줄일 수 있잖아요?"

죽음을 두려워하지 않는 불사의 군단은 지구의 인류에게 있어서 가장 상대하기 까다로운 타입의 몬스터라고 한다.

역병을 퍼뜨리는 놈들도 있고, 언데드 군단의 몬스터들 대부분이 생명체들에겐 치명적인 무기를 보유하고 있었기 때문이다.

하지만 그런 언데드들을 원거리에서 효과적으로 타격할 수 있는 방법이 있다면?

전투의 양상은 굉장히 크게 달라질 것이다.

그렇기 때문에 미국 정부랑 대한민국 정부가 우리 교단의 요청에 흔쾌히 응했던 거다.

우리 쪽의 기술 전문가로는 토비가 나섰는데, 토비가 지구의 공학 기술에 대해서 경의를 표하더라.

에덴과는 비교할 수 없을 정도로 발전되어 있다면서 말이다.

이번 실험의 목표는 토비가 감탄했다는 지구의 '기술'과 신성력을 결합시킬 수 있는지, 그 가능성에 초점을 둔 실험이다.

파마(破魔).

악마들과 악마의 하수인들을 몰아낼 수 있는 효과적인 방법을 궁리하는 것은 리멘의 사도로서 당연히 해야 하는 일이었으니까.

"사격 제원은 모두 전달해 두었습니다. 위성의 도움을 받을 수 없는 지역이라서 시간이 다소 소요된 점, 죄송하게 생각합니다."

사격 지휘를 위해 내 옆에 앉아 있던 장교가 한껏 고무된 표정으로 말했고, 나는 어깨를 으쓱였다.

"죄송하실 것까지야. 저도 포병이었거든요. 고생하셨습니다."

"아!"

"제가 이래 봬도 군필자예요. 병장 만기 전역."

내 말에 장교의 눈빛이 뜨겁게 불타오른다.

……도대체 어느 부분에서 감동을 먹은 거지?

나는 그를 향해 어색하게 미소를 지어 준 다음, 다시 한번 언데드 군단을 바라보았다.

느릿느릿하게 전진해 오는 언데드들.

녀석들에게 뜨거운 맛을 한번 보여 줄 때가 된 것 같다.

"한번 맛이나 봐 볼까요?"

에덴에서 내가 주먹으로 마족들과 마수들의 대가리를 부수던 시절.

현대의 무기가 있었다면 어땠을까 하는, 소설 속에서나 등장할 법한 상상을 몇 번 해 본 적이 있었다.

그때의 상상을 현실화시킬 수 있다고 생각하니까 가슴이 설레는구나.

아, 참고로 무기의 이름도 미리 정해 뒀다.

"천벌 프로토 타입. 발사 준비."

천벌. 말 그대로 하늘의 벌.

비록 지금은 프로토 타입이지만, 언젠가는 천벌1, 천벌2 이렇게 시리즈로 만들어 보고 싶은 게 내 소망이다.

그래야 내가 할 일이 줄어들고, 가족들이랑 함께 쉴 수 있지 않을까?

"삼. 둘. 하나. 발사."

그렇게 나의 로망과 소망이 담긴 '천벌'의 발사가 시작되었고,

콰과과아아앙—!

곧 개성 전초기지 쪽에서부터 천둥이 울리는 소리와 함께 셀 수 없이 많은 다연장 로켓이 발사되었다.

신성석이 대량으로 사용된 탄두를 장착한 로켓들.

이론적으로는 신성력이라는 '파동'을 화약이 폭발할 때 발생하는 충격파에 실어서 전달하는…….

뭐 그런 복잡한 이야기인데, 사실 거기까지는 내가 알 필요가 없다.

내가 알아야 할 것은 단 하나.

"착탄합니다!"

그 기술이 얼마나 언데드들을 효과적으로 제거할 수 있는지, 오로지 그것뿐.

흑마법을 사용할 수 있는 일부 언데드들이 부랴부랴 로켓

들을 요격하기 위해 대응 마법을 시전했지만, 레오가 밤을 새워 가면서 일일이 축성한 로켓들이었기에 꿈쩍도 하지 않았다.

군단에 소속되어 있는 리치의 마법 정도가 일부 로켓을 격추시켰을 뿐, 대세를 바꿀 수는 없었다.

그렇게 수백 개의 로켓이 언데드 군단이 있는 곳에 성공적으로 착탄했고,

콰아아아아아아앙!

콰아아아아앙!

곧바로 거대한 폭발이 일어났고, 사방에서 피어오른 먼지 구름이 시야를 가렸다.

그로 인해 헬기에 있던 다른 이들은 위력을 두 눈으로 확인하지 못했지만, 나와 루나는 방금 전 폭격이 지닌 위력을 똑똑히 확인할 수 있었다.

"오."

내 입에서는 감탄사가 흘러나왔고,

"……이곳이 신기전의 나라입니까?"

……루나의 입에서도 감탄사로 보이는 말이 튀어나왔다.

그럴 수밖에 없는 게.

"와, 돈값 하는데?"

"이거 에덴에도 수출해 주면 안 돼요? 우리 교단이 지분이 있는 거니까 가능할 것 같……."

지상을 빼곡하게 메우고 있던 언데드 군단의 절반 이상이 한 번에 쓸려 나갔기 때문이다.

하급 언데드들이 대부분이었던 군단이라서 그런지 효과는 내가 기대했던 것 이상이었으며, 심지어 급히 방어막을 생성한 리치조차도 비틀거리고 있던 것이다.

나는 그 장면을 바라보면서 만족스럽게 고개를 끄덕였다.

"역시, 폭발은 예술이다."

천벌 프로토 타입.

실험 결과 대성공.

⁂

설거지는 간단했다.

천벌이 휩쓸고 간 자리에 나와 루나가 내린 다음, 각각 리치와 데스 나이트를 처리하면서 끝.

그리 오래 걸리지도 않았다.

신성력와 폭발의 조합이 워낙 뜨거웠는지, 데스 나이트나 리치 같은 상위급 언데드들도 정상이 아니더라.

그렇게 해서 개성 전초기지의 첫 번째 위기가 끝이 났고, 성공적으로 기지로 귀환했다.

나와 함께 기지로 귀환한 유선호 장관이 가장 먼저 물은 질문은 다음과 같았다.

―유선호 장관: 아니, 혼자서도 그렇게 군단 박살 내실 수 있으면서 왜 굳이 새로운 미사일을 개발하시려고…….
―나: 아, 그거요? 제가 할 일을 대신해 주면 좋잖아요. 시연이랑 더 놀 수도 있고. 제 장래희망은 백수랍니다.

진짜 농담 안 하고, 내가 신성력이 담긴 무기를 개발하고자 마음먹은 이유가 바로 그거다.
언제까지 내가 직접 다니면서 언데드를 토벌해야겠어?
그것보다는 차라리 다른 사람들에게도 대항할 수단을 주는 게 낫지.
왜, 물고기를 잡아 주는 것보다는 물고기를 잡는 법을 알려 주라는 말이 있지 않은가?
그래도 덕분에 아주 성공적인 실험이었다.
나중에 정화자 놈들에게 감사 인사라도 따로 해 줘야지.
녀석들의 본거지를 알아낸 다음, 그쪽에 신성력을 담은 미사일 한 방 먹여 주는 게 선물로 적당할 듯싶었다.
"대언데드전에서만큼은 압도적인 우위를 가져갈 수 있는 무기. 거기에 마수나 마족들에게도 효과적이겠어요."
루나는 군인들이 직접 정리해 준 보고서를 살펴보면서 고개를 끄덕였다.

확실히 천벌이 보여 준 임팩트는 대단했다.

게다가 사장되다시피 한 재래식 무기의 부활을 알리는 실험이었기에, 그 값어치가 더욱 귀중하다고 볼 수 있겠다.

"미국에서 마력을 이용하여 재래식 무기를 연구하는 걸 마도공학이라고 했으니…… 우리는 신성공학이라고 불러야 할까요?"

"뭐라 부르든지 상관없어. 대신 문제가 하나 있잖아?"

"비용이 험악하죠."

"그렇지."

신성석의 원재료인 마정석은 아직까지 귀중한 재료다. 이번 실험에 미국이랑 대한민국 정부에서 상급 마정석을 지원해 줘서 그렇지, 그 재료의 값어치를 돈으로 환산한다면 확실히 부담스러운 가격.

그리고 그뿐만이 아니다.

"제작 과정도 너무 복잡해. 탄두를 제작할 때 성화로가 필요하고, 숙련된 장인도 필요해."

탄두를 제작하기 위해서는 신성석을 녹여야만 한다.

그래서 이번 작업에 토비가 동원되었던 거다.

최근에 생산 계열 플레이어들이 모여 있는 아나키 길드를 인수하기는 했다.

토비의 공로가 엄청 컸는데, 아나키 길드의 플레이어들이 훌륭한 장인으로 성장하기 위해서는 시간이 다소 걸리는 상황.

천벌의 대량 생산은 아직까지 빠듯한 편이다.

하지만 그것들은 결국 시간이 해결해 줄 문제였고, 일단 오늘은 가능성을 본 것만으로도 만족하고 넘어가야겠다.

인과율에 구애받지 않을 방법을 한 가지 발견한 셈이기도 하니까.

"그래도 확실히 화력 하나만큼은……."

루나는 보고서를 읽어 내리면서 고개를 끄덕였다.

"지구의 무기들은 확실히 살상력이 높아요. 끔찍할 정도예요. 일부 무기들은 어지간한 마법도 따라갈 수 없을 것 같아요."

"어떤 SF 소설가가 그러더라. 충분히 발달한 과학 기술은 마법과 구별할 수 없다고. 그게 맞는 말일지도 모르겠다."

특히, 무기와 관련된 기술만큼은 마법에 준하거나 이미 뛰어넘었지.

핵미사일의 위력은 마법으로도 따라가기 힘들 테니까 말이야.

"연구는 계속 진행해 봐야겠어."

"이러다가 군수산업도 진출하시겠네. 우리 교단 너무 문어발 아니에요?"

"성전을 준비하겠다는데, 누가 뭐라 그러겠냐? 어디까지나 대언데드전, 대마수전 같은 걸 준비하는 거야. 마기를 지닌 놈들을 효율적으로 제압할 수 있는 수단이 있으면 좋잖아."

"맞는 말이죠."

충분히 연구할 가치가 있는 분야였다.

국가위기급 마수라든지, 이런 놈들에 의해 죽어 가는 사람들이 여전히 많다고 들었다.

그렇게 내가 야전 천막 안에서 루나와 이번 전투에 대한 이야기를 나누고 있을 때쯤.

"성하. 대주교 레오 루멘, 임무를 완수하고 복귀했습니다."

천막 바깥에서 레오의 목소리가 들렸다.

"어, 들어와."

그러자 곧 상처 하나 없이 말끔한 상태의 레오가 천막 안으로 들어섰다.

그의 옆에는 한 중년 남성이 함께하고 있었는데, 그 남성은 넝마나 다름없는 갑옷을 걸치고 있었다.

남자의 정체는 다름 아닌 레이스 길드의 황 대표.

그들이 오늘 하루를 어떻게 보냈는지 쉽게 알아차릴 수 있는 모습이었다.

"대주교 레오 루멘을 포함한 11명 모두 무사히 전초기지에 합류하였습니다. 이 모든 것이 리멘님과 성하의 은혜입니다."

"고생 많았다. 많이 힘들었냐?"

"생각했던 것보다 나설 일이 많았습니다. 그 부분에 대해서는 황 대표가 설명을 해 드릴 겁니다. 황 대표님?"

"……제가 말씀드리도록 하겠습니다."

"아, 앉아서 말씀하시죠."

나는 황 대표에게 의자를 권했고, 황 대표는 어깨를 축 늘어뜨린 채로 의자에 앉았다.

넋이 나가 있는 듯한 표정.

황 대표는 한 3분 정도를 말없이 고개를 숙이고 있었고, 나는 그런 황 대표를 느긋하게 기다려 주었다.

그리고 마침내 그가 다시 입을 열었다.

"염치 불고하고 부탁드리겠습니다. 혹시…… 이번 의뢰 비용, 나눠서 입금해도 되겠습니까?"

"저런, 예기치 못한 상황이 많이 벌어졌던 모양입니다."

라파르트 대주교와 박지원 고문이 힘을 합쳐서 만들어 낸 계약.

그 계약이 아무래도 제대로 먹혀 들어간 모양인걸?

"계약을 떠나서, 저는 황 대표님께서 이리 무사히 도착하신 게 기쁠 따름입니다. 혹시 사상자는……."

"레오 대주교께서 활약해 주신 덕에 사망자는 없었습니다."

"잘된 일입니다. 세상에 목숨보다 귀한 게 어디 있겠습니까? 의뢰 비용 같은 거야 뭐, 천천히 주시면 되는 거죠. 하하! 설마 우리 황 대표께서 의뢰 비용을 깎아 달라거나 그런 말씀은 안 하실 거잖아요? 하하!"

다시 한번 말하지만 나 뒤끝 없다.

절대로 황 대표 딸이 우리 시연이 보고 '부모님 없잖아'라고 해서 이러는 건 아니다.

나는 그 어느 때보다 인자한 표정으로 황 대표를 바라보았다.

⚜

나는 자비로운 결정을 내렸다.

6개월 분할 납부. 그것도 무이자로.

레이스 길드라면 인지도가 높은 대형 길드기도 했으니, 돈을 떼먹고 도망갈 일도 없고.

우리가 사채업을 하는 사람들도 아닌데 이자를 물을 필요가 있겠어?

게다가 우리 교단의 인원들을 고용하신 우수 고객님이신데, 그 정도 융통성은 베풀어 줘야지.

그리하여 레이스 길드의 의뢰비 정산 문제는 일단 정리가 되었고, 그 뒤로 다른 길드들도 속속 전초기지에 도착하기 시작했다.

도깨비 길드와 설화 길드가 두 번째.

그들 역시 큰 문제 없이 전초기지에 도착했다. 기껏해야 경상자가 끝.

에이든이랑 쉴 새 없이 훈련한 최 대표의 전투력부터 시작해서, 기량이 한껏 발전하고 있는 설화까지.

이 둘이 이끄는 전력은 상당히 안정화되어 있었고, 그쪽에 파견한 우리 1기 교육생들도 에이스들로만 골라서 보냈다.

당연한 결과라고 할 수 있었다.

그렇게 해서 잃어버린 땅 원정 1일 차가 마무리되었고, 우리들은 전초기지 주위에다가 미리 준비해 온 신성석으로 결계를 쳐 두었다.

몬스터들의 공격으로부터 안전할 수 있도록 말이다.

물론 정부 측의 요청으로 이루어진 일이었기 때문에 당연히 대가를 지불받았다.

확실히 요새 대한민국 정부의 사정이 많이 좋아졌나 보다. 아주 넉넉하게 넣어 주더라.

유선호 장관이 신경을 써 준 듯했다.

아, 그리고 친구의 도움도 좀 받았다.

"우리 애들 거기서 쉬어도 되는데, 굳이 이렇게까지 해 줄 필요가 있을까?"

"그만큼 우리가 리멘 교단을 신경 써 주고 있다는 뜻이기도 하지. 왜, 불편해? 불편하면 말하라고, 시우."

"그렇진 않은데…… 솔직히 네가 더 불편해 보인다."

나는 페어리들의 놀이터가 되어 버린 에이든을 바라보면

서 고개를 끄덕였다.

원래 계획은 전초기지에서 머물면서 원정을 진행하는 거였는데, 여기에서 미국이 끼어들었다.

나를 비롯한 리멘 교단의 인원들이 편하게 쉬라고 헬기로 출퇴근 서비스를 제공해 준 것이다.

근래에 들어 느끼던 건데, 확실히 개성과 서울의 거리가 가깝다.

자가용 헬기만 있으면 진짜 출퇴근이 가능한 수준이다.

물론 아직까지는 개성에 전초기지를 세우고 안정화시키는 구간이라서 이동 거리가 짧아서 그렇다.

추후에 더 북쪽으로 이동하게 되면 지금과 같은 출퇴근은 힘들지도 모른다.

"이 귀여운 친구들이 나를 좋아해서 다행이야. 어때, 좀 잘 어울려? 내가 이래 보여도 저쪽 세계에서는 귀여움으로 유명……."

"그 세계에 있는 귀여운 건 네가 다 죽였지? 그렇지 않고서야 네가 귀여움으로 유명했을 리가 없는데."

"무슨 그런 섭섭한 말을."

에이든은 그렇게 말하며 솥뚜껑만 한 손바닥을 페어리들을 향해 펼쳤다.

"우와아. 이 인간 봐! 손바닥이 우리 세 명 합친 것만 해!"

"인간 아닌 거 아니야? 트롤! 트롤 같은데?"

"아니야. 이건 트롤이 아니라 오우거야!"

"쉬잇. 우리 은인 친구인 것 같은데…… 알아들으면 어떻게 해?"

"걱정하지 마! 교황님 아니면 우리 말 못 알아들어!"

우리의 리액션 맛집, 페어리들은 에이든의 손바닥을 만지작거리면서 연신 수다를 떨어 댔다.

에이든은 쉴 새 없이 재잘거리는 페어리들을 흐뭇한 표정으로 바라보더니, 곧 나를 향해 넌지시 물었다.

"뭐라고 하는 건지 도통 모르겠어. 그래도 한 가지는 확실한 것 같다."

"뭐가 확실한데?"

"칭찬이야. 내 손바닥을 두고 칭찬을 하고 있어."

트롤의 손바닥 같다, 오우거의 손바닥 같다.

이 말이 과연 칭찬일까?

야만인의 관점에서 보자면…… 칭찬에 가깝겠군.

나는 집무실의 책상 위에 놓여 있던 커피를 한 모금 마신 다음, 천천히 고개를 끄덕였다.

"칭찬 맞아."

"역시! 귀여운 친구들은 귀여움을 알아보는 법이지."

"한 번만 더 네 입에서 귀엽다는 말 나오면…… 알지? 야마타노오로치 때처럼 확 그냥."

그때의 기억이 워낙 인상적이었을까?

에이든은 어깨를 으쓱이면서 화제를 돌렸다.

"천벌 프로토 타입의 결과가 아주 뛰어났다는 소식은 들었다. 고무적인 일이야."

"아직 개선할 부분이 많다. 제작 단가가 비싸."

"단가는 문제가 되지 않는다, 시우. 너는 천벌이 지닌 가치에 대해 너무 과소평가하는 것 같군."

"……그건 네가 미국에서 살아서 그렇구요."

이래서 미국 놈들은 다른 나라에 공감을 못 해 준다니까?

나는 미간을 살짝 찌푸린 다음, 한숨을 내쉬면서 말했다.

"일단 손이 너무 많이 가."

"언데드 타입의 몬스터들을 효과적으로 제압할 수 있는 것만으로도 충분히 감수할 만하다. 물량만 확보할 수 있다면, 비각성자들로 구성된 병력으로도 충분한 효과를 발휘할 수 있다는 뜻이잖냐? 거기에다가 리멘 교단만이 만들 수 있다는 특수성은…… 리멘 교단을 조금 더 특별한 집단으로 만들어 줄 테지."

언데드 타입의 몬스터들은 한국뿐만 아니라 전 세계 각지에서 골칫거리라는 이야기는 익히 들었다.

에이든의 말대로 천벌은 우리 교단의 영향력을 극대화시키는 데 큰 도움을 줄 것이다.

"이건 어디까지나 내 개인적인 호기심인데, 리멘 교단은 무기를 개발하는 것에 대해 거부감은 없나?"

"거부감? 무슨 거부감."

"교단 차원에서 무기를 개발하는 건…… 아무래도 그 무기라는 게, 살상과 관련되어 있으니 하는 말이다."

"아아. 그건 전혀 문제없어. 에덴에서는 연금술사들까지 고용해서 신성 폭탄 같은 것도 만들어 봤었는걸. 그리고 어차피 신성력이 들어간 무기는 마기에 물든 놈들이 아니면 효과도 별로 없어."

"……그런가?"

"응. 그렇게 따지면 루나가 휘두르는 철퇴는 얼마나 야만적이야? 마수랑 마족 새끼들이 얼마나 지독한 놈들인데, 그 놈들을 상대하는 무기를 개발하는 건 당연한 거야."

독실한 신앙심과 믿음으로 악을 이겨 낸다?

이거 싹 다 개소리다.

무력을 동반한 악은 무력을 동반하지 않으면 막아 낼 수 없다.

아주 당연한 이치지.

내 단호한 대답을 들은 에이든은 이해했다는 듯이 고개를 끄덕였다. 그리고 잠시 후, 자신의 주머니에서 밀봉된 편지 봉투 하나를 꺼냈다.

"너에게 줄 게 있다, 시우."

"청첩장이냐?"

"아쉽게도 난 재혼할 생각은 없다. 내가 사랑하던 아내는 이미 이 세상에 없거든."

"……저쪽 세계에서 부인 많았다며?"

"부족을 통합시키는 과정에서 이루어진 정략결혼이었을 뿐이다. 그녀들에게 마음을 준 적은 단 한 번도 없다."

뻔뻔하기도 해라.

나는 탐탁지 않다는 표정으로 녀석을 쏘아본 다음, 녀석이 건네준 편지 봉투를 받았다.

"그럼 뭔데 이거."

"제3회 세계 각성자 포럼 초청장. 1달 후, LA에서 개최된다. 그들이 너를 초대했다."

"나를? 왜?"

"대한민국의 부흥기를 연 이레귤러이자, 신성 계열 플레이어의 정점. 이것만으로 초청할 이유는 충분하지. 너도 슬슬 동북아시아가 아니라 세계로 진출할 때가 되지 않았나? 사람이라면 모름지기 더 큰물에서……."

"난 그냥 한국에서 가족들이랑 쉬고 싶은데? 싫어. 안 가."

큰물은 무슨.

집에서 쉬는 게 내 평생의 소원인데.

나는 한 치의 고민도 없이 녀석의 제안을 거절했다.

각성자라고 거들먹거리는 놈들만 모여들 텐데, 그런 자리를 내가 왜 가?

"흠, 역시 그렇군."

하지만 에이든은 내 대답을 예상했다는 듯이 순순히 고개를 끄덕였다.

"하지만 넌 오게 될 것이다."

"아니, 안 간다니까?"

"미국의 정보력을 너무 과소평가하지 않았으면 싶어."

도대체 이게 무슨 신선한 개소리야?

내가 안 간다면 안 가는 거지.

그러나 그로부터 1시간 후.

나는 '미국의 정보력'이 무슨 의미였는지 여실히 깨달을 수 있었다.

❧

하루의 고된 일정을 끝마치고 집으로 돌아왔다.

기분 좋게 샤워를 하고 거실로 나와, 인욱이가 깎아 둔 사과를 한 입 집어넣었을 때쯤.

시연이가 방에서 쪼르르 걸어 나왔다.

"오빠!"

"응?"

"엠마 할머니가 그러는데 LA가 그렇게 좋다고 하더라구! 이쁜 곳도 많구…… 나 살면서 외국 여행 한 번도 안 가 봤잖아? 헤헤.”

에이든이 말했던 ‘정보력’의 정체.

그것은 바로 내가 시연이밖에 모르는, 동생 바보라는 특징이었던 것이다.

나는 내 앞에서 LA에 대한 노래를 부르는 시연이를 바라보면서 애써 웃음을 지을 수밖에 없었다.

“그……래?”

“응!”

“학기 중이니까 나중에 방학에 가는 건…….”

“맞다! 오늘 교장 선생님이랑 상담했어! 작은오빠도 같이 갔었어! 그치, 작은오빠?”

“안 그래도 형 돌아오면 얘기하려고 했는데.”

내 옆에서 사과를 함께 먹고 있던 인욱이가 천천히 이야기를 시작했다.

“시연이가 이번에 그 뭐냐, 제3회 세계 각성자 포럼? 거기에 초청되었다고 하더라고. 최연소 비각성자 초청이라고 하던데, 학교 쪽으로 이야기가 들어왔다나 봐.”

대한민국의 초등학생이 각성자 포럼에 초청받았고, 하필이면 그 초청받은 초등학생이 내 동생인 것이 단순한 우연일 확률. 그 확률이 과연 몇 퍼센트나 될까?

냄새가 난다, 그것도 아주 진득하게.

“그래서 시연이가 지금 바람 들어간 거야. 나는 형한테 물어본다고 했어. 형이 싫어할 수도 있잖아."

그래도 인욱이가 참 경우가 있다. 나에게 의견을 먼저 구할 생각도 하고.

나는 천천히 고개를 끄덕였다.

"잘했네."

"비행기 좌석도 퍼스트 클래스로 제공. 호텔도 최고급. 여행 중에는 사용 한도 없는 카드도 지급. 최고의 경호원도 붙여 준다고 하고, 뭐 그 밖에도 엄청 혜택은 많더라. 그리고 가장 혹한 게 뭔지 알아?"

"뭔데?"

"이번 포럼에 참석하면 추후 미국 대학교 진학을 희망할 때 무조건 합격할 수 있는 혜택을 주겠다더라. 살짝 솔깃했어."

다시 한번 말하지만, 확실히 미국의 정보력이 굉장하다.

학생을 기르는 가정이 가장 혹할 조건을 내지르는구나.

나는 한숨을 내쉬면서 고개를 가로저었다. 그러나 싫어하는 티를 낼 수도 없는 것이.

"해외여행!"

시연이가 아주 해맑게 미소를 짓고 있었다.

그것도 근래에 들어 가장 밝은 미소.

저렇게 가고 싶어 하는 애 앞에서 분위기를 깨는 것도 영 못 할 짓이다.

"한 가지는 확실하네."

"뭐가?"

"내일 에이든 보자마자 반은 죽여 둬야겠어."

분명히 에이든이 넘긴 정보일 거다.

다르게 보면 미국에서 이런 방법까지 사용할 정도로 급하다고 볼 수는 있겠지만, 그건 내가 알 바야?

방법이 괘씸하잖아, 방법이.

"큰오빠."

방금 전까지만 해도 방방 뛰고 있던 시연이가 내 오른손을 잡았다. 그리고 나긋나긋한 목소리로 말했다.

"큰오빠가 싫으면 안 가도 돼."

"……진짜?"

"응! 살짝 시무룩하긴 하겠지만, 괜찮아! 그래도 큰오빠가 내 옆에 있잖아!"

시연이는 그렇게 말하며 눈을 반짝였다.

나는 해맑은 시연이를 바라보면서 나도 모르게 고개를 끄덕일 수밖에 없었다.

유전자라는 게 참 무섭다.

웃는 얼굴로 저렇게 압박하는 게 쉽지 않은데 말이야, 도대체 누구한테 저런 기술을 배웠는지 원.

이렇게 해맑은 얼굴에 안 된다고 말하는 건 정말 힘든 일이다.

그리고 사실 내가 생각해 봐도 거절할 이유가 딱히 없기도 하다. 미국에 슬쩍 들른다고 해서 손해 볼 건 없긴 하니까.

1달 뒤면 개성 전초기지도 어느 정도 안정화가 될 테고, 2차 계획인 평양까지는 반년이나 남은 상황.

"오빠가 한번 긍정적으로 생각해 볼게."

시연이에게 좋은 추억을 만들어 줄 수 있다면, 그것만으로도 충분히 긍정적으로 고려해 볼 가치가 있었다.

그렇게 내가 미국행을 두고 가족들이랑 열심히 이야기를 나누고 있을 때쯤이었다.

["정부와 대형 길드의 주도하에 개성시 인근의 몬스터들이 정리되고 있는 가운데, 한편 이능관리부 청사에서는 중소 길드들의 시위가 연일 이어지고 있습니다. 이번 원정에 포함되지 못한 헌터들을 중심으로 잃어버린 땅에 들어갈 권한을 공평하게 부여하라는 여론이 확산되고 있는 가운데……"]

TV에서 뉴스가 흘러나왔다.

잃어버린 땅에 들어가고자 하는 헌터들의 시위.

인욱이는 접시에 남아 있던 마지막 사과를 입에 넣은 다음, 나를 바라보면서 말했다.

"미스릴 러시. 인터넷에서는 그렇게 부르더라. 다들 잃어버린 땅에서 제대로 한몫 잡고 싶은가 봐. 요새 인터넷이든 TV든 어디를 가더라도 저 이야기밖에 안 나와."

"골드 러시에 빗댄 모양이네."

"맞아. 잃어버린 땅에서 나오는 부산물들이 던전이나 게이트와는 비교할 수 없다는 소문이 돌고 있더라. 그래서 저 사람들이 저러고 있는 거야."

목숨을 걸고서라도 한몫 크게 잡겠다는 이들이 뭉쳐서 만들어 내는 광기.

나는 뉴스를 통해 보도되는 이야기를 들으면서 작게 한숨을 뱉어 냈다.

"느낌이 안 좋다."

느낌이 좋지 않았다.

그것도 아주 많이.

그리고 늘 그렇듯, 내 직감은 정확하게 맞아떨어졌다.

미스릴 러시

미스릴 러시.

중소형 길드들의 시위 덕분에 잃어버린 땅에 대한 제한이 풀린 후, 수많은 각성자가 잃어버린 땅으로 몰려든 현상을 의미하는 단어.

대한민국 각지에서 생성되었던 던전과 게이트의 숫자가 대폭 감소한 것도 이 '미스릴 러시'라는 현상이 벌어지는 데 큰 영향을 끼쳤다.

마치 지구를 관장하는 시스템이 대한민국이 북진하는 것을 권장이라도 하는 듯, 평상시에 불쑥불쑥 튀어나오던 던전과 게이트의 빈도가 눈에 띄게 감소한 것이다.

각성자란 모름지기 던전과 게이트들을 통해서 성장과 이

익을 도모하는 존재들.

그들의 시선이 잃어버린 땅으로 향하는 것은 어찌 보면 당연한 결과였다.

'이번이 대형 길드에 들어갈 수 있는 마지막 기회다. 여기에서 실적을 올린다면, 이걸 스펙 삼으면 돼. 아니면 부산물 하나라도 대박을 건지고 졸업하면 되는 거야.'

B급 헌터 손시원.

B급 헌터만 되더라도 직장인들을 우습게 볼 수 있을 만큼의 대접을 받지만, 원래 사람의 욕심이란 끝이 없는 법.

손시원은 이번 기회를 통해서 자신의 위치를 한 단계 높이고자 이곳에 들어왔다.

'비록 과정 자체가 좀 떨떠름하기는 했지만…….'

손시원은 떨떠름한 표정으로 주위에 있는 20명 남짓한 일행들을 바라보았다.

대형 길드들은 자체적으로 잃어버린 땅을 탐사할 능력을 지니고 있었지만, 중소형 길드나 프리랜서들의 경우는 아예 달랐다.

위험한 요소들이 곳곳에 배치되어 있는 땅.

자칫하면 목숨을 내줄 수도 있는 상황에서 그들이 선택할 수 있는 건 한 가지뿐이었다.

합동 탐사.

대한민국의 헌터 커뮤니티에는 온통 잃어버린 땅을 함께

탐사할 일행을 구한다는 이야기가 가득할 정도였으니, 이곳에 대한 관심이 얼마나 굉장한지를 쉽게 짐작할 수 있었다.

"손시원 씨, 뭘 그렇게 긴장해요?"

손시원이 경계심 가득한 눈빛으로 주위를 둘러보고 있을 때쯤, 한 여성이 웃음을 지으며 그에게로 다가왔다.

그녀의 이름은 아까 들어 알고 있었다.

유채화.

활을 사용한다는 A급 헌터.

이번 합동 탐사를 주도하는 4인 중 한 명이자, 밝게 빛나는 미소가 매력적인 여자였다.

"잃어버린 땅이니까요. 긴장이 되는 건 어쩔 수가 없네요."

"걱정도 많으시네요. 저희가 오늘 상대할 건 소규모 고블린들이 모여 있는 동굴인데, 그렇게 걱정하실 필요 없어요. 이 정도는 남쪽에서도 많이 잡아 봤잖아요? 그리고 장비도 되게 빵빵하게 챙겨 오셨네요. 이거 유선 그룹에서 신상으로 나온 장비일 텐데."

유채화는 손시원이 입고 있던 헌터 전용 방어구를 가볍게 터치하면서 말했다.

마수의 가죽을 정화한 후, 마력을 통해 방어력을 극대화시킨 신상품.

유선 그룹에서 야심 차게 내놓은 장비이자, 무려 10억에

달하는 비싼 가격을 지닌 장비였다.

손시원이 주문 제작만 받는다는 유선 그룹의 공방에서 큰 마음 먹고 구매한 장비이기도 했다.

'보는 눈은 있네.'

손시원은 내심 기분이 좋았다.

"이번에 잃어버린 땅에 들어가는 기념으로 하나 맞췄습니다. 저희 일이란 게 결국 장비가 중요한 일 아닙니까?"

"돈이 많으신가 봐요?"

"투자를 할 땐 과감하게 하는 편입니다. 리멘 교단의 성수도 챙겨 왔죠."

'비록 최하급이지만.'

이번 원정에 대비해서 그동안 모은 돈을 전부 사용하기는 했지만, 딱히 상관은 없었다.

큰 건을 하나 터뜨리고 돌아가면 되니까.

"리멘 교단의 성수! 그거 구하기 진짜 힘들다던데…… 어디에서 구매하신 거예요?"

"제가 아는 지인이 있어서요. 그 친구한테 구했습니다."

암시장에서 구한 성수였지만 굳이 그 사실을 이 여자에게 말하고 싶지는 않았다.

손시원은 자신만만한 미소와 함께 어깨를 폈고, 유채화는 그런 손시원을 바라보면서 감탄했다는 듯이 고개를 끄덕였다.

"우와, 대단하시네요!"

"제가 이래 보여도 헌터 경력 4년 차라, 이래저래 아는 지인들이 많습니다. 아, 채화 씨 A급 헌터라고 하셨죠? 돌아가면 제가 대형 길드 쪽과 연결이라도 해 드릴까요? 그쪽에 지인들이 좀 있어서……."

"아! 호의만으로도 감사해요. 제가 어디에 소속되는 걸 싫어하거든요. 저는 그냥 마음 맞는 사람들이랑 같이 다니는 걸 더 좋아해요."

"그러시구나."

그는 대강 대답하면서 슬쩍 그녀의 전신을 훑어보았다.

타이트하게 입은 갑옷으로 그녀의 아름다운 몸매가 드러났고, 그 몸매는 유채화의 미모와 어우러지며 자꾸만 시선이 가게 만들었다.

그의 시선을 의식한 걸까?

유채화가 살짝 붉어진 표정으로 말했다.

"오늘 제가 신세를 좀 많이 질 것 같아요. 그래서 미리 인사를 드리려고 왔어요."

"저만 믿으세요. 든든하게 앞에서 버텨 드리겠습니다."

어쩌면 오늘 레이드가 끝나고 좋은 일이 생길지도 모르겠다.

레이드 도중에 눈이 맞는 헌터들이 꽤 많았으니 말이다.

손시원은 유채화를 향해 미소를 지었다.

그렇게 손시원은 목적지까지 유채화와 이야기를 나누면서 걸어갔고, 어느새 그들은 목적지에 도착했다.

어느 야산에 위치한 작은 동굴.

목적지에 도착하자 이번 탐사대의 대장 역할을 맡고 있던 남자가 대원들을 향해 말했다.

"기껏해야 C급에 불과한 고블린들이 거주하고 있는 동굴입니다. B급 헌터 이상으로만 이번 탐사대를 구성했으니, 빠른 진행을 위해 2인 1조로 나뉘어서 토벌을 진행하겠습니다."

등급이 낮은 던전을 빠르게 토벌할 때 사용하는 방식.

손시원을 비롯한 탐사대원들은 아무런 의심 없이 그 방식을 승낙했고, 손시원은 유채화와 함께 동굴로 입장했다.

그리고 곧 그의 눈앞에는 수십 갈래의 통로가 모습을 드러냈다.

고블린들이 파 놓은 게 분명해 보이는 복잡한 구조.

손시원은 검과 방패를 꺼낸 다음, 자신감 넘치게 앞으로 걸어갔다.

"채화 씨는 제 뒤만 따라오세요. 제가 앞장서겠습니다."

"좋아요."

하지만 아무리 앞으로 걸어가더라도 고블린은 나타나지 않았다. 오히려 안쪽으로 진입할수록 피 냄새만 짙어질 뿐.

그렇게 얼마나 걸었을까?

20분쯤 탐사가 진행되었을 때쯤, 그의 등 뒤에 서 있던 유채화가 은근슬쩍 앞으로 걸어 나왔다.

"채화 씨, 앞은 위험……."

"탐욕에 물든 인간을 등쳐 먹는 건 참 쉬운 일이에요. 왜 그런지 알아요, 시원 씨?"

"……예?"

"인간은 원래 욕심에 물들면 주변이 안 보이거든요. 상황 판단 능력이 떨어진다고 해야 하나?"

그녀는 알 수 없는 말을 내뱉으면서 들고 있던 마법 조명으로 동굴의 한쪽을 비췄다.

그리고 그 순간.

"우우우욱."

손시원은 자신도 모르게 헛구역질을 할 수밖에 없었다.

왜냐하면 유채화가 조명으로 비춘 곳에는 이미 잔뜩 훼손된 시체가 다섯 구나 쌓여 있었기 때문이다.

그리고 그것보다 놀라웠던 건.

"다들 뭐 하러 그리 열심히 몬스터를 잡아 대는 걸까요? 버러지들을 사냥해서 빼앗는 게 훨씬 더 편한데, 안 그래요?"

시체에 다가간 유채화가 시체에 박혀 있던 단검을 뽑으며 활짝 웃는 장면이었다.

액티브 스킬 〈살의 Lv. 14〉에 노출되었습니다! 당신의 항마력으로는 저항할 수 없습니다.

움직일 수가 없었다.

머릿속이 새하얘지는 듯한 기분.

다리는 떨리기 시작했고, 팔과 다리는 말을 듣지 않았다.

유채화로부터 흘러나오는 끈적한 마력이 그의 몸을 옭아매고 있었다.

"채, 채화 씨?"

"다들 목숨 귀한 줄 알아서 비싼 장비들을 두르고 오더라구요. 이게 아주 쏠쏠한 벌이예요. 게다가 장물 빼돌리는 방법도 간단하다니까요? 바닷가에 준비되어 있는 밀수선을 통해 중국으로 넘기면 끝!"

어느새 손시원의 앞까지 도달한 유채화가 가느다란 왼손으로 그의 얼굴을 쓰다듬었다.

"그래도 우리 시원 씨가 비싼 장비를 가져왔으니까 제가 보답으로 딱 열 번만 찌를게요. 원래는 50번 정도 찌르고 나서야 죽이는데, 이 정도면 제가 많이 양보해 드리는 거예요."

유채화의 호흡이 가빠졌다.

흥분한 기색이 역력한 표정.

유채화는 잔뜩 상기된 얼굴로 자신의 오른손에 쥐어져 있던 단검을 혀로 핥았다.

던전으로 유인해서 토벌 중 사망한 것으로 위장시키는, 빌런들의 전형적인 수법.

손시원은 어떻게든 이 상황을 벗어나고자 몸을 버둥거려

보았지만, 강력한 마력에 의해 모든 것이 정지되어 버렸다.

'제발 살…….'

유채화가 내지른 단검이 그의 배를 꿰뚫으려 할 때쯤.

우드드드득.

"끼야아아악!"

그녀의 어깨가 기이할 정도로 크게 비틀렸고, 곧 그녀의 입에서 비명이 튀어나왔다.

그리고 잠시 후.

뒤쪽에서 한 남자가 걸어 나오면서 말했다.

"유선영. 나이 31세. 살인 48건…… 이야, 도대체 너희는 어디에 숨어 있다가 이제 나오는 거냐? 하여간에 가만히 내버려 두면 꼭 사고를 쳐요. 본보기를 보여 줘야 정신을 차린다니까? 이 버러지 새끼들."

검은색 사제복을 입은 남자.

손시원은 그의 이름을 알고 있었다.

그의 등장과 동시에 손시원의 입을 가로막던 마력이 풀렸고, 손시원은 넋이 나간 듯한 목소리로 남자의 이름을 불렀다.

"김……시우?"

손시원의 목소리에 남자가 슬쩍 그를 쳐다보았다. 그러고는 활짝 웃으면서 손을 흔들어 주었다.

"아! 저 아시는구나. 일단 밖에 나가 계세요. 거기에 이능관리부 직원들 있을 겁니다."

"여긴, 여긴 도대체 어떻게……."

"어떻게 왔긴요."

우드드드득.

김시우는 유채화, 아니 유선영을 반으로 접어 버리고는 바닥에 던졌다. 그리고 손시원을 향해 부드럽게 미소를 지으며 말을 맺었다.

"오랜만에 좋은 말씀 전하러 왔죠."

⁂

암을 발견하기 위해서는 주기적인 건강검진이 중요하다.

암세포는 사람들이 눈치채지 못하는 사이에도 빠르게 증식하기 때문이다.

빌런 역시 마찬가지다.

이 빌어먹을 새끼들은 주기적으로 찾아내서 박살을 내야지만 숫자가 줄어든다.

"이래서 욕심이 문제라니까."

나는 한때 고블린들의 족장이 머물렀을 거대한 공동에다가 빌런 9마리를 싸그리 몰아 둔 채로 고개를 끄덕였다.

잃어버린 땅에 일반 헌터들의 접근이 허용된 지도 벌써 2주째.

인간의 탐욕이 모여드는 곳에는 항상 먹을 게 많다.

그리고 먹을 게 많은 만큼, 이런저런 벌레들도 꼬여 드는 법이다.

바로 이 빌런 새끼들처럼 말이다.

"희생자들의 시신은 모두 수습했습니다."

"총 몇 구였습니까?"

"34구입니다."

"오늘 12구 추가할 뻔했네요. 고생하셨습니다, 김 실장님."

"……아닙니다. 저희가 해야 할 일이었는데, 오히려 민폐를 끼친 것 같아 마음이 무거울 따름입니다."

"벌레 구충하는데 네 일 내 일이 어디 있겠어요? 굳이 잘못이 있다면 허가를 내준 윗분들 잘못이겠죠."

잃어버린 땅에 일반 헌터들이 들어올 수 있는 상황이긴 했지만, 그렇다고 해서 완전히 자유롭게 드나들 수 있는 건 아니었다.

이능관리부의 허가 없이 들어오는 건 여전히 불법인 상황.

그럼에도 빌런 놈들이 설치고 있다는 건 보통 두 가지 중 하나다.

이 녀석들이 바다를 통해 이곳에 밀항했거나, 아니면 관계자한테 뒷돈을 찔러주고 허가를 받아 냈다거나.

그 어느 쪽도 유쾌하진 않았다.

"김 실장님."

"예."

"정부 측의 협조 요청이 들어왔었으니까, 면책 조항이 발동되는 상황이라고 생각해도 되겠죠?"

내 질문에 김 실장은 침음을 흘렸다. 그리고 천천히 고개를 끄덕였다.

"그렇긴 합니다만……."

"아, 죽인다는 이야기는 안 했어요. 그냥 한 놈만 데리고 가자는 뜻이었죠. 저기, 얼굴에 그림 그려 둔 친구 있죠? 그 놈이 애네들 리더예요."

"그걸 어떻게?"

"지은 죄가 제일 많네요. 보통 그런 놈이 대장이거든요."

나쁜 놈들의 대장은 가장 나쁜 놈.

원시적이지만 가장 효과적인 논리다.

내 말을 들은 김 실장은 자신의 옆에 있던 부하 직원에게 손짓을 했고, 그러자 이능관리부의 요원들이 재빠르게 움직였다.

확실히 〈멸악의 의지〉는 빌런들을 상대할 때 효과적이다.

분리수거 대상이 명확하게 보이니까 너무 편하다. 에덴에서보다는 지구에서 쓸 일이 훨씬 많은 스킬이기도 하고.

"그런데 김시우 교황님, 나머지 빌런들은 목숨을 끊어 버릴 생각이십니까?"

"김 실장님. 제가 교황인데 어떻게 그런 가혹한 처벌을 내리겠어요? 제가 막 사람 죽여 버리면 정부도 곤란한 거 다 아는데, 그리고 범죄자에게도 인권이 있을 거 아니에요. 인권은 존중해 줘야죠."

"그럼 어떻게……."

"이렇게요."

나는 이능관리부 직원들이 뒤로 빠진 걸 확인한 다음, 가볍게 발을 굴렀다.

쿠구구구궁.

그러자 천장의 일부가 무너져 내렸고, 빌런들을 던져 두었던 장소가 철저하게 매몰되었다.

"힘줄, 뼈. 싸그리 으스러뜨렸습니다. 마법을 쓰는 놈들은 마력 기관까지 박살 내 놨구요. 저놈들, 저기에서 못 나와요. 안에서 발악을 하든, 굶주림에 미쳐서 서로를 뜯어 먹든. 알아서들 하라죠."

나는 묵묵히 손을 턴 다음, 김 실장을 바라보았다. 그리고 나지막한 목소리로 말했다.

"빌런들과 연관이 되어 있는 관계자들도 확실히 정리해 주실 거라 믿습니다. 아, 그리고 제대로 처리하기 힘드시면 협조 요청 넣어 주세요. 언제라도 도와드릴 테니까."

미국에서 열리는 각성자 포럼 개최까지 남은 시간은 2주.

청소는 미뤄 둘수록 쌓이는 법.

"청소는 미리미리 해 둡시다."

본격적인 청소 시간이 찾아왔다.

⚜

2주라는 시간 동안 개성 전초기지의 모습은 꽤 많이 바뀌었다.

처음에는 달랑 군용 천막으로만 가득찼던 곳이.

"각종 몬스터의 부산물을 좋은 가격에 매입하고 있습니다!"

"회복에 도움이 되는 아이템들을 팔고 있습니다. 소모품을 모두 사용하신 분들! 내려가서 구매하지 마시고, 현장에서 바로 보급하세요!"

"장비 수리해 드립니다!"

이제는 각종 상인들이 모여들어 상권을 형성하기 시작했다.

곳곳에서는 빠른 속도로 건물들이 올라가는 중이었으며, 컨테이너형 건물들도 많이 들어섰다.

몇 주 전까지만 하더라도 황량한 도시였다는 걸 믿을 수 없는 수준.

활기가 넘쳐 난다.

헌터들, 상인들, 그리고 기업 관계자들.

다양한 분야들의 인간들이 모여서 만들어 내는 활기에다가 일확천금을 향한 광기까지 한 스푼 집어넣으니, 이보다 더 정신없기는 힘들 것 같았다.

애초에 정부에서 원했던 모습도 이런 모습과 비슷했을지도 모른다.

전초기지를 중심으로 장비를 수리하고, 물건을 거래하면서 개성 지역을 안정화시키는 것.

이곳을 거점 삼아서 북진을 이어 나가겠다는 계획이 착실하게 진행되고 있는 셈이다.

헌터들의 목숨을 위협할 수 있는 주요 군락지들은 우리 교단과 정부, 대형 길드의 손에 의해 어느 정도 정리가 된 상황.

나는 천천히 인파 속을 걸었다.

당연히 마스크는 쓰고 있었고, 내 옆에서는 아까 전에 그 동굴에서 잡아 온 빌런이 따라 걷는 중이었다.

"함정이면 알지?"

"예, 예. 제가 누구 앞이라고 감히 거짓말을 하겠습니까?"

"함정이면 좋겠는데."

"예?"

"그래야 시원하게 해결하잖아. 일망타진. 얼마나 편하고 좋아?"

이 녀석으로부터 넘겨받은 정보 중에는 개성 전초기지에

숨어들어서 장물을 거래하는 놈들이 있다고 들었다.

중국 쪽으로 희생자들의 물건을 팔아넘기면서 이익을 취하는 놈들.

원래는 해양 몬스터들로 인해서 잃어버린 땅 인근의 바닷길이 막혀 있었지만, 최근에 들어 해양 몬스터들의 출현이 적어졌다고 한다.

그래서 밀항선과 밀수선이 성행하고 있단다.

참 이런 쪽으로는 정말 성실한 녀석들이라니까?

그렇게 내가 이 대머리 녀석과 함께 천천히 앞으로 이동하고 있을 때쯤.

“저기요!”

호시탐탐 먹이를 노리고 있던 상인 한 명이 나를 붙잡았다.

영업용 미소로 철저히 무장한 젊은 상인.

그는 내 행색을 위아래로 빠르게 훑은 다음, 시원시원한 목소리로 말을 이어 갔다.

“보아하니 헌터이신 것 같은데, 제가 마침 좋은 상품을 구해 뒀습니다! 히야. 어떻게 마스크를 쓰셔도 잘생긴 게 티가 나시는지. 자 자, 여기서 이렇게 서 계시지 말고 들어오셔서 물건 한번 구경해 보세요! 없는 거 빼고 다 있습니다.”

뻔한 호객 행위.

열정은 좋지만, 스킬이 워낙 진부했다.

내가 뚱한 반응이라서 그런걸까? 그 청년 상인은 주위를 둘러보더니, 곧 작은 목소리로 비장의 무기를 날렸다.

"헌터님만 알고 계십쇼. 저희 상점에는 리멘 교단의 성수도 있습니다."

"……성수?"

"구하느라 되게 힘들었습니다. 유선 그룹에서 독점적으로 유통하고 있는건데, 제가 아는 지인을 통해 슬쩍 빼냈거든요. 물론 유선 그룹에서 판매하는 가격보다는 비싸겠지만…… 아시죠? 요새 리멘 교단 성수, 웃돈을 주고도 못 구합니다."

고객의 흥미 포인트를 유발하는 능력은 있는 것 같다.

우리 교단의 성수를 잡상인이 판매하고 있다?

궁금하긴 했다.

나는 살짝 고민을 한 다음, 내 옆에 있던 대머리를 이끌고 컨테이너 상점 안으로 들어섰다.

그러자 청년은 빠르게 구석으로 가서 액체가 담긴 병 하나를 꺼내 왔다.

"이겁니다. 리멘 교단의 성수! 어지간한 회복약보다 훨씬 효과가 좋다는 바로 그 기적의 물! 이 성수를 두 개만 챙기고 다니시면, 여벌 목숨 두 개를 챙기고 다니는 거나 다름없어요."

"히야."

그가 건네준 '성수'를 손에 받아 들었다.

리멘 교단의 로고라고 할 수 있는 마름모가 그려진 병.

교단의 축성소에서 생산하는 성수와 완전히 동일한 병이었다.

나는 그 병을 만지작거리면서 청년에게 물었다.

"이거 몇 병이나 팔았습니까?"

"가격이 가격이라, 이 두 병이 전부입니다."

"하하, 잠시만요."

곧바로 주머니에서 스마트폰을 꺼낸 다음, 레오에게 전화를 걸었다.

참고로 4일 전부터 개성 전초기지 내에서는 통신이 가능해졌다. 마력을 어느 정도 정화해 뒀기 때문이다.

뚜우우우.

잠깐의 통화 연결음 후, 곧바로 레오가 전화를 받았다.

-전화받았습니다, 성하.

"어, 레오야. 바쁘냐?"

-아닙니다. 무슨 일이십니까?

"여기에 좀 와야겠는데…… 사장님? 여기 몇 번 상점입니까?"

"예? 아, 여기는 115번 상점……."

"그래, 레오야. 115번 상점으로 와라. 이능관리부 직원들도 좀 모셔 오고."

–알겠습니다.

그걸로 짧은 통화는 끝.

나는 스마트폰을 다시 주머니에 넣은 다음, 웃으면서 청년을 바라보았다.

청년은 얼빠진 표정으로 나에게 물었다.

"무슨…… 문제라도 있습니까?"

"이거, 가짜예요."

"……예?"

"이 성수요. 가짜라구요. 신성력이 전혀 느껴지지 않아요. 그냥 맹물인데요? 이 맛은…… 음, 평범한 제주도 암반수인 것 같은데요. 그래도 성의는 좀 있네. 제주도 암반수면 뭐."

청년을 상대로 〈멸악의 의지〉는 발동하지 않는다.

사기를 치는 사람이라면 〈사기〉라고 써져 있겠다만, 청년은 그저 순박해 보이는 눈망울만 꿈벅거리고 있을 뿐.

우리 교단의 성수를 사칭하면서 가짜를 팔고 다니는 놈들이 있다고 들었는데, 아무래도 그런 놈들에게 당한 모양이다.

내 말에 청년은 떨리는 손으로 성수를 건네받았다.

그리고 고개를 가로저으면서 말했다.

"그럴 리가 없습니다. 유명한 중개업자한테서 떼 온 상품인데…… 이거 사느라고 밑천도 다…… 헌터님께서는 도대체 누구시기에 그런……."

"아, 저요?"

나는 마스크를 살짝 내린 다음, 어깨를 으쓱였다.

"성수 특허권자요."

"어? 어! 어?"

"피해자이신 것 같은데, 자세한 건 가서 이야기 나누세요. 곧 사람들이 도착할 겁니다. 이거 성수 비싸게 구하셨죠? 나쁜 놈들은 잡아야 하니까 협조해 주세요. 그래야 보상도 받으실 테고."

높은 확률로 '그 나라' 친구들과 관련이 되어 있을 것 같은데 말이야.

원래 먹는 것 가지고 장난치는 건 진짜 악질 중에서 악질들이나 하는 짓이다.

……그래도 제주도 암반수를 사용했으니 어느 정도 양심은 있다고 해야 하나?

"죄송…… 정말 죄송합니다. 저는 그저 잘해 보려고……."

"조사만 잘 받으시면 별일 없도록 이야기 잘해 두겠습니다."

만약 이 사람에게 잘못이 있었다면, 오히려 더 뻔뻔하게 나왔겠지.

이것도 인연이라면 인연.

나는 겁에 잔뜩 질린 청년을 향해 슬며시 미소를 지었다.

"안 그래도 저희 교단에서 이곳에 영업소 하나 만들 생각이었거든요? 우리 레오 대주교 도착하면 제가 말했다 하고 이야기 꺼내 보세요."

"감, 감사합니다!"

"뭐, 감사하실 필요까지야. 조사 과정에서 죄가 있다면…… 아시죠?"

험지까지 와서 열심히 장사해 보겠다는 사람인데, 이런 행운쯤은 있어야지.

그렇게 빠르게 상황을 정리한 나는 옆에 있던 빌런의 뒤통수를 후려갈기면서 말했다.

"가자, 빌런 놈아. 우리는 하던 거 마저 해야지. 안 그래?"

"예! 예. 제발 살려만……."

"너 하는 거 봐서."

개성 전초기지의 정신없는 나날이 계속되고 있었다.

⁂

대머리 빌런이 나를 데려간 곳은 전초기지에서 멀찍이 떨어져 있는 작은 야산이었다.

야산의 중턱쯤에 지어져 있는 작은 목재 건물들.

빌런 놈들 중에 목수라도 있던 걸까? 꽤 그럴듯한 창고가 지어져 있었다.

이 짧은 시간에 이런 것들을 만든 걸 보니 마법의 도움도 좀 받은 것 같았다.

"여기입니다."

"이야, 이런 곳은 또 어떻게 찾았대?"

"전초기지 바깥은 감시도 덜하고…… 생각보다 안전하기도 해서……."

"하긴, 아직까지 전초기지를 관리하기도 벅찬 상황이기는 하지."

빌런들의 아지트가 전초기지의 컨테이너들보다 운치가 있다는 게 굉장히 괘씸했다.

"어이, 김 씨."

우리가 그 아지트에 접근하자 곧 험악한 인상을 자랑하는 놈 하나가 우리에게 다가왔다.

친근하게 내 옆의 놈을 부르는 것이, 꽤 친밀한 사이인 듯 싶었다.

"어때, 오늘은 재미 좀 봤어? 지난번에는 반반한 년도 있었다면서? 흐흐, 그런 재미를 볼 때면 나도 부르라고. 그런데 옆에 그 마스크는 또 뭐야."

"손님."

"아아아. 귀하신 분이셨구먼. 장비를 저렴하게 구하기에는 또 이곳만 한 곳도 없지. 가만 보면 김 씨 수완이 참 대단해? 작업이면 작업, 호객이면 호객! 이러니까 우리 대장이 좋아하지."

말이 많은 놈이었다.

그놈은 내 위아래를 쭉 훑더니 곧 음흉하게 웃으면서 말했다.

"잘 왔수다. 피가 좀 묻어 있기는 해도 괜찮은 장비들이 많아. 신상이면 신상, 필요한 건 다 있을 테니까 들어오쇼."

별다른 몸수색은 없었다.

그 말은 곧 내 옆에 있던 놈과 강력한 신뢰 관계가 형성되어 있다는 뜻이기도 했다.

나는 '김 씨'라 불린 그 빌런을 향해 작은 목소리로 말했다.

"친한가 봐?"

"제가 나름 이 바닥에서 이름이……."

"김 실장님도 너 알아보더라. 자랑이다, 이 새끼야."

아지트의 규모는 꽤 컸다.

상주하고 있는 인원만 하더라도 삼십은 가뿐히 넘는 규모.

게다가.

> 패시브 스킬 〈멸악의 의지〉가 상대방을 악인으로 규정합니다.
> 패시브 스킬 〈멸악의 의지〉가 상대방을 악인으로 규정……

쉴 새 없이 멸악의 의지가 발동하는 것만 보더라도 이 아지트가 어떤 놈들이 모여 있는지를 쉽게 파악할 수 있었다.

쓰레기통이라는 단어가 이곳만큼이나 잘 어울리는 곳이 과연 있을까?

그래도 반대로 생각해 보면 아주 좋은 기회였다.

빌런과의 전쟁이 선포된 이후 더욱 더 음지로 숨어든 빌런들을 한 번 더 청소할 수 있잖아.

그렇게 우리는 창고 옆에 지어진 목조 건물 안으로 들어섰다.

그러자 그 안에서 여유롭게 차를 마시고 있던 한 콧수염의 남성이 반갑게 우리를 맞이했다.

"오! 벌써 작업이 끝난 건가? 김 씨, 오늘도 고생 많았어."

"별……말씀을."

"옆에 계신 분은 손님이라고 들었어. 반갑습니다. 개성에서 소소하게 장사를 하고 있는 지영철이라고 합니다. 자 자, 편하게 앉으세요."

레드 셔츠에 슬랙스를 매칭한 그 콧수염은 내가 자리에 앉자마자 찻잔에 차를 따라 주었다.

마시지 않아도 알 수 있었다.

마약 성분이 담겨 있는 차.

초면부터 장난질을 자연스럽게 치는 솜씨를 보아하니 보통 놈은 아니다.

실제로.

플레이어 〈지영철〉의 악행을 나열합니다.
〈인신매매〉, 〈살인〉, 〈사기〉 등 217건

쓰레기들의 기본 조건이라고 할 수 있는 〈인신매매〉와 〈살인〉을 탑재한 놈이었다.

이 정도는 되어야 두목 노릇을 하나 보다. 물론 내 옆에 있는 새끼도 만만치 않았다.

지영철은 한껏 거들먹거리는 표정으로 나를 바라보았다.

그리고 슬며시 미소를 지으면서 말했다.

"그래, 이곳에는 무엇을 보러 오셨습니까? 방어구? 무기? 종류별로 다 준비해 뒀으니 마음껏 말해 보세요. 깨끗하게 세척을 해 둬서 흔적도 별로 없습니다."

"흔적?"

"고객님도 아시겠지만 저희가 취급하는 상품들이 중고라서요. 왜, 전투 중에 피가 묻고 그러는 일 있지 않습니까? 싼 가격에는 싼 이유가 있는 법입니다. 하지만 성능은 걱정하실 것 없습니다. 저희가 고객님들을 위해 상등품들로만 선별을 해 뒀거든요. 안 그래, 김 씨?"

지영철이 거들어 달라는 듯이 내 옆에 놈을 향해 말했지만, 그 녀석은 묵묵부답이었다.

새하얗게 질린 얼굴로 고개를 숙이고 있을 뿐.

"상등품이라."

나는 슬쩍 입꼬리를 올렸다.

"무기 말고 다른 게 좀 필요한데."

"무기가 아니라면 방어구? 두꺼운 거, 가벼운 거. 말만

하…….”

“너희도 장부 같은 거 만들잖아? 누구랑 거래했는지, 이런 것들. 장부나 내놔 봐. 아, 그리고.”

우드드득.

단번에 녀석의 오른쪽 어깨를 움켜쥔 다음, 그대로 어깨를 비틀어 버렸다.

“끄아…… 으으으으읍!”

지영철이 고통에 몸부림치며 비명을 내지르려 했으나 나는 빠르게 찻잔을 녀석의 입에다가 처박았다.

그리고 나지막한 목소리로 말했다.

“장부값은 이걸로 퉁칠게. 어때, 값은 충분하지?”

❧

지영철이 넘겨준 장부에는 누구와 거래를 했는지, 또 누구에게 뇌물을 줬는지.

온갖 정보들이 하나도 빠짐없이 전부 적혀 있었다.

굉장히 체계적인 새끼였다.

각성자로서의 능력은 그리 강하진 않았지만, 사업가로서의 대가리는 빠르게 돌아가는 놈.

“……그렇게 해서 일단 한 곳은 작살을 내 뒀고, 지영철은 잡아 왔습니다.”

나는 책상 앞에 앉아 있던 유선호 장관에게 두 권의 장부를 건네주면서 말을 이어 갔다.

"하나는 거래 장부. 하나는 뇌물 장부. 각각 구분해서 사용하시면 될 것 같습니다."

"지영철을 제외한 나머지 빌런들은 어떻게 되었습니까?"

"의리는 있더라구요. 대장이 제압당하니까 싸그리 몰려들던데요?"

나로서는 굉장히 편했다.

그래도 지영철이 나름 부하들은 잘 챙겨 줬었는지, 대장을 구하기 위해 불속으로 뛰어들더라.

불나방을 보는 것만 같았다.

그리고 그들의 최후 역시 불나방과 같았다.

"지영철을 제외한 나머지 빌런들은 그 자리에서 실종되었습니다."

"……그렇군요."

"현장은 완벽하게 보존시켜 두었습니다. 사람들을 보내서 마무리하시면 될 것 같습니다."

나는 그렇게 말하며 내 앞에 놓여 있는 차가운 물을 한 모금 들이켰다.

"제가 오는 길에 슬쩍 뇌물 장부도 확인해 봤는데, 재밌는 분들이 꽤 많던데요? 국회의원, 이능관리부 공무원, 경찰, 검찰…… 아주 그냥 각계각층에 골고루 있으시던데."

"면목이 없습니다."

"장관님께서 알아서 해결해 주실 거라 믿습니다."

여차하면 그 사람들도 '실종'시켜 버리면 된다.

나름 그동안 쓰레기를 열심히 청소했다고 생각했는데, 이게 참 어렵다.

쓰레기 보존의 법칙이라도 있는 걸까?

쓰레기를 치워 낸 자리는 쓰레기가 대체하더라.

이래서 분리수거가 정말 중요한 거다.

"장관님."

"예."

"저는 몬스터를 잡고 일확천금을 노리려는 사람들을 탓하고 싶지는 않습니다. 그건 그들의 선택이니까요. 자신의 목표를 위해 목숨을 내건 사람들인데, 죽더라도 몬스터를 잡다 죽게 해 줘야지 않겠습니까?"

내 말에 유선호 장관은 무겁게 고개를 끄덕였다.

"관련자를 모조리 색출해 내겠습니다."

"항상 믿고 있습니다."

정부 쪽을 굳이 강력하게 압박할 생각은 없었다.

서 대통령과 유 장관이라면 굳이 그렇게 안 하더라도 알아서 일을 처리할 것이기 때문이다.

사실상 다 차려진 밥상이다.

증인이 되어 줄 지영철까지 살려 왔으니 이 정도면 숟가락으로 밥을 퍼 먹기만 하면 된다. 그리고 대한민국 정부는 차려진 밥상을 못 먹을 정도로 무능하지도 않았다.

정치인들도 연관되어 있는 일.

리멘 교단에서 직접 나섰다가 무슨 소리를 들을지는 뻔하다. 그래서 일단은 정부 측에 처리를 맡기는 게 현명하다.

저쪽에서 협조 요청을 해 온다면 또 상황이 달라지겠지만 말이지.

어찌 되었든 그렇게 내가 유선호 장관과 이런저런 일 이야기를 나누고 있을 때쯤이었다.

"성하, 들어가도 되겠습니까?"

회의가 진행 중이던 야전 천막 안으로 레오의 목소리가 들려왔다.

무슨 일이 있나 보다.

그렇지 않고서야 레오가 회의 도중에 끼어드는, 그런 무례한 짓을 할 리가 없거든.

나는 빠르게 레오를 천막 안으로 들였고, 레오는 들어오자마자 나에게 고개를 숙였다. 그리고 곧바로 상황을 보고했다.

"지영철을 심문하는 과정에서 중요한 정보를 입수했습니다. 성하께서도 알고 계셔야 할 듯하여."

레오는 그렇게 말하며 유선호 장관의 눈치를 슬쩍 살폈다.

유선호 장관 앞에서는 말하기 껄끄러운 정보인 듯했다.

"유선호 장관님과 우리가 남도 아니고. 괜찮아, 편하게 말해."

"녀석들이 성하께서 개입했을 때의 계획도 미리 세워 둔 것 같습니다."

"계획?"

"지영철이 속한 조직에서 인질극을 준비하고 있었습니다. 조직원은 이미 배치되어 있던 상태였고, 연락이 끊기는 즉시 작전에 들어갈 계획이었다고 합니다."

인질극.

그 세 글자를 듣자마자 머릿속이 싹 가라앉았다.

"이거 완전 갈 데까지 간 새끼들이었네."

인욱이나 시연이, 아니면 우리 할머니.

이 셋은 건들려야 건들 수가 없다. 할머니 쪽에는 에이든이 든든하게 버티고 있고, 시연이나 인욱이에게는 베스와 백설이가 버티고 있으니까.

나는 혹시 몰라서 곧장 백설이와 정신을 연결했다.

'백설아.'

—왜 주인. 나 지금 인욱이랑 시연이랑 노는 중.

'주변에 별거 없어?'

—별거야 있지. 이 까만 댕댕이 놈이 자꾸 거슬리기는 해. 그런데 갑자기 왜?

'아니다.'

일단 이쪽에는 문제가 없고.

내 가족들을 인질로 삼을 정도로 멍청한 놈들은 아니란 뜻.

그렇다면 인질로 잡을 만한 사람이 있나?

교단 내에서 입지도 적당하고, 만만한 대상이 있을 리가 없…….

"……하나 있네."

생각해 보니까 한 명 있다.

최근 들어 주가를 빠르게 올리고 있으며, 교단 내의 다른 인원들에 비해 외부 활동도 잦은 사람.

그리고 비교적 만만한 대상.

나는 미간을 잔뜩 찌푸렸다.

"승우네."

"그렇습니다."

그러자 내 옆에서 가만히 이야기를 듣고 있던 유선호 장관이 다급한 목소리로 말했다.

"곧바로 본청에 연락을 넣겠습니다. 대기하고 있는 모든 이능관리부 요원들을 파견하겠……."

"아닙니다. 저희가 알아서 해결하겠습니다."

승우를 노릴 줄은 진짜 몰랐다.

승우가 요새 병원들을 돌아다니면서 '어린 성자'라는 별명까지 얻기는 했지만, 빌런들이 승우를 인질로 삼을 생각까지

했을 줄이야.

미쳐도 단단히 미쳤다.

여간 미친놈들이 아니면 빌런이 못 되는 건가?

"승우 오늘 계획은?"

"대전의 난민촌에서 치유 봉사가 예정되어 있습니다. 지금쯤이면 이동하고 있을 겁니다."

"인솔자는?"

"라파르트 대주교입니다."

어쩐지.

레오가 생각보다 급해 보이진 않더라.

10년 묵은 체증이 단번에 내려가는 기분이었다.

나는 안도의 한숨을 푹 내쉰 다음, 한층 여유로워진 목소리로 말했다.

"아, 그럼 오케이. 라파르트 대주교한테 전화만 넣어 둬. 살려는 두라고. 알겠지?"

"예, 알겠습니다."

혹시 모르니까 백설이한테도 연락은 해 둬야겠다.

'백설아.'

—아, 왜 자꾸 불러.

'거기는 베스한테 맡기고, 승우한테 좀 가 봐라.'

—귀찮은데 왜 자꾸…….

'캣 타워 피망마켓에 올려 버린다.'

-……자꾸자꾸 가고 싶게 만들어? 지금 갈게.

라파르트 대주교에 백설이라면 어지간한 디재스터급 귀환자도 해결할 수 있을 거다.

그렇게 백설이까지 승우에게 보낸 나는 혀를 차며 말했다.

"자살하는 방법도 가지가지다 진짜. 야, 레오야. 가서 지영철 여기로 끌고 와."

"오는 길에 미리 치료는 해 두겠습니다."

"그래야지. 맞다가 뒈지면 안 되잖아?"

"예, 성하."

인질극에 대한 정보는 끝까지 입을 다물고 계셨다?

괘씸해서 안 되겠다.

나는 손목을 풀면서 이를 부드득 갈았다.

⁂

쉬운 임무라고 생각했다.

납치 대상은 어린아이 하나.

한때 S급 헌터로 분류되었던 놈도 한 명 끼어 있는 전력이었기에 그쯤은 어렵지 않을 것이라 생각했다.

계획은 간단했다.

차로 이동하고 있는 어린 성자를 납치한 후, 그것을 대가로 정부 측에 억류된 지영철을 돌려받는 것.

비록 어린 성자가 타고 있던 차량에 노인 한 명이 더 탑승했지만, 큰 변수는 없을 것이라 생각했다.

변수찬은 적어도 5분 전까지만 하더라도 그렇게 생각했다.

콰드드드드득.

하지만 모든 것이 변수찬의 생각과 전혀 다른 방향으로 흘러가고 있었다.

'차를 이 야산으로 돌렸을 때 눈치를 챘어야 했는데.'

타깃이 탑승해 있던 차가 고속도로에서 빠져 나와 산으로 향했을 때, 그때가 도망칠 유일한 기회였을 것이다.

"참으로 어리석구나."

하얀색 사제복을 입은 노인이 그를 향해 다가왔다.

그리고 그 노인의 뒤에서는 하얀색의 털을 지닌 호랑이 한 마리가 날뛰고 있었다.

"성하의 말씀만 없었다면 진작에 너희의 목을 꺾었을 것이다."

저 노인에 대해 알려진 정보라고는 기껏해야 실무자라는 것.

항상 신전에 거주하며, 밖으로는 나서지 않는다는 정보가 전부였기 때문에 크게 신경 쓰지도 않았다.

오히려 인질로 삼을 대상이 늘어났다는 생각뿐.

그러나 방금 전까지 노인이 보여 준 모습은 단순한 '실무자' 따위가 아니었다.

노인의 손에 들려 있는 은색의 채찍.

그 채찍이 만들어 낸 참상이 변수찬의 앞에 적나라하게 드러나 있었다.

"너희의 죄는 오로지 고통으로만 씻을 수 있다. 걱정하지 말거라. 내 비록 은퇴하였으나, 너희의 회개를 위해 기꺼이 은퇴를 번복해 주마. 자비로우신 리멘님께서 이해를 해 주실 게다."

이곳을 급습한 조직원의 숫자는 총 19명.

이번 일을 도모하기 위해서 중국에 숨어 있던 조직원들이 대거 밀항했었다.

S급 헌터 1명에 A급 헌터가 10명이나 포함되어 있는 전력이었고, 그의 조직에서도 나름 엄선한 조직원들이었다.

그러나 그들이 믿고 있던 S급 헌터는 현재 채찍에 의해 사지가 찢겨 나간 채로 땅바닥에 굴러다니는 중이었다.

크르르르르르릉.

그리고 저 백색의 호랑이 역시 그들의 계획에 없었던 건 매한가지였다.

'기회를 봐서 도망친다. 남은 마력을 모두 투자하면…….'

변수찬은 바닥에 죽은 척 엎드린 채로 살길을 도모하고자 했다.

살아야만 했다.

이 지옥 같은 곳에서 벗어나서, 리멘 교단에 더 많은 괴물들이 숨어 있다는 것을 조직에 알려야만 했다.

그렇게 변수찬은 천천히 마력을 끌어올렸다.

속도만큼은 자신이 있었고, 노인이 다른 곳을 보고 있는 지금이야말로 유일한 기회라고 생각했기 때문이다.

액티브 스킬 〈줄행랑 Lv. 16〉을 시전합니다.

'좋아. 이대로…….'

그러나 그때였다.

좌르르르르르륵─!

어디선가 날아든 채찍이 그의 발목을 휘감았고, 변수찬은 일어나던 자세 그대로 바닥에 엎어졌다.

그리고 잠시 후, 그의 귓가에 노인의 목소리가 울려 퍼졌다.

"아둔하구나, 이 미련한 것아. 내 너에게 마지막 기회를 준 것이거늘."

노인이 천천히 변수찬에게 다가갈 때쯤이었다.

"씨발! 가만히 있어! 움, 움직이면 이 애새끼 죽일 거야! 어?"

팔 한쪽이 뜯겨 나간 남자가 남아 있는 팔로 꼬마의 목을 휘감은 채로 소리쳤다.

그들의 타깃이었던 어린 꼬마.

리멘 교단에서 애지중지 키워 내고 있다는 소문이 무성한 그 어린 성자였다.

하지만 무언가 이상했다.

이런 상황에 당황할 법도 한데, 노인의 표정에는 단 한 치의 흔들림조차 없었다.

마치 이 상황을 의도라도 했다는 듯이 고개를 끄덕였다.

"승우야, 그놈은 내가 내주는 숙제다."

"무슨 병신 같은 소리를 지껄이는 거야? 노망이라도 났어? 당장 물러서! 어? 내가 이 애새끼 못 죽일 것 같아?"

어린 성자를 인질로 잡은 남자가 발악하듯이 소리쳤다. 그러나 노인은 덤덤한 목소리로 말을 이어 나갔다.

"앞으로 네가 살아가는 동안 수도 없이 이런 상황에 놓일 게다. 리멘의 영광을 시기하는 놈들, 악의 길을 걷는 놈들. 셀 수도 없이 많은 적이 너를 노릴 테지."

노인은 인자한 표정으로 자신의 어린 제자를 바라보았다.

"오늘의 수업은 바로 이것이다."

"대주교님."

"너의 정의를 지키려면, 그리고 너의 사람들을 지키려면. 네 스스로 위험에서 벗어날 줄은 알아야 한다. 너는 영특하니 내 말이 무슨 뜻인지 잘 알 게야."

"이 애새끼가 나에게서 벗어날 수 있을 것 같아? 지랄하지

마. 내가 마음만 먹으면 이깟 애새끼 모가지쯤은-.”

콰지지직.

남자의 말은 끝까지 이어지지 못했다.

왜냐하면 남자의 품속에 있었던 어린 성자가 팔꿈치로 남자의 명치를 찍어 버렸기 때문이다.

어린 성자의 기습에 당한 남자는 그대로 정신을 잃고 쓰러졌고, 어린 성자는 남자를 내려다보면서 조용히 말했다.

“짐이 되면 안 된다는 거, 저도 잘 알고 있어요, 대주교님. 그러니 걱정하지 마세요. 짐이 되지 않도록 노력할게요.”

나지막한 소년의 목소리.

노인은 흡족한 표정으로 고개를 끄덕였다.

“훌륭하구나.”

여행은 여행인데……

내가 던진 돌은 대한민국에 거대한 파장을 일으켰다.

〈(속보) 대한민국 최대 최악의 빌런 조직, '흑천' 대대적인 소탕 시작!〉

〈서신우 대통령, '이 땅에 발붙인 모든 빌런이 사라지는 날까지 전쟁은 계속될 것.'〉

〈정치권을 강타한 '흑천 게이트'! 빌런과 관련된 모든 이들이 샅샅이 밝혀지다〉

〈여야 대표, '정부의 결단에 절대적인 지지를 보낸다' 공동성명〉

지영철을 비롯한 생포한 빌런들에게서 뽑아낸 정보, '흑천'.

지영철이 건넨 장부와 레오, 그리고 라파르트 대주교의 주도하에 이루어진 심문 과정에서 쓸 만한 정보들이 대거 쏟아졌다.

특히 라파르트 대주교.

라파르트 대주교의 심문이 정말 가차 없었다고 들었다. 그것은 아마 녀석들이 노린 것이 승우였기 때문일 것이다.

라파르트 대주교만의 무기라고 할 수 있는 채찍이 오랜만에 등장했을 정도면…… 더 이상의 설명은 필요 없었다.

그런 과정에서 흘러나온 정보들을 고스란히 정부 측에 전달했고, 정부에서는 이를 악물고 대대적인 토벌에 나섰다.

서 대통령이 전화까지 주더라.

-김시우 교황님이 대한민국에 돌아오실 때면, 깨끗한 대한민국을 보여 드리겠습니다. 그러니 편하게 미국에 다녀오십시오.

항상 유머러스한 서 대통령의 목소리는 찾아볼 수 없었고, 독기까지 느껴질 정도였다.

유선호 장관으로부터 듣기로는 승우가 습격을 받았다는 이야기를 듣고 크게 노했다던가.

하여간에 대한민국의 정세는 그렇게 흘러가고 있었고, 나는 내 집무실에서 우리 교단의 간부들과 회의를 진행하는 중이었다.

“제가 미국에 가 있는 동안 여기 라파르트 대주교께서 교황의 직무를 대리하실 겁니다. 불만 있으신 분?”

“저…… 성하.”

“왜?”

“이런 자리에서는 동의를 먼저 구하시는 것이…….”

“아니, 불만 있냐고 물어봤잖아. 불만 없으면 동의하는 거고. 야, 회의 좀 편하게 해, 편하게. 나 그렇게 막 수직적인 리더 아니라니까?”

“……알겠습니다.”

회의에 참석한 인원은 나, 레오, 루나, 토비, 라파르트 대주교.

현재 교단을 이끌어 나가고 있는 중요한 멤버들이다.

민수 씨나 준우 씨도 있긴 하지만, 그들은 교단의 운영에 직접적으로 관여하진 않는다.

오늘 이 회의는 내가 미국에 간 사이 교단을 어떻게 운영해 나갈지를 토의하기 위해 모인 자리였다.

나는 차를 한 모금 들이켠 다음, 기분 좋게 말을 이어 갔다.

“어차피 평소에도 내가 운영에 관여하던 건 없잖아요? 다들 하던 대로 합시다, 하던 대로.”

이건 순도 100프로의 진심이다.

이럴 때를 대비해서 자동 운영 시스템을 완벽하게 구축했다고 볼 수 있겠다.

원래 리더는 아무것도 안 하는 게 정답이지.

내가 뭐 교단을 운영해 봤나, 그렇다고 경영을 공부해 봤나?

전문가들을 적재적소에 배치해 두는 것이야말로 내가 해야만 했던 일.

나는 라파르트 대주교를 바라보았다.

"라파르트 대주교께서도 박지원 고문과 함께 무난하게만 관리해 주시면 될 것 같습니다. 최근 유선 그룹이랑 함께 전초기지 쪽에 현장 판매소 하나 만든 거, 그것만 집중적으로 관리해 주세요. 축성소는 제가 두 곳 더 지어 뒀습니다."

지금까지 쌓아 둔 신성 점수들은 고스란히 축성소의 추가 건설에 투자했다.

축성소의 레벨을 높여서 더 좋은 장비들을 생산하는 것보다는 아직까진 생산량이 더 중요한 시점이라 생각했기 때문이다.

새롭게 지어진 축성소는 두 곳.

덕분에 이제 성지에 남아 있던 여유 공간이 많이 소모되었지만, 그 문제에 대해서도 이미 정부 측이랑 이야기가 끝났다.

"미국에서 귀국하면 성지를 확장하기로 했습니다. 최상급 신성석도 준비가 되었고, 신도도 많이 늘어나서 가능할 것 같습니다."

서울 성지를 유지하고 있는 성유물 〈리멘의 증표〉에도 많은 신성력이 모여들었다.

일정 신성 점수만 투자하면 성지의 범위를 넓힐 수 있는 상태.

성지 주위의 땅은 현재 정부 측에서 소유권을 지니고 있어서 이미 서 대통령과도 이야기를 나눴다.

이미 정부 측에서는 우리 교단에 땅을 넘겨주기로 마음먹고 있었더라.

당연히 무료로 넘겨주는 건 아니다.

우리 쪽에서도 나름대로 값을 지불해야겠지만, 굉장히 저렴한 가격으로 넘겨주는 것으로 합의를 보았다.

"정치권에서는 리멘 교단 자치구에 대한 이야기도 흘러나오고 있답니다."

"성하께서 먼저 이야기를 꺼내신 건 아니신지요."

라파르트 대주교가 넌지시 질문을 던졌다. 나는 그 질문에 어깨를 으쓱였다.

"절대로요. 생각도 없었어요."

"교단에 잘 보이고 싶은 분들이 많나 봅니다. 현대사회에서는 쉽지 않은 문제일 텐데……."

"그만큼 자기들이 우리를 챙겨 주고 싶어 한다, 이런 느낌을 주고 싶은 거겠죠."

현재, 대한민국의 주류 세력이라고 할 수 있는 쪽이 우리 교단을 중심으로 뭉친 일명 '리멘 연맹'이다.

리멘 교단의 단일 전력도 그렇고, 도깨비 길드도 그렇고.

전각련이라는 거대 세력이 무너진 상황에서 가장 주목받는 집단인 건 사실.

따라서 저쪽에서 먼저 손바닥을 비벼 대고 있는 거다.

"여론이 반대한다고 하면 알아서 접겠죠. 그리고 뭐, 챙겨주겠다는데 거절할 필요도 없구요."

"충분히 인지하고 있겠습니다."

"만약에 자치구를 핑계로 접근하는 정치인들이 온다? 그거는 이제 알아서 하세요. 교단의 지하실을 소개해 주시든, 아니면 유선호 장관님한테 연락 넣으시든. 요새 유선호 장관님과도 친하게 지내시는 것 같던데."

내 말에 라파르트 대주교가 인자하게 웃음과 함께 고개를 끄덕였다.

"같이 늙어 가는 처지라, 마음이 잘 맞을 뿐입니다. 성하께서 걱정하시는 부분 충분히 인지하였으니, 문제없도록 하겠습니다."

이쯤 말해 두면 충분할 것 같고.

나는 그 뒤로 토비와 장비 제작에 관한 이야기를 나눈 다음, 빠르게 회의를 종료했다.

출국일이 벌써 내일이라 집 가서 준비를 해야 했기 때문이다.

시연이가 빨리 들어오라고 난리다.

“아, 맞다. 그리고 이번 미국행에 수행원 한 명 데려가기로 했었지?”

레오나 루나. 둘 중에 한 명을 데려가기로 약속했었지.

“정하셨나요? 당연히 저겠죠?”

“레벤톤 경, 이번에는 양보를 해 드릴 수 없습니다.”

“뭐래. 너는 남아서 2기 교육생들 관리해야지.”

“그건 레벤톤 경도 충분히…….”

둘 다 미국에 따라가고 싶은지 의욕적인 모습을 보여 주고 있었다.

사실, 아직까지 누굴 데려갈지는 정하지 않았다.

나는 둘을 번갈아 본 다음, 사뭇 진지한 목소리로 말했다.

“이럴 때 사용하는 공평한 방법이 있지.”

그야말로 전통의 방법.

정정당당한 승부, 서로의 운을 가늠하는 결투.

“가위바위보 해.”

내 말에 둘은 곧장 가위바위보를 진행했고.

“안 돼!”

“제가 이겼군요, 레벤톤 경.”

승부는 곧바로 결정되었다.

루나는 주먹. 레오는 보자기.

"수행원은 레오다."

그렇게 해서 레오의 미국행이 결정되었다.

⁂

출국 당일.

주최 측에서는 친절하게도 전세기를 내어 주었다. 기껏해야 일등석이나 내줄 줄 알았더만.

문제는 일등석이고 전세기고, 그만 게 아니었다.

"좀 다른 비행기로 같이 가지?"

"섭섭하다, 시우. 나름 고향으로 돌아가는 비행긴데 말이야. 너희 가족에게는 여행 가는 기분이겠지만 나는 귀성길이다."

"그래서 어쩌라고."

"그렇다고."

에이든 이놈도 따라와 버렸다.

레오와 에이든.

두 거구의 사내가 비행기 안에 있으니 좀 답답할 지경이다.

평소 같았으면 답답하다고 짜증을 냈겠지만.

"비행기 엄청 좋아. 오빠! 고마워!"

"하하, 그래 시연아. 마음껏 놀아."

"여기 수제 츄르도 준비해 주셨다? 엄청 친절하셔. 고마워요, 승무원 언니!"

시연이가 활짝 웃고 있는 모습을 보고 있으니 짜증이 눈 녹 듯이 사그라든다.

"손주 놈 덕분에 전세기를 두 번이나 타는구먼. 늙어서 호강이야."

"내 덕분은 아닌가요, 은영?"

"그렇게 말하면 또 맞지."

"후후."

거기에 엠마 여사님과 우리 할머니까지 비행기에 타고 있었다.

엠마 밀러 여사가 전세기에 탑승한 덕분에 당연히 현재 우리가 타고 있는 비행기는 전투기들이 호위하고 있는 중이다.

전투기의 호위에 이레귤러 둘이 탑승한 전세기.

이 정도면 사실상 여행이 아니라.

"꼭 전쟁을 하러 가는 것 같아. 안 그런가, 시우? 비행형 마수들도 겁나서 도망가겠어."

에이든의 말대로 어딘가에 전쟁을 하러 가는 듯한 전력이었다.

나는 승무원이 가져다준 오렌지 주스를 마시면서 천천히 고개를 끄덕였다.

"안전해서 좋네."

"가서 너희 가족들의 안전은 걱정하지 마라. 내가 꼭 붙어 다닐 계획이다."

"미국에서 말한 최고 수준의 경호가 너였어?"

"그런 셈이지."

여기에 평소에는 레오와 백설이까지 더해질 테니까 든든하긴 하겠다.

더해 추가적인 경호 병력도 배치해 두면 쉽게 뚫을 수 없는 최강의 경호진이 탄생할 터였다.

"안전은 둘째 치고. 슬슬 일 이야기나 좀 해 보자."

어지간한 미친놈들이 아니고서야 내 가족을 위협하는 일은 없을 것이다.

나는 슬쩍 에이든을 바라보았고, 에이든은 자신의 앞에 놓여 있던 위스키를 단번에 목으로 털어 넣었다.

"일 이야기 좋지. 뭐가 궁금한가?"

"각성자 포럼의 목적."

"목적이라…… 별거 없지. 전 세계에서 난다 긴다 하는 놈들끼리 모여서 벌이는 신경전. 이 정도다. 유럽을 대표하는 이레귤러들 중에서도 한 놈이 참가할 예정이고, 제3세계의 실력자들도 다수 참석한다."

지난번에도 한 번 들었지만, 참 재수 없는 모임이라는 생각이 든다.

다들 할 짓도 더럽게 없는 모양이다. 이런 모임을 진행할 시간에 그냥 집에서 가족들이랑 편하게 시간을 보내는 것이 훨씬 편할 텐데 말이다.

"네 말대로 재수 없는 놈들만 모인다. 이번 기회에 그 재수 없는 놈들을 몇 대 후려쳐도 괜찮겠군."

"네가 하지 그래."

"아쉽게도 나는 정부에 소속되어 있는 몸이라. 흐흐, 네가 내 대신 몇 대 후려쳐 주면 고마울 것 같다. 너는 적어도 소속에 구애받지는 않잖아?"

"우리 교단을 뭐로 보고 그러냐. 우리는 평화를 사랑해."

"평화를 사랑하니까 하는 말이다. 그곳에 모이는 놈 중 대부분이 평화에는 관심 없다. 지들 뱃속만 신경 쓸 뿐이지."

여러모로 불편한 모임이었다.

이런 자리에 나를 초대한다는 건, 뭔가 목적이 있을 것이다.

나는 내 옆에서 할머니와 이야기를 나누고 있던 엠마 여사를 슬쩍 쳐다본 다음, 다시 에이든을 향해 시선을 돌렸다.

"그런 모임에 날 왜 불렀다고 생각해?"

"네 성향을 직접 파악하고 싶어 하는 것 같다. 네가 자신들의 계획에 도움이 될 건지, 아니면 장애물이 될 건지. 미리 파악하고 싶은 걸 거야. 우리 미국은 너를 훌륭한 파트너라고 생각하고 있지만…… 다른 국가들은 아닐 거다."

한마디로 복잡한 이해관계가 얽히고설킨 그런 모임이라는 뜻이다.

“내가 무슨 시식 코너도 아니고, 맛을 굳이 봐야 아나? 대충 행보만 봐도 알 수 있지 않을까?”

중국과의 교류전만 보더라도 대강 예상이 가능할 텐데.

똥을 꼭 찍어 먹어 봐야 똥인 줄 아는 건가?

하지만 여기서 내가 잠시 망각하고 있던 사실이 하나 등장했다.

“소문이 나야 맛을 알지. 다른 놈들은 네 성격을 몰라. 일본에서 보여 준 모습만 기억할 뿐이야.”

“소문을 좀 내지 그랬어?”

“나는 약속한 건 지킨다. 교류전에 대해서는 입을 열지 않기로…….”

“그런 놈이 내가 시연이 부탁에 약하다는 정보를 미국에 넘기냐?”

“……모르는 일이다.”

하여간에 이 야만인 놈, 껍데기만 곰이지 속은 여우다.

모르는 척하는 것 좀 봐.

주먹으로 몇 대 쥐어박고 싶은 기분이다.

“하여간에 귀찮은 일 생기면 모조리 에이든, 네가 책임져라.”

“내가 왜?”

"그러게 누가 시연이 꼬시래?"
내 말에 에이든은 아무 말 없이 위스키를 연신 들이켰다.

그로부터 12시간 뒤.
LA 국제공항.
"킴시우! 킴시우!"
"우와아아아아!"
"블랙 포프! 블랙 포프!"
나를 환영하기 위해 몰려든 수많은 인파.
내 옆에 서 있던 인욱이가 조용한 목소리로 말했다.
"두유 노우 김시우. 요새는 이게 먹힌대, 형."
"……하아."
팔자에도 없는 팬 미팅이 시작되었다.

⚜

솔직히 말해서 내가 해외에서 이 정도나 인기가 많을 줄은 몰랐다.
내 활동 범위는 기껏해야 동북아시아.
말이 동북아시아지, 일본에 한 번 다녀온 것을 제외하면 줄곧 한국에서만 있었다.
그런데 공항이 마비될 정도의 인파라니.

원래 이곳 LA 국제공항의 수용 능력이 한계에 다다랐다는 이야기는 들었다만, 진짜 이 정도일 줄은 몰랐다.

"교황 성하!"

"여기, 여기를 좀 봐 주세요!"

"사랑해요!"

인종을 초월한 뜨거운 열기.

황인이건, 흑인이건, 백인이건 간에 그들은 나를 향해 아주 뜨거운 환호를 보내 주는 중이었다.

심지어 몇몇은 오열하면서 두 손을 모으더라.

그리고 그들의 가장 앞에는 뜨거운 눈물과 함께 우리를 기다리고 있던 한 무리의 인파가 있었다.

"미국에 오신 걸 환영합니다, 교황 성하!"

그들 중 가장 선두에 서 있던 여성이 손에 들고 있던 꽃다발을 나에게 건네주었고, 나는 그 꽃다발을 받으면서 어색하게 미소를 지었다.

"감사합니다. 미국 정부에서 나오신 겁니까?"

우리의 입국 이야기를 듣고 온 미국 측 인원이라고 생각했다.

하지만 그녀는 고개를 가로저은 후, 자랑스럽다는 표정으로 대답했다.

"아닙니다! 저희는 리없죽 미국 서부 지부에서 나왔습니다! 이 영광스러운 자리에 초청해 주셔서 정말 감사합니다.

평생을 리멘님과 교단을 위해 살겠습니다!"

"제가 초청을 한 적이 없…… 아니, 있는 것 같네요."

나는 내 옆에서 당당하게 어깨를 펴고 있던 레오를 바라보며 고개를 끄덕였다.

범인은 항상 가까운 곳에 있다.

지난번에 내 전신상에 신성석을 박은 것부터 시작해서, 이런 부류의 일에는 항상 이 녀석이 관련되어 있으니까.

내 시선을 느낀 걸까?

레오 역시 나를 바라보며 나지막한 목소리로 말했다.

"LA의 코리아타운을 중심으로 빠르게 교세가 확장되고 있습니다."

"나에게만 솔직히 말해라. 얼마나 더 있냐?"

"일본, 프랑스, 영국, 독일, 미국 서부, 미국 동부. 현재로서는 이게 전부입니다."

"아주 그냥 세계 정복을 해라."

"온라인을 통한 포교가 굉장히 효과적이었습니다."

차마 뭐라고 할 수는 없었다.

대주교가 직접 교리를 전파하고 다닌다는데, 그걸 뭐라고 할 교황이 어디 있겠어?

온라인 포교에 관해서는 최근 레오에게 전부 일임을 해 둔 상태.

레오로서는 본인의 일을 열심히 수행하는 셈이다.

거기에 라파르트 대주교와 레오가 함께 양성하고 있는 '이단심문관'들까지 더해진다면…….

생각만 해도 아찔하다.

문득 레오가 예전에 했던 말이 떠오른다.

-현대의 이단심문관들에게는 사이버전 능력이 필수입니다. 그 부분에 중점을 두어 육성할 계획입니다.

내가 지구로 돌아왔을 때 떠올렸던 아이디어와 비슷했기 때문에 뭐라고 하지는 않았다.

인터넷이 가장 효과적인 포교 수단인 건 확실했으니까.

나는 떨떠름한 표정으로 레오를 슬쩍 쳐다본 다음, 내 앞에서 눈을 빛내고 있던 여성을 향해 미소를 지었다.

"환대해 주셔서 감사합니다. 나중에 제가 레오 대주교를 통해 따로 연락을 드릴게요."

"아!"

"그래도 먼 곳에서 리멘님을 위해 고생해 주시는 형제자매님들인데, 얼굴은 뵙고 가겠습니다."

"영, 영광입니다!"

"리멘의 자비가 있기를."

"리멘의 자비가 있기를!"

그렇게 내가 우리 '리없죽 미국 서부 지부'의 회원들과 인사를 나누고 있을 때쯤, 옆에서 또 다른 사람들이 우리를 향해 접근했다.

검은색의 양복을 입고 있는 사람들.

나를 환영하기 위해 모여 있던 사람들과는 분위기부터 달랐다.

무색무취.

더할 나위 없는 직장인들.

그들은 내 앞에 도착하자마자 발걸음을 멈춰 세웠고, 곧 일제히 고개를 숙였다.

"미국에 오신 것을 환영합니다, 김시우 교황님. 저는 교황님께서 미국에 계시는 동안 경호를 맡게 된 2팀의 팀장입니다. 편하게 피터라고 불러 주시면 감사하겠습니다."

배치된 경호 인력은 총 25명.

예상했던 것보다 더 많은 숫자였다.

"잘 부탁하겠습니다."

"이곳에 모인 인원들이 근접 경호를 담당할 이들입니다. 이 인원들을 제외한 병력도 이미 배치가 끝난 상태이니, 큰 불편함 없이 모시겠습니다."

시작부터 참 정신없다.

피터는 나에게 공손히 고개를 숙인 후, 이번에는 에이든을 향해 말했다.

"귀국을 환영합니다, 에이든 님. 이번 경호 작전의 총책임자로 임명되셨습니다."

"알고 있다. 내 친구의 가족들이 불편함이 없도록 해라."

"알겠습니다."

딱딱하고 사무적인 말투.

에이든의 말투라기에는 믿을 수 없을 정도로 사무적인 말투였다.

나름 공과 사를 구분하겠다는 소린가?

부하들 앞에서 잔뜩 무게를 잡은 에이든이 작은 목소리로 말했다.

"이렇게 무게를 좀 잡아 줘야 말을 잘 들어."

"그것보다는 네 도끼가 자신의 머리를 박살 낼 수 있다는 생각 때문에 말을 잘 듣는 게 아닐까?"

"나를 뭘로 보고."

"야만인."

"시우, 가끔 너는 너를 너무 과소평가한다. 나는 항상 너를 따라가기 위해 노력할 뿐이다."

"내가 뭐 어때서. 안 그러냐, 레오야?"

그러나 레오는 답이 없었다.

……내가 그렇게 나쁜 놈인가?

"그럼 곧바로 숙소로 이동하겠습니다."

피터가 타이밍 좋게 이동하자고 말했고, 나는 적극적으로 고개를 끄덕였다.

"그럽시다."

이런 난감한 상황일 때는 후퇴가 답이지.

피터.

눈치 빠른 경호원. 메모.

⁂

미국 측에서 준비한 숙소는 기대했던 것 이상이었다.

버버리힐즈 주위에 위치한 최고급 호텔.

"포럼 기간 동안 호텔 전체를 빌렸습니다. 이곳을 사용하는 건 교황님과 교황님의 일행, 그리고 엠마 밀러 여사님과 에이든 님. 이렇게가 끝입니다. 남은 방들은 경호에 동원된 인원들에게 배분했으니, 보안을 걱정하실 필요가 없습니다."

"좀 과한 것 같기도 한데요."

"귀한 분이 어려운 걸음을 하셨는데, 이 정도는 해 드려야 체면이 삽니다."

호텔 하나를 통째로 빌리는 아이디어는 분명히 미국이 아니고서야 떠올릴 수 없는 아이디어일 것 같다.

하지만 생각해 보면 일본 정부도 그랬었지.

그만큼 나를 대우해 주고 있다는 걸 생색을 내고 싶은 걸지도 모르겠다.

"필요하신 게 있으시면 호텔의 직원을 호출하시면 됩니다."

"호텔의 직원들이 미국 측 요원들이거나 그런 건 아니죠?"

"이런 경우를 대비하여 철저히 훈련받은 사람들이니, 서비스에 불편함은 없을 겁니다. 그리고 이것."

피터의 품속에서 두 장의 검은색 신용카드가 튀어나왔다.

"한 장은 교황님께서 사용하시고, 다른 한 장은 가족분들이 사용하시면 됩니다. 한도가 없으니 마음껏 사용하셔도 좋습니다."

일명 블랙 카드로 유명한 그 카드.

미튜브에서나 구경해 봤던 그 카드인데, 이걸 실물로 보게 될 줄은 몰랐다.

평생 돈에 쫓기며 살았던 우리 가족이 이런 걸 봤을 리가 있겠냐고.

"미국에서도 이레귤러와 이레귤러의 가족들에게만 특별히 지급된 카드입니다. 옆에 에이든 님께서도 소유자시니, 혜택에 관한 건 에이든 님께 물어보시는 게 빠를 것 같습니다. 저희조차도 모든 혜택을 알지 못합니다."

블랙 카드면 블랙 카드지, 도대체 뭐가 또 다르단 말인가?

"기존의 블랙 카드들은 한물갔다는 취급을 받고 있어서, 최고의 고객들을 위해 특별히 출시한 카드다. 자세한 혜택은 내가 천천히 설명해 주지."

"누가 보면 판촉 직원인 줄 알겠다?"

"그만큼 편리하단 소리야."

"그럼 즐거운 시간 보내십시오. 저희는 이만 물러나겠습니다."

피터는 카드까지 우리에게 전달한 후에야 물러났고, 어느새 이 넓은 호텔 안에는 우리 일행만 남게 되었다.

에이든은 그새 어디선가 구해 온 위스키병을 손에 든 채로 로비의 소파에 앉았다.

"해외여행은 처음이라고 했으니 내가 여행 가이드를 해 주겠다."

"그런데 엠마 여사님은 어디 가셨냐?"

"잠시 일이 있으셔서 외출 중이셔. 나중에 오신다고 하셨어. 그 전까지는 나도 자유로운 셈이지. 이참에 쇼핑이나 하러 갈까?"

"일단 짐부터 풀고 생각하자고. 인욱아, 시연아, 할머니 모시고 객실 가서 짐부터 내려놓고 와."

"알겠어, 형."

"응!"

내 말에 동생들은 밝은 얼굴로 객실을 향해 달려갔다.

시연이는 원래부터 오고 싶어 했으니 별개로 치고, 인욱이의 표정도 부쩍이나 밝았다.

항상 방에 틀어박혀서 편집만 하느라고 스트레스가 많이 쌓였겠지.

인욱이에게도 리프레시할 좋은 기회가 되었으면 싶다.

“본격적인 일정은 이틀 뒤부터 시작이니까 여유는 꽤 많아. 너도 이참에 여행을 좀 즐기는 게 어때, 시우. 근래에 정신없이 바빴잖냐. 개성을 되찾으랴, 빌런들을 청소하랴. 안 그래?”

“해야만 하는 일이었어.”

“해야만 하는 일이었다고 해서 피로를 못 느끼는 건 아니지. 우리가 이 정도로 신체적인 피로를 느낄 리는 없지만…… 정신적인 피로감은 또 별개 아닌가?”

“맞긴 해.”

숨 돌릴 새도 없이 정신없이 달려온 건 맞다.

에덴에서도 그렇고, 지구에서도 그렇고.

돌이켜 보면 계속해서 뭔가를 해 왔다.

내가 휴식의 중요성에 대해 모를 만큼 멍청한 건 아니었다. 다만, 정화자나 백명교, 이놈들 때문에 쉴 겨를이 없었을 뿐이지.

“편하게 휴가라고 생각해라.”

“에이든.”

“왜?”

“너 혹시 플래그라는 단어에 대해서 들어 본 적이 있냐?”

방금 에이든의 말은 플래그, 그 자체였다.

보통 저런 말을 하면 휴가다운 휴가 따위는 누릴 수 없게 된다.

"플래그? 모르겠다."

"전쟁 영화에서 '나는 돌아가면 그녀에게 고백할 거야.' 이런 말 하면 어떻게 되냐?"

"십중팔구 죽지."

"그래, 바로 그게 플래그야. 우리같이 재수 없는 놈들에게는 아주 효과가 탁월해."

나나 에이든이나 이세계로 납치당해서 굴려질 정도로 재수 없는 인생들이다.

그런 사람이 플래그를 세우면 어떻게 되는지 알아?

"쉬시는 중에 죄송합니다, 교황님. 저희 선에서 해결할 수 없는 일이 발생했습니다."

"바로 이렇게 된다고. 알겠어, 에이든? 말이 씨가 되어 버려."

"이해했다."

나는 금세 복귀한 피터를 바라보면서 크게 한숨을 뱉어 냈다.

에이든 놈이 플래그만 안 세웠어도 몇 시간은 쉴 수 있었을 텐데.

"어쩐지 내 주위에도 항상 이상한 일이 벌어지고는 했어."

"그러니까 말을 좀 아껴라."

"알려 줘서 고맙다. 명심하지."

저놈의 혓바닥이 언제까지 가겠냐만은, 일단은 무슨 일인지부터 확인해 보도록 하자.

"무슨 일입니까?"

"교황님과의 만남을 요청하는 각성자가 한 명 있습니다. 평범한 각성자라면 돌려보냈겠지만……."

"평범하지 않은 친구인가 봅니다?"

"소속된 집단이 평범하지 않습니다."

보통 소속된 집단이 평범하지 않다는 말은 잘 안 하는데 말이다.

"바티칸에서 파견한 각성자입니다. 그레이스라고 들어 보셨습니까?"

"……바티칸요?"

"예. 그레이스는 최근 모나코에서 벌어졌던 국가위기급 마수 토벌전에서 혁혁한 공을 세운 각성자입니다. 그녀가 강력하게 요청을 하고 있는 중입니다."

바티칸 쪽에서 우리 쪽에 접촉할 예정이라는 이야기를 들어 본 적은 있었지만, 이런 식의 만남은 예상하지 못했다.

"그녀는 바티칸의 각성자로서 온 게 아니라고 했습니다. 순전히 개인적인 이유라고 하더군요. 어떻게 하시겠습니까? 거절하셔도 좋습니다."

"당장 급한 일은 없긴 하니까, 일단은 만나 보겠습니다."

"바로 데려오도록 하겠습니다."

바티칸에서 직접 파견한 각성자를 만나는 건 또 처음이라,

흥미가 동했다.

나는 고개를 끄덕였고, 피터는 재빠르게 손님을 데리러 갔다.

그러자 곧 저 멀리서 한 여성이 모습을 드러냈다.

키는 한 165cm쯤.

윤기가 흐르는 청색 머리카락과 새하얀 피부.

그녀로부터는 아주 순수한 형태의 신성력이 전해져 온다. 겉으로만 봤을 땐 상당히 신성한 비주얼이었지만, 문제는 비주얼 따위가 아니었다.

저 이글거리는 눈빛.

도대체 저 이글거리는 눈빛이 의미하는 것이 뭘까? 뭔가 익숙한 것 같기도 한데…….

나도 모르게 긴장을 한 그 순간, 그녀가 우리 앞에 도착했다.

"처음 뵙겠습니다."

그리고 잠시 후.

그녀의 입에서 전혀 예상하지 못했던 이야기가 튀어나왔다.

"이 순간을 기다렸습니다, 사부님."

내가 사부님이라고?

……도대체 왜?

⁂

사부란 무엇인가.

그것은 스승과 동일한 의미로 사용하는 단어다.

즉, 누군가를 가르치는 존재란 뜻.

그런 의미에서 접근해 본다면.

“그래서 내가 사부라고?”

“예! 비록 신앙은 다르지만, 사부께서 저에게 인생의 목표를 가르쳐 주셨거든요! 항상 뵙고 싶었어요, 사부.”

내가 이 녀석한테 뭔가를 가르쳐 줬다면, 사부라고 불리는 게 아예 이상한 일은 아니었다.

다만 한 가지.

“나 오늘 너 처음 보는데.”

이 녀석과 내가 초면이라는 것만 빼면 말이다.

내가 이 녀석을 가르친 적이 있으면 몰라, 이 녀석은 진짜 난생처음 보는 얼굴이다.

“제 이름은 그레이스 바클리. 편하게 그레이스라고 부르셔요! 아니면 제자로 불러 주셔도 좋아요.”

“아니, 그러니까 내가 왜 네 사부…….”

“잠시만요!”

그레이스는 손에 들고 있던 가방에서 주섬주섬 뭔가를 꺼냈다.

가방 안에서 튀어나온 것들의 정체는 단순했다.

"제가 사부님에 대한 기사를 스크랩해 둔 거예요."

그녀의 말대로 나에 대한 기사들을 스크랩해 두었는데, 특이한 점은 전부 한국어로 보도된 기사들을 스크랩해 두었다는 것이다.

가만 보니까 아까부터 얘 한국어로 이야기하던데.

한국어 능력자인가?

"제가 어렸을 때부터 케이팝을 즐겨 들었거든요. 그래서 한국어 되게 잘해요. 기특하죠, 사부님?"

쉴 새 없이 재잘거리는 그레이스.

나는 일단 그녀를 뒤로하고 기사들을 확인했다.

〈직접 나서서 빌런들을 청소하는 리멘 교단의 김시우 교황!〉

〈리멘 교단의 훈련에는 비밀이 있다?〉

〈리멘 교단 훈련소 집중 취재〉

〈리멘 교단의 루나 레벤톤, '악을 직접 처단하는 것이야말로 리멘께서 내리신 우리의 사명.'〉

대부분이 세종일보의 유 기자들을 통해서 보도된 기사들이었다.

특히, 저 훈련소 관련 기사.

우리 교단의 1기 교육생들과 2기 교육생들이 주로 어떤 훈련을 받는지, 어째서 그런 훈련을 받는지에 대해 취재한 기사들이었다.

"저는 그중에서도 사부님께서 하신 말씀이 가장 감명 깊었거든요. 악과의 타협은 없다. 악에게 허락된 건 오로지 비참한 최후뿐이다!"

"……내가 그런 말을 했었나?"

"기사에 그렇게 적혀 있었어요! 아, 그리고 저 오피셜 리멘 구독자예요."

그레이스는 그렇게 말하며 자신의 스마트폰을 꺼내 구독 목록을 보여 주기까지 했다.

그 구독 목록조차 심상치 않았다.

'오피셜 리멘', '주간 김시우', '성지에 사는 사람들' 등등, 온갖 우리 교단이나 나와 관련된 미튜브 채널들.

"보세요, 사부님. 저 이런 것도 습득했어요."

그녀는 손톱에 신성력을 두르더니 곧장 자신의 손등을 베어 버렸다.

갑작스러운 돌발 행동에 당황할 뻔했지만, 나는 그녀가 왜 그런 짓을 벌이는지 금세 깨달을 수 있었다.

"음?"

상처가 순식간에 아물었다.

그녀의 상처 부근에 순간적으로 모여든 신성력을 보았을 때, 신성력 운용이 꽤 자연스럽다는 것을 확인할 수 있었다.

신성력을 통해서 스스로의 회복력을 강화시키는 것.

그것은 훈련소에서 신입 교육생들에게 가르치는 신성력 운용법 중 하나였다.

신성력이라는 게 기본적으로 사용자의 회복력을 높여 주는 건 맞지만, 이렇게 급격한 회복력을 보여 주기 위해서는 충분한 훈련이 필요했다.

"이걸 스스로 습득했다고?"

"스스로 습득하진 않았어요. 리멘 교단과 관련된 미튜브, 인터넷 기사, 이런 것들을 분석했거든요. 물리력만큼 효과적인 수단은 없다, 저는 사부님의 지론에 전적으로 동의해요."

"똘똘한 아가씨였군. 시우, 이 아가씨가 모나코에서 보여 준 활약상에 대해 들어 본 적 있나?"

"나야 모르지."

"온몸에 마수의 가시가 꽂힌 채로 날뛰었다더군. 잔 다르크의 재림이라는 이야기까지 듣고 있어."

"저에게는 너무 과분한 이야기죠. 펜릴의 몸에는 손도 못 댔어요. 피라미들 정도만 정리했을 뿐이에요."

신성 계열 플레이어들이 본격적으로 등장한 지 고작 반년 가까이 된 시점.

우리 교단의 1기 교육생들조차 국가위기급 마수 토벌전에는 집어넣을 생각을 못 하는데, 이 녀석은 독학으로 그 자리까지 올라섰다.

아무리 우리 교단의 훈련 방법을 벤치마킹했다고 한들, 이끌어 주는 사람이 없는 상태에서 이런 수준까지 성장했다면 한 가지 결론에 이른다.

"천재였네."

이 녀석은 천재다.

선지자로서 선택된 운명인 건 당연하고, 선지자로서 허락된 은총도 전투와 관련되어 있을 가능성이 농후했다.

잠재력이 높은 원석이 스스로를 가공하는 방법까지 습득한 것이나 다름없는 상황.

나는 그제야 이 녀석의 눈빛이 익숙했던 이유를 알아차렸다.

"……이거 완전 루나잖아."

선지자 출신.

신성력 운용 능력 최상급.

전투 능력 최상급.

게다가 쉴 새 없이 나불거리는 주둥아리까지.

그야말로 루나 Mk.2.

"자기를 한국에 두고 갔다고 도플갱어를 미국으로 보내? 이런 사악한……."

"제가 사부님 다음으로 존경하는 사람이 바로 루나 레벤톤 경이에요. 어떻게 아셨지? 역시 우리 사부님. 정말 대단하시다니까."

그레이스는 해맑게 미소를 지었다. 그러더니 곧 내 옆에 앉으면서 눈을 반짝였다.

"저도 이번에 출국하기 전에 이탈리아에 있는 빌런들 싸그리 반으로 접고 왔어요. 칭찬해 주세요, 사부."

"빌런은 역시 반으로 접어야 제맛……을 떠나서, 너 가톨릭이잖아. 개종할 거야?"

"그럴 리가요. 저는 뼛속까지 가톨릭인걸요. 저에게 이런 능력을 주신 하나님께 항상 감사드리고 있어요."

"잘 봐. 내가 네 사부님이라고 치자. 그걸 너희 쪽에서 받아들이겠니?"

이 정도 재능이라면 머지 않아 굉장한 수준의 각성자로 발돋움할 것이다. 아니, 이 정도만으로도 벌써 최고의 유망주로 주목받기에 충분한 재능이다.

즉, 우리는 기름과 물처럼 섞일 수 없는 운명.

그러나 그레이스의 입에서 다시 한번 전혀 예상하지도 못했던 말이 튀어나왔다.

"우리 교황님께서는 좋아하시던데요. 아, 그리고 지금쯤이면 리멘 교단의 신전에도 연락이 갔을 텐데……."

'우리 교황님'이라는 건 가톨릭의 교황을 의미하는 거겠지. 신부님들이랑 이야기할 때도 그렇지만, 다른 사람을 교황이라고 지칭하는 걸 볼 때마다 어색하긴 하다.

그때였다.

띠리리리링-.

타이밍 좋게 내 스마트폰이 울렸다. 발신자는 라파르트 대주교.

나는 떨떠름한 표정으로 전화를 받았다.

"여보세요."

-교황 성하, 바티칸에서 친서가 도착했습니다. 친서의 내용을 찍어 전송하겠습니다.

잠시 후, 라파르트 대주교로부터 친서가 담긴 사진이 전달되었다.

"저희는 사부님께서 이번 포럼에 참가하실 줄은 몰랐어요. 이럴 줄 알았으면 제가 직접 친서 챙겨 올걸."

교황이 친필로 작성한 친서.

부드러운 필체로 쓰여진 친서의 내용을 요약하자면 다음과 같았다.

동쪽의 교황님, 그레이스에게 신성력에 대한 가르침을 부탁합니다. 교육 비용 역시 충분히 지불하도록 하겠습니다. 앞으로도 많은 교류를 기대하고 있습니다.

그리고 그 밑에 적혀 있는 대략적인 비용.

그 비용을 확인한 나는 곧바로 고개를 돌려 그레이스를 바라보았다. 그리고 인자하게 미소를 지었다.

"만나게 되어 반갑다, 제자야."
"예! 사부님! 제자, 열심히 하겠습니다!"
거절하기에는 너무 큰 액수였다.

❧

새로 들이게 된 제자에게는 호텔의 방 하나를 배정해 주었다.
바티칸과의 사이에 대해서도 고민을 많이 했는데, 저쪽에서 먼저 손을 내밀어 준 셈이라 기꺼이 그 손을 잡기로 했다.
아마 그레이스를 우리 쪽에 위탁 교육을 보내는 건 정치적인 의미도 꽤 담겨 있을 것이다.
바티칸에서 우리 교단을 적대하지 않을 것이라는 메시지가 아닐까?
"아하, 그런 식으로 힘을 줘 버리면 예쁘게 접을 수가 있네요, 사형."
"자칫하다가는 뼈만 튀어나오게 되니 힘 조절을 잘해야 한다. 섬세한 테크닉이 필요해."
"항상 명심, 또 명심하겠습니다."
레오와 그레이스가 나누는 일상적인 대화.
……어쩌면 그냥 감당하기 힘든 캐릭터라서 우리 쪽에 떠넘긴 것 같기도 하고.

확실히 미친놈은 미친놈이 잘 가르치니까.

그렇게 보면 바티칸에서 우리 교단에 폭발물을 던진 셈인데, 적대하겠다는 소린가?

모르겠군.

"그런데 제자야."

"예, 사부."

"도대체 그 사부, 사형, 그 단어들은 어디에서 가져온 거니?"

그레이스는 아까 전부터 나를 사부라고 칭하고 있고, 레오에게는 사형이라고 칭하고 있었다.

"동양에서는 이렇게 부르지 않나요, 사부님?"

"어디에서 배웠어?"

"무협 소설에서요."

"무협 소설로 동양의 문화를 배웠구나."

"재밌더라구요."

"재밌긴 하지."

여러모로 골 때리는 캐릭터였다.

가톨릭 출신인데 리멘 교단에서 교육을 받고자 하고.

서양인이면서 한국 무협 소설의 호칭을 사용하고.

이대로 쭉쭉 성장한다면 루나와 맞먹는 수준의 혼돈을 초래할 인물인 게 분명했다.

하지만 어쩌겠어? 이미 돈 받기로 했는데.

저쪽에서 충분한 금액을 지불한 이상, 이미 소중한 우리 식구다.

레오를 사형으로 부르든, 루나를 사저로 부르든. 본인들만 동의한다면 딱히 상관없다.

게다가 레오도 사형이라고 부르면서 친해지려는 그레이스가 싫지만은 않은 눈치였다.

"이번 각성자 포럼에서는 같이 움직이고, 우리가 한국으로 귀국할 때도 같이 가는 걸로 하자. 그 전까지는 레오한테서 주로 배우면 된다. 레오가 가르치는 것도 잘해."

"예! 스펀지처럼 쏙쏙 빨아들이겠습니다!"

의욕과 광기가 반반씩 섞여 있는 저 위험한 눈빛.

루나와 만났을 때 어떤 케미를 보여 줄지 내심 기대가 된다.

나는 그레이스를 바라보면서 작게 한숨을 내쉬었다.

그리고 그 모습을 웃으면서 지켜보고 있던 에이든이 위스키를 마시면서 한마디 던진다.

"제자를 받는 모습이 보기 좋다. 제법 잘 어울려."

"비꼬지 마라."

"나도 어차피 계속 한국에 있을 텐데, 도움이 필요하면 말해라."

"네 도움은 사양한다."

에이든까지 한 스푼 넣어 버리면 정말 감당할 수 없는 괴물이 튀어나올지도 모른다.

"그나저나 여기 분위기는 좋네."

나는 눈앞의 거대한 연회장을 바라보면서 고개를 끄덕였다.

가족들과 LA 나들이를 끝내고 도착한 이곳.

각성자 포럼에서 주최하는 연회가 예정된 고풍스러운 호텔의 연회장.

입구부터 느껴지는 분위기가 아주 예술이었다.

"살벌해 아주. 사람 몇 죽어 나가겠어."

"작년에 프랑스에서 개최되었을 때는 실제로 연회에서 몇 죽었다."

"그래? 성질머리 한번 예술이신 분들이네."

"각 집단의 자존심을 멘 채로 나온 자리니까, 무시당할 바에야 싸우겠다는 거지. 기선 제압도 나름 필요할 테고. 하지만 걱정하지 마라. 우린 유럽 놈들처럼 미지근하게 대응할 생각은 없다."

에이든은 이런 연회장에서 술잔을 기울이는 것보다는 차라리 방에서 편하게 병째로 들이켜는 걸 선호하는 스타일이다.

그런 에이든이 이런 자리에 직접 참석하는 걸 보았을 때, 아마도 질서를 유지하기 위해서 따로 명령을 받은 모양이었다.

"피 냄새가 나는 곳이야. 이런 곳에서 술을 마시는 것이야말로 전사의 유흥 아니겠어?"

……아님 말고.

그냥 싸움 구경하러 온 것 같기도 하다.

에이든은 호탕하게 웃음을 터뜨린 다음, 슬쩍 나를 쳐다보면서 말했다.

"오늘 주인공은 너다."

"왜?"

"다들 궁금해할 거다. 새롭게 등장한 이레귤러니까. 네 성향, 성격. 그 모든 걸 탐색하려 들겠지. 원래 그러라고 있는 연회야."

"맞아요, 사부님. 다들 사부님만 의식하고 있을걸요."

한마디로 탐색전이 이루어지는 장소.

지난번 동북아교류전 때도 그렇고, 연회의 의미가 많이 변질된 것 같다.

"시우, 좋은 팁을 알려 주마."

"일단 들어는 볼게."

"시비를 걸면 반으로 접어 버려라. 안면을 함몰시켜도 좋고."

"너희 집 안방에서 그래도 되냐?"

"안방이니까 하는 말이다. 마음껏 날뛰어도 좋아. 그래야 말을 잘 듣지 않겠어?"

나는 에이든의 말에 그저 어깨를 으쓱이며 대답했다.

"안 그래도 그럴 생각이었는데?"

"……그런가?"

"당연하지."

나를 뭘로 보고.

그렇게 내 국제 무대 데뷔전이 시작되고 있었다.

LA에서 생긴 일

왜, 그럴 때 있지 않은가?

수업 시간에 늦게 들어갈 때, 그곳에 있던 모든 이의 시선이 집중될 때.

사람에 따라서 큰 부담을 느낄 수도 있는 일이기도 한데, 지금 내 경우가 딱 그랬다.

연회장 안에 있던 사람들은 분명히 방금 전까지만 하더라도 샴페인이 담긴 술잔을 든 채로 화기애애하게 이야기를 나누고 있었다.

하지만 내가 등장하자마자 공기가 달라졌다.

사방에서 쏟아지는 뜨겁고 따가운 시선들.

마치 내가 못 올 데라도 온 기분이다.

"신고식이 격한걸. 작년에 내가 처음으로 참가했던 포럼이 생각난다. 그때도 나를 향해 이런 시선들이 쏟아져 내렸지."

에이든은 추억을 회상하듯 히죽거리면서 말했다.

"그래서 내가 어떻게 했는지 알아, 시우?"

"미국 이름 팔았겠지. 너 급할 땐 미국의 힘 쓰잖아."

"그건 너한테나 사용하는 거다. 저런 피라미들에게까지 국가의 힘을 사용할 필요는 없어. 그냥 직접 보여 줬다. 눈깔을 재수 없게 뜨고 있던 놈의 다리를 아작 내 줬지. 아까 말하지 않았나? 작년에 몇 죽었다고."

"아, 거기에 네 지분이 있었구나."

"그렇지."

터프하네.

에이든은 손에 들고 있던 위스키를 다시 한 모금 들이켜더니, 입가를 닦으면서 한쪽 입꼬리를 올렸다.

"오해하지는 마라. 내가 시범 삼아 담근 놈은 죄질이 나쁜 놈이었으니까."

"죄질?"

"히어로의 탈을 쓴 마약 판매상이었다."

"그거 마음에 드네. 잘했어."

"저도 그 이야기 알아요. 블랙아이. 영국의 디재스터급 귀환자였죠."

디재스터급 귀환자나 되는 놈이 뭐가 아쉬워서 마약을 팔았을까?

돈 때문은 전혀 아닐 테고.

“그놈이 팔아 댄 건 일시적으로 사용자의 마력을 높여 주는 마약이었어. 조사 결과 중독자였다.”

“한국에도 비슷한 경우가 있었지.”

정화자 놈들의 소행으로 밝혀진 각성의 비약 사건.

대신 그건 마력을 증폭시켜 주는 형식이 아니라 아예 마기로 변환시켜 강화시키는 형식이었다.

역시, 세계는 어디를 가나 비슷하구나.

“유럽도 그렇고, 특히 중남미 지역은 갱단에 소속된 각성자들도 상당하다. 동북아시아가 그나마 평화로운 지역인 거야.”

“에이든, 만약에 내가 이곳에서 멀쩡한 척하는 빌런들을 발견하게 되면 어떻게 하면 되냐?”

굉장히 민감한 질문.

내 〈멸악의 의지〉는 시스템에 편입된 존재들에게는 무조건 발동하는 스킬이다.

에이든 역시 〈멸악의 의지〉에 대해서 대강 파악하고 있는 상황.

내 질문에 에이든은 잠시 고민을 하더니, 손을 가볍게 내저으면서 답했다.

“나는 널 믿는다, 시우. 네가 원하는 대로 해라. 다만 한 가지만 기억해 줬으면 좋겠어.”

"뭘?"

"이 자리에 올 정도면 국제사회에서 꽤 거물이라는 소리다. 그런 놈들 중에 빌런이 있다면, 죽이는 것보다는 산 채로 사로잡는 게 이득이야."

"내가 설마 죽이기야 하겠냐."

"……크흠."

곧바로 터져 나오는 에이든의 헛기침.

나는 녀석의 등판을 시원하게 후려갈겼다.

그러자 에이든이 입에 머금고 있던 위스키를 뿜으면서 기침을 내뱉었다.

"커허어억!"

"새끼, 엄살은. 나 교황이야. 누가 들으면 내가 구별 없이 막 죽이고 다니는 줄 알겠다. 안 그러냐, 제자야?"

"물론이죠! 우리 사부님이 얼마나 자비로우신데요. 나쁜 놈들도 살려 주신다니까요?"

그러자 에이든이 인상을 찌푸린 채로 대답했다.

"이놈은 죽는 게 차라리 행복한 상태로 살려 두는 게 문제야. 알겠어?"

"햄릿에는 이런 대사가 나오죠. 사느냐 죽느냐, 그것이 문제로다!"

"그 말이 여기에서 왜 나와?"

"그냥요. 어울리잖아요?"

그레이스의 천연덕스러운 대꾸에 에이든은 곧장 할 말을 잃어버렸다.

나는 입만으로 에이든을 제압한 내 제자를 바라보면서 흐뭇하게 고개를 끄덕였다.

싹수가 있는 제자다.

개종 의향만 있으면 딱인데, 가르치면서 슬쩍 설득을 해 보는 것도 괜찮을지도?

그렇게 우리는 담소를 나누면서 우리에게 배정된 좌석으로 향했다.

에이든이 붙어 있어서 그런가, 우리 쪽에 따로 미국 측 인원이 찾아오는 일은 없었다.

잔뜩 긴장된 분위기 속에서 진행되기 시작한 연회.

나는 샴페인으로 살짝 목을 축였다. 그리고 내 옆에서 묵묵히 서 있던 레오에게 말했다.

"너도 가볍게 목 좀 축여."

"그래도 괜찮겠습니까?"

"어차피 신성력으로 취기는 날릴 수 있잖아? 좋은 자리인데 몇 잔 정도야 괜찮지. 우리 제자도 정식 제자가 된 기념으로 한잔하든가."

"저는 괜찮아요! 여기 이거, 사과 주스 마시면 돼요."

녀석이 나름 유명인은 유명인인지, 연회장을 분주히 돌아다니고 있던 직원 중 하나가 그레이스에게 사과 주스를 가져다주었다.

"저희 가문은 술을 입에도 안 대거든요."

"의외로 깐깐한 가문이네."

"술, 담배 빼고는 다 하니까 너무 딱딱하게 생각하진 마셔요, 사부님."

그래도 애가 붙임성도 좋고 싹싹하니 마음에 쏙 든다.

나는 피식 웃으면서 다시 한번 샴페인을 목으로 넘겼다.

이런 자리에 있는 샴페인이면 깜짝 놀랄 정도로 비싼 샴페인이겠지만, 맛은 글쎄.

미식에는 딱히 관심이 없어서 그런가? 그냥 비싼 맛이다.

차라리 인욱이라도 데려와서 비싼 거 많이 먹일걸.

직원들이 들고 돌아다니는 음식들만 보더라도 하나같이 귀하고 비싼 것들이었다.

내가 샴페인을 기울이면서 직원들을 관찰하고 있는 사이, 옆에서 한 남자가 우리 테이블을 향해 다가왔다.

"아르망드 드 브리냑 드 누아. 제법 괜찮은 샴페인입니다. 샴페인을 좋아하시나 봅니다, 교황님."

깔끔한 턱시도에 올백 머리.

품격 있는 연회를 생각하면 떠올릴 수 있는 가장 노멀한 패션을 자랑하는 그 남자는, 낮고 부드러운 목소리로 나에게 말을 걸어왔다.

"괜찮으시다면 제가 궁합이 좋은 음식을 추천해 드리겠습니다."

얼굴 가득 미소를 띤 채 다가온 의문의 미남자.

영업용 미소는 티라도 나는데, 남자의 미소에는 진심이 묻어 나오는 것처럼 깨끗했다.

나는 그를 따라 웃으면서 대답했다.

"괜찮습니다. 제가 음식이랑 술을 같이 먹는 건 안 좋아해서요. 음식은 음식, 술은 술. 이렇게 따로 먹는 걸 좋아합니다."

"오, 이런. 진정한 술꾼이시군요."

사실 다 뻥이다.

옛날 드라마에서 본 대사다.

삼겹살이랑 소주를 같이 먹는 것만큼 즐거운 일은 없다.

다만, 내가 이렇게 철벽을 치는 것에는 이유가 있었다.

"저는 바스티앙 장이라고 합니다. 동쪽의 교황님을 뵙게 되어 영광입니다."

솔직히 말하자면 이름을 말해 줘도 잘 모른다.

내가 뚱한 표정으로 그의 인사를 지켜보고 있을 때쯤, 내 옆에 있던 그레이스가 작은 목소리로 속삭였다.

"프랑스의 백사자라고 불리는 분이에요. 귀환자 출신이 아님에도 디재스터급 귀환자를 뛰어넘는 전투력을 지닌 것으로 유명하죠."

"아, 그래?"

한마디로 거물이란 거지.

그런데 말이다.

패시브 스킬 〈멸악의 의지〉가 상대방을 악인으로 규정합니다.
플레이어 〈바스티앙 에드워드 장〉의 악행을 나열합니다.
〈대량 학살〉, 〈살인〉, 〈강간〉, 〈고문치사〉, 〈폭행치사〉 등 150건

내 안에 잠들어 있는 힘이 아주 그냥 발악을 한다.

나는 그 메시지 창과 바스티앙의 얼굴을 번갈아 보면서 슬쩍 미소를 지었다.

"간도 크셔라."

이래서 사람은 더 큰 세계를 경험할 필요가 있는 거다.

적어도 한국에서는 나에게 대놓고 접근하는 빌런은 없었는데 말이야.

아직 내 맛을 못 봐서 그런가?

"만나서 반가워요, 바스티앙 씨."

아무래도 내가 기대했던 것보다 훨씬 스릴 넘치는 일정이 될 것 같았다.

이 녀석을 어떻게 요리하면 좋을까.

⁂

용기가 가상했다.

나에게 아무도 접근하지 않는 상황에서, 지은 죄가 많은 녀석이 대놓고 접근을 했다.

사람이 살면서 죄를 안 짓는 게 힘들다지만은, 〈멸악의 의지〉가 발동되는 대상은 의심할 여지가 없는 악인이다.

그것도 갱생이 불가능한 수준의 악인.

나는 눈앞에서 젠틀한 미소를 지으며 이야기를 늘어놓는 바스티앙을 조용히 바라보았다.

"교황님께서 야마타노오로치를 토벌하는 모습을 보며 전율을 느꼈습니다. 서양에서는 교황님을 두고 동쪽의 교황, 검은 교황. 이렇게 부르고 있습니다. 하지만 개인적으로 검은 교황은 너무 무례한 호칭이 아닌가 싶더군요."

"어째서 무례하다고 생각합니까?"

"교황님께서 검은색을 싫어하실 수도 있지 않겠습니까? 하하."

바스티앙은 여유롭게 와인 잔을 기울였다. 그리고 내 옆의 그레이스를 바라보면서 말했다.

"우리의 잔 다르크와도 친분이 있으셨던 겁니까?"

"그렇게 되었습니다."

"영웅들끼리 친분을 나누는 건 인류를 위해서 아주 좋은 일입니다. 서로 얼굴을 익히고, 좋은 이야기를 나누기 위해서 이처럼 많은 영웅이 한자리에 모인 것 아니겠습니까?"

바스티앙은 이야기를 하는 내내 얼굴에 미소를 품고 있었다.

항상 웃을 수 있는 사람을 조심해라, 그런 말이 있다.

그 말은 딱 이런 놈들을 두고 하는 말이다. 웃음 뒤에 뭔가를 숨겨 뒀을 가능성이 높으니까.

"이분은 제 사부님이십니다, 바스티앙 님."

"오! 사부님 말입니까? 혹시 바티칸의 교황님께서도 허락하셨는지요?"

"네! 정식으로 허락을 받았어요."

"종교는 어두운 세상을 밝혀 줄 수 있는 등불이라고 생각합니다. 안 그렇습니까, 김시우 교황님."

"때로는 등불에 초가삼간이 다 불타는 경우도 있는 법이죠. 그렇게 생각하면 등불이 틀린 표현은 아닙니다."

나는 손에 들고 있던 샴페인 잔을 테이블 위에 내려놓았다.

그리고 천천히 바스티앙과 시선을 마주했다.

바스티앙은 내 시선을 피하지 않았다. 오히려 더욱 밝게 미소를 지으면서 말했다.

"기분이 좋으신 것 같습니다."

"그럼요. 좋은 날이잖아요? 애써 여기까지 왔는데 지루하면 어떡하나 고민했는데, 시작부터 이렇게 즐거운 일이 생길 줄은 몰랐죠."

"즐거운 일이라. 즐거운 일은 함께 나누면 배가됩니다. 저에게도 그 즐거운 일이 어떤 건지 말씀해 주시면 감사하겠습니다."

"저는 청소를 굉장히 좋아합니다."

청소.

내 입에서 그 단어가 나오자마자 옆에 있던 에이든의 표정이 구겨졌다.

에이든 역시 손에 들고 있던 위스키병을 테이블 위에 내려놓았다. 그리고 손을 들어 직원을 불렀다.

"가서 애들 좀 데려와라. 최대한 많이, 알겠지? 그리고 연회장의 출입을 통제해라. 그 누구도 나가게 하면 안 된다."

"알겠습니다."

눈치가 빠른 야만인다운 판단.

그렇게 추가 인력을 요청한 에이든은 한숨을 푹 내쉬었다.

"내 말은 기억하고 있냐?"

"어떤 거."

"죽이지만 말라고."

"나 사람 쉽게 안 죽인다니까? 그건 걱정 하지 말고. 그런데 얘 말고도 몇 명 더 보이는데, 어떻게 할까?"

"싸그리 잡아야지. 이 땅에 버러지들이 기어다니는 건 용납할 수 없다. 나도 한 손 거들 테니, 어떤 놈들인지 알려만 줘라."

"두 분이서 무슨 말씀을 나누고 계신……."

나는 바스티앙의 말을 가볍게 씹은 다음, 〈멸악의 의지〉를 통해 감지되는 악인들을 한 놈 한 놈 가리켰다.

숫자는 총 일곱.

수준은 최소 S급 헌터.

바스티앙까지 포함하면 8명이나 되는 숫자였는데, 같은 편일 가능성이 굉장히 높아 보였다.

왜냐고?

내가 그들을 지목할 때마다 바스티앙의 포커페이스가 순간적으로 흔들렸거든.

나는 그런 바스티앙의 어깨에 팔을 둘렀다.

"바스티앙 씨, 그거 알아요?"

"무엇을……."

"제 눈엔 다 보입니다. 누가 거짓말을 하고 있는지, 누가 착한 사람 흉내를 내고 있는지. 하나도 빠짐없이 다 보여요. 아니, 요새 빌런들은 왜 이렇게 무성의한 거야? 나한테 접근하려면 내가 어떤 놈인지 미리 조사를 하고 왔어야지. 레오야? 너는 에이든이 분리수거 하는 거 도와줘라."

"알겠습니다. 그레이스, 나를 따라와라. 아까 가르쳐 줬던 걸 실전에서 보여 주겠다."

"네, 사형!"

그렇게 레오와 그레이스는 에이든을 따라갔고, 나는 계속해서 히죽이며 말했다.

"바스티앙 에드워드 장. 대량 학살, 살인, 고문치사…… 이야, 순 나쁜 새끼네, 이거. 몇 명이나 죽인 거야?"

"아무리 교황님이라고 해도 증거도 없이 사람을 몰아가는 건 명백한 무례……."

"증거? 증거야 조사하면 나오지. 그럼 내가 수사관이랑 독대하게 해 줄게."

액티브 스킬 〈성화의 고리 Lv.Max〉가 발동합니다.

화르르륵-.

나는 손가락에 성화를 피워 올리면서 말을 맺었다.

"이게 우리 성 수사관이라고, 인사해."

연회에 참석한 인원들의 총숫자는 69명.

그중 8명이 본색을 숨기고 있었다면, 그 비율은 1할이 넘는다는 소리다.

연회는 당연히 중지되었고, 미국 측의 요원들이 싸그리 연회장 내부로 들어왔다.

그 과정에서 당연히 유혈 사태가 발생했다.

"2명 사망. 6명 생포. 작전 보고 마칩니다."

"고생했다. 유니온에 소속된 놈들이라고 하니까 각별히 조심하도록. 녀석들을 구출하기 위해서 뭔 짓이든 감행할 놈들이다."

"상부에 보고를 해 두었습니다. 하와이에서 휴가를 보내고 있던 라파엘 님도 현재 LA로 이동 중이십니다."

"그 미친놈이?"

"예, 무슨 일이 생기면 반드시 불러 달라고 하셔서, 그렇게 되었습니다."

바스티앙이 소속되어 있는 집단의 이름은 유니온이라고 한다.

유니온.

각성자들의 세상을 만들기 위해 만들어진 조직.

정화자에 소속되어 있던 놈들도 비슷한 말을 했었다.

우리가 왜 각성도 못 한 버러지들이랑 부대껴 살아야 하냐고.

참으로 토 나오는 선민의식이었지.

정화자 놈들은 그 선민의식을 마기를 통해서 배설하는 거였고, 이 유니온이라는 놈들은 마기까지는 받아들이지 않았다.

대부분이 마력 사용자들로 구성된 조직.

몇 귀환자들까지 섞여 있다는 정보도 입수했다.

"시우, 네 수사관이 꽤 능력이 출중한 것 같다. 쉽게 입을 열 것 같지는 않던데, 굉장해."

"아, 우리 성 수사관? 장난 아니지. 너도 한번 맛볼래?"

"사양한다. 불은 질색이야."

"에이든의 약점은 불…… 확인. 야, 그렇게 쫄지는 마. 우리 성 수사관은 나쁜 놈들한테만 유용하거든. 너, 나쁜 놈 아니잖아?"

화르르륵-.

내 손에 끼워져 있는 너클에서 성화가 피어올랐고, 에이든은 그 성화를 바라보면서 고개를 가로저었다.

"말을 말지. 시우, 유니온은 위험한 조직이다. 명심해."

"나만큼 위험하진 않잖아."

"그렇지. 녀석들이 그냥 미사일이라면 너는 핵탄두 미사일이야."

"내가 이겨. 걱정하지 마."

대한민국의 청소를 끝내니 이번에는 범국제적인 청소를 도맡게 된 기분이다.

하지만 악을 보고 그냥 지나치는 건 우리 교단의 교리에 어긋나기 때문에 어쩔 수가 없었다.

나는 너클을 빼 주머니에 집어넣으면서 슬쩍 미소를 지

었다.

"너, 나쁜 놈 아닌 거 알아."

"……갑자기 칭찬?"

"나쁜 놈이 아니란 게 칭찬이냐? 착하다고는 말 안 했어."

사연이 많은 놈이다.

여태까지 할머니를 비롯해서 우리 가족들을 든든하게 지켜 주기도 했고.

그래서 밉지는 않다.

나는 녀석의 등짝을 다시 한번 후려친 다음, 어느새 냉기가 줄줄 흐르기 시작한 연회장을 둘러보면서 한숨을 내쉬었다.

"연회는 이렇게 끝인가?"

"무슨 소리야. 이제부터 진짜 연회가 시작되는 거지. 연회는 계속된다. 구더기 무서워서 장 못 담그나?"

"우리 할머니가 하루에 한 번씩 하시는 말씀이지. 잘 배웠네."

"우리를 도와줘서 고맙다. 하마터면 우리 안방에서 모욕을 당할 뻔했다."

그래도 에이든이 이렇게 대놓고 감사를 표시하는 것도 오랜만이다.

나름 에고가 강한 녀석이라 감사 인사는 쉽게 안 하는데 말이지.

나는 손을 내저으면서 인사를 받았다. 그리고 테이블에 내려놓았던 샴페인 잔을 다시 들려고 한 순간.

우우우우웅.

주머니 속에 넣어 두었던 스마트폰이 진동했다.

꺼내서 확인해 보니 발신자는 서신우 대통령.

아무래도 상황을 보고받은 모양이다.

“여보세요.”

–연회장에서 사건이 발생했다고 보고받았습니다. 다치신 곳은 없으십니까?

“물론이죠. 스치지도 않았습니다. 저 때문에 곤란해지신 것 같은데, 죄송합니다.”

–당치도 않습니다, 교황님. 오히려 방금 전에 그들이 소속된 국가의 정상들로부터 감사 전화가 왔습니다. 유니온은 그만큼 위험한 단체입니다.

내가 실시간으로 국격을 녹이고 있는 줄 알았는데, 그건 또 아닌가 보다.

유니온이라는 이름을 예전에 몇 번 들었던 것 같기는 한데, 이 정도로 위험한 녀석들이었을 줄이야.

어쩐지 내가 사고를 쳤는데도 서 대통령의 목소리가 좋더라.

–부디 무사히만 돌아와 주십시오. 마음만 같아서는 제가 공항에 가서 직접 배웅을 해 드리고 싶었지만, 일정이 바빠

서 지금에야 전화를 드립니다. 대신에 귀국하실 때 꼭 마중을 나가겠습니다.

"그렇게까지는 안 하셔도……. 아, 그리고 이번에 귀국할 때 손님 하나 데려갑니다."

–그레이스 양을 말씀하시는 거면, 바티칸의 교황님과도 이미 전화로 이야기를 나눴습니다. 한국에 있는 동안 잘 챙겨 주셨으면 한다고, 그리 말씀하셨습니다.

행동력이 빠른 양반들인걸.

거기까지 알고 있으면 뭐 더 할 말은 없지.

"알겠습니다. 귀국하고 뵙죠."

–기다리고 있겠습니다. 혹시 뭔가 문제가 발생하면 언제든지 전화를 주십시오.

그렇게 짧은 전화가 끝이 나고, 나는 스마트폰을 주머니에 집어넣었다.

그러자 내 전화 통화를 듣고 있던 에이든이 한마디 던졌다.

"나도 나름 우리 보스랑 사이가 좋은 편인데, 너를 보고 있으면 아무것도 아닌 것 같아."

"직장 상사랑 사이가 좋아 봤자 얼마나 좋겠어? 나와 서 대통령은 상하 관계가 아니야. 비즈니스 파트너라고. 그건 그렇고, 아까 라파엘? 그 사람 온다는 소식에 너 인상 찌푸리던데, 너도 감당하기 힘든 사람이야?"

“미국의 이레귤러는 총 4명. 라파엘은 그중 하나다. 별명은 매드 사이언티스트. 별명에서부터 알 수 있다시피 미친놈이다. 그것도 굉장히 미친놈이야.”

이레귤러라면 귀환자라는 뜻.

에이든도 나름 미친놈인데 그 사람보고 미쳤다는 걸 보면, 진짜 제대로 미친놈인 건가?

그리고 저 매드 사이언티스트라는 별명.

별명부터 아주 살벌하다.

“귀환자는 귀환자인데, 사이킥 에너지라는 걸 사용한다. 뭐라 설명하기 참 애매한데…… 아, 그래. 자신의 신체를 직접 개조하는 놈이다.”

“미친놈이네.”

“그렇지. 만나 보면 너도 알게 될 거야.”

세상은 넓고 미친놈은 많다.

이야기만 들어도 아찔한걸.

나는 샴페인으로 목을 축이면서 고개를 끄덕였다.

“기대되네.”

“그놈이 요새 너한테 푹 꽂혔어. 신성력을 가지고 뭔가를 하고 싶어 해. 조심하는 게 좋을 거다.”

“남자냐?”

“당연히.”

왜 이렇게 남자들한테 인기가 많은 거지?

진짜 너무 싫다.

아무튼.

연회는 계속되었고, 나는 그레이스, 레오, 에이든과 이야기를 나누면서 연회를 즐겼다.

참고로 그 뒤로 우리에게 말을 걸어오는 사람들은 단 한 명도 없었다.

연회는 그렇게 초상집이나 다름없는 분위기 속에서 막을 내렸다.

다른 손님들이 우리 테이블에 찾아오면 반갑게 맞이해 주려고 했는데, 아쉽게도 없었다.

착한 사람들은 언제나 환영하는 마인드였는데……

그래도 이 정도면 신고식치고는 화려했다고 생각한다.

적어도 나를 만만하게 보지는 못할 것이다.

사람들이 보는 자리에서 너클을 낀 채로 바스티앙을 성화로 잘근잘근 씹어 줬으니 말이다.

그렇게 도착 첫날 일정을 모두 끝내고, 우리는 원래 있었던 호텔로 되돌아왔다.

이래저래 일이 많았던 하루.

도착하자마자 목욕을 하고 꿀맛 같은 휴식을 즐기려고 했으나.

"우와, 백설이 엄청 좋아한다. 백설아, 재밌어?"

"공주님을 위한 건 이겁니다. 누르시면 안에 들어 있는 별이 떠올라서 반짝거린답니다."

"우와아아아아아!"

"아, 그리고 여사님, 이건 제 기술로 직접 만든 무한 동력 안마기입니다. 손목에 착용한 채로 어디를 안마하고 싶다 떠올리기만 하시면 알아서 안마를 해 줍니다."

"젊은 양반이 능력도 좋구먼. 고마워요."

"별말씀을."

호텔의 로비에서는 때아닌 선물 파티가 벌어지고 있는 중이었다.

백설이는 괴상하게 생긴 캣 휠을 정신없이 타고 있었고, 시연이와 할머니는 흡족한 표정으로 각자 받은 선물을 들여다보고 있었다.

화기애애한 분위기.

나는 하얀색 가운을 걸치고 있는 적색 머리카락의 서양인을 보며 고개를 절레절레 내저었다.

딱 보면 안다.

"저 친구가 라파엘?"

"……맞아. 바로 이곳으로 찾아왔을 줄은 몰랐어."

"과학자한테 뚫리는 주제에 삼엄한 경호는 무슨."

지난번에 상대했던 왕 웨이 다음으로 만나는 이레귤러.

에이든이 미국의 이레귤러 중 최약체라고 하던데, 그렇다면 저 과학자가 에이든보다 강하다는 의미다.

일단 멸악의 의지는 활성화되지 않는다.

이레귤러들 자체가 시스템에 제대로 편입된 상태가 아니라서 작동을 안 하는 걸지도 모르지만, 그래도 미국에 소속된 이레귤러니까 나쁜 의도는 없어 보였다.

나보다 내 가족들을 먼저 보러 온 모양새가 좋아 보이지 않을 뿐.

"큰오빠!"

시연이는 나를 보자마자 선물을 내려놓고 나에게로 달려와 안겼다.

"잘 놀고 있었어?"

"헤헤, 응. 아까 요리사 아저씨가 와서 맛있는 것도 해 주고 갔어. 수영장에서 수영도 하구, 엄청 재밌었어. 아! 맞다. 선물 고마워, 오빠!"

"선물?"

"라파엘 아저씨가 저 선물들 전부 오빠가 부탁해서 준비했다고 하셨어. 역시, 큰오빠는 스윗해!"

난 시연이의 머리를 쓰다듬으면서 라파엘을 바라보았다.

라파엘은 나와 시선이 마주치자마자 반갑게 손을 흔들었다.

저 밝은 표정과 어깨를 으쓱이는 자세를 봤을 때, 마치 칭찬이라도 해 달라는 것 같다.

에이든의 말대로 미친놈이 확실하다.

"김시우 교황님! 시키신 대로 선물은 잘 전달했습니다. 하하!"

"그래요?"

미친놈을 상대할 때 반드시 지켜야 하는 것 한 가지.

절대로 상대방의 페이스에 넘어가지 말 것.

그리고 내가 더 미쳐 있다는 것을 보여 줄 것.

"제 선물은요."

"예?"

"제 선물도 챙겨 오신다면서요."

눈에는 눈, 이에는 이.

꼼수에는 꼼수.

나는 활짝 웃으면서 당당하게 선물을 요구했는데, 라파엘은 쉬운 남자가 아니었다.

"당연히 챙겨 왔죠. 설마 제가 우리 교황님 선물은 안 챙겨 왔겠습니까?"

라파엘은 품속에서 주먹만 한 보석을 하나 꺼냈다.

보석으로부터 느껴지는 강렬한 마력.

의심할 여지도 없이 최상급 마정석.

"지난번에 제가 마수 하나 잡고 킵 해 뒀던 놈입니다. 들자 하니 교황님께서 마정석을 좋아하신다고."

우리 신전 지하에 있는 광산에서 채굴되는 신성석을 가공하면 손가락만큼 남는데, 저건 이미 가공이 완료된 마정석이었다.

부르는 게 값일 정도로 귀한 물건.

나는 녀석이 건네주는 마정석을 레오에게 건네주면서 만족스럽게 고개를 끄덕였다.

"좋군요."

"교황님 가족분들에게 드린 선물도 만만치 않게 품이 들어갔는데, 선물 두 번 드렸다가는 패가망신하겠습니다, 하하하! 안 그래요, 에이든 군?"

"돈도 많으신 분이 생색은. 맨손으로 오셨으면 큰일 났을 겁니다."

"그래서 바리바리 싸 들고 왔잖아요. 오고 가는 선물 속에 피어오르는 우정. 인생이란 게 원래 그런 거죠. 흐하하!"

그런데 인욱이는 왜 안 보이지?

"맞다. 교황님의 남동생분께는 제가 호신용으로도 사용할 수 있는 기계 팔을 선물해 드렸습니다. 아마 지금쯤이면 조작법을 익히느라 정신없을 것 같군요. 솔직히 최첨단 슈트, 기계 팔. 이런 거 싫어하는 사나이들이 어디 있겠습니까? 로망이죠, 로망."

나는 쉴 새 없이 입을 나불거리는 라파엘을 바라보면서 다시 한번 한숨을 깊게 내쉬었다.

그리고 레오를 향해 말했다.

"할머니 모시고 산책이나 좀 다녀와라. 시연이도 데려가고. 그레이스, 너도 같이 가. 앞으로 자주 볼 사람들이니까 친해지는 게 좋아."

"사부님의 가족분들을 사부님처럼 대우하는 건 당연한 일이죠. 걱정하지 마세요."

그렇게 레오와 그레이스가 가족들을 데리고 잠시 산책을 떠났고, 이곳에는 나와 에이든, 라파엘 이렇게 셋이 남게 되었다.

나는 천천히 라파엘의 맞은편 소파에 앉았다. 그러자 라파엘이 기다렸다는 듯이 입을 열었다.

"이제야 자기소개를 할 수 있겠네요. 처음 뵙겠습니다, 교황님. 라파엘이라고 합니다. 성은 없습니다. 제가 있던 세계에다가 버리고 왔거든요."

특이하게 첫인사를 끝낸 라파엘은 물을 마시면서 입술을 축였다.

그리고 잠시 후, 곧바로 본론에 들어갔다.

"거두절미하고 말씀드리겠습니다. 리멘 교단과 함께 연구를 진행하고 싶습니다."

"연구?"

"예, 혹시 교황님이 모시는 신과 최근에 연락이 잘 안 되지 않습니까? 제가 그 문제를 해결해 드릴 수 있습니다."

이해하기 힘든 상황이 벌어졌다.

나는 인상을 잔뜩 찡그린 채로 라파엘을 쳐다볼 수밖에 없었다.

……그 사실을 어떻게 알고 있는 거지?

⚜

라파엘의 말대로 최근 들어 리멘과 연락이 닿은 적이 없었다.

지난번에 에덴에 이상한 일이 벌어지고 있다고, 본인이 수습하겠다고 한 뒤로 신탁이나 현신을 한 적이 없었으니까.

사실상 연락 두절 상태.

겉으로는 괜찮은 척하고 있지만, 마음 한구석에는 나도 모르게 생겨난 불안함이 자리 잡고 있었다.

그리고 지금, 이 녀석이 그 희뿌연 감정을 끄집어냈다.

"알게 된 이유가 중요하겠습니까? 하하, 과정 따위는 중요하지 않습니다. 오로지 결과, 실적. 그것들만이 중요할 뿐입니다."

"제가 수사관을 따로 데려와야 말씀을 해 주시려나."

"수사관이요?"

내 말에 라파엘이 흥미롭다는 듯이 주위를 둘러보았고, 이번에는 에이든이 한숨을 내쉬면서 말했다.

"그 수사관이라면 마주하지 않는 게 좋을 겁니다, 라파엘님."

"음? 수사관님이 꽤 난폭하신가 보죠?"

"수사관은 저기에 있습니다."

에이든은 턱짓으로 내 손을 가리켰고, 그제야 라파엘이 이해했다는 듯이 크게 웃음을 터뜨렸다.

"법보다는 주먹이 먼저입니까? 교황님께서는 역시 듣던 대로 화끈하십니다."

"진짜 화끈한 게 뭔지 보여 드릴 수도 있는데요."

"사양하겠습니다."

우우우우웅.

라파엘은 웃으면서 본인의 오른팔을 흔들었다.

그러자 그의 손목 부근에 박혀 있던 보라색 수정이 반짝거렸다.

"이 친구가 불을 싫어해서요. 데이비드라고 합니다."

"……데이비드?"

"제가 저쪽 세계에서 가장 먼저 개조한 신체가 바로 이 오른팔이거든요. 그래서 특별히 데이비드라는 이름을 붙여 주었습니다."

수정으로부터 알 수 없는 기운이 꿈틀거리는 것이 느껴졌다.

에이든이 발산하는 '투기'에서는 뜨거울 정도의 투지가 느껴지는 것과는 반대로, 라파엘이 방출하는 기운은 놀랍도록 차가웠다.

에이든과는 정반대의 성향.

라파엘의 기운은 인간의 것이라기보다는 차라리 딱딱한 금속에서 느껴질 법한 차가움을 내포하고 있었다.

이레귤러다운 독특한 기운.

아마도 저 기운이 에이든이 말했던 '사이킥 에너지'인 듯했다.

"한바탕 해보자는 것 같은데."

"전혀 아닙니다. 제가 검은 교황과 싸워서 이기리란 보장도 없잖습니까? 제가 이래 보여도 과학자에 가까워서, 싸우는 건 질색입니다. 게다가 전투용 슈트도 안 챙겨 왔어요. 데이비드가 이러는 건 교황님을 두려워해서 그렇습니다. 자체적인 인공지능을 탑재했거든요. 일종의 전투 연산장치, 그렇게 생각하시면 됩니다."

무협 세계에서 귀환한 귀환자, 판타지 세계에서 귀환한 귀환자도 있는데, 지구를 뛰어넘는 기술을 지닌 세계라고 없겠어?

매드 사이언티스트라는 별명을 들었을 때부터 이미 짐작은 하고 있었다.

라파엘은 적대 의사가 없다는 것을 몸소 증명이라도 하는 듯, 두 팔을 번쩍 들면서 말했다.

"데이비드의 계산에 따르면 제가 이길 확률은 없습니다. 에이든 군도 꼼짝 못 하는데, 저라고 방법이 있겠어요?"

"알겠으니까 어떻게 알아냈는지나 말하세요."

"맞다, 그 이야기를 하고 있었죠? 계속하겠습니다."

라파엘은 들고 있던 팔을 다시 내리면서 이야기를 이어 나갔다.

"저는 2년 전에 지구에 돌아왔습니다. 돌아온 이후로 제가 가장 집중적으로 연구한 분야는 게이트입니다. 게이트는 일종의 차원 공명 현상, 즉 차원끼리 연결되는 현상을 지칭합니다. 갑작스레 등장하는 던전 역시 게이트의 또 다른 형태기도 합니다."

그 뒤로 그는 게이트와 관련된 간단한 설명을 이어 갔다. 복잡한 과학 이론 등이 그의 입에서 끊임없이 흘러나왔고, 곧이어 우리 교단과 관련된 이야기가 나왔다.

"그렇게 연구를 지속하는 와중에 교황님께서 돌아오셨고, 곧이어 에덴에서 이계인들도 넘어왔죠. 귀환자와 연을 맺었던 이계인이 넘어오는 건 전례가 없던 일이라, 제가 따로 관측기를 설치했습니다."

관측기?

그런 이야기는 에이든한테서도 못 들었는데?

나는 에이든을 곧바로 째려보았고, 에이든이 두 손을 내저으면서 고개를 가로저었다.

"난 진짜 모르는 일이야, 시우."

"아! 에이든 군과는 정말 관련 없습니다. 백악관에서도 모르는 내용입니다. 제가 임의로 설치한 거라."

"봐 봐."

우리의 허락도 없이 관측기를 주변에 설치했다?

이걸 무례하다고 해야 하는지, 아니면 괘씸하다고 해야 하는지. 어쩌면 둘 다일 수도 있겠다.

"관측기를 통해서 확인할 수 있었던 건, 리멘 교단의 신전에서 불규칙적으로 차원 공명 현상이 일어났다는 겁니다."

그는 차원 공명 현상이 일어났던 날짜를 말해 줬고, 그 날짜를 곰곰이 생각해 보니 전부 리멘이 현신했거나 신탁을 내렸을 때였다.

"그러던 그때, 아주 강력한 신호를 잡았습니다. 바로 서울 그라운드제로를 격리해 주고 있던 벽이 사라진 그날이죠."

"……리멘이 직접 권능을 사용한 날."

"맞습니다! 인간의 힘으로는 최소 수개월은 걸렸을 대작업인데, 영상으로만 봤는데도 놀랍더군요. 그래서 그때 제가 세웠던 가설이 바로 이겁니다. 리멘 교단의 성지에는 이계의 신격이 관여하고 있다! 그런데 최근 들어 신호가 잡힌 적이 없었습니다. 그래서 대강 짐작하고 있었을 뿐이죠. 그리고 그 짐작을 교황님께서 확신으로 바꿔 주셨습니다."

그 말을 다 들은 나는 한숨을 내쉬면서 고개를 끄덕였다.

"……블러핑이었다?"

"원래 가장 단순한 방법이 가장 효과적이니까요. 교황님께서는 이런 경험은 많이 없으셨나 봅니다? 하하하!"

나는 다시 한번 웃음을 터뜨리는 라파엘을 향해 나지막하게 말했다.

"경험이 없었던 게 아니라, 경험할 필요가 없었던 건데."

"예?"

"예전에 저한테 블러핑을 걸었던 귀족이 하나 있었거든요? 그놈 반쯤 죽여 두니까, 그 이후로는 장난질을 치는 놈이 없더라구요."

그 말에 라파엘은 잠시 벙찐 표정으로 나를 바라보았다.

좋아, 기세 잡았다.

이대로 밀고 나가자.

"그러니까 당신의 말을 요약하자면, 허가받지 않은 물건으로 우리 교단의 활동을 도청, 감시했다. 이 말이죠?"

"아니, 그게 그렇게 되는 겁니까?"

"예."

그러나 이 녀석은 강적이었다.

라파엘은 곧바로 무릎을 꿇으면서 말했다.

"죄송합니다. 제가 뭐 하나에 꽂히면 눈이 돌아가는 성격이라서요."

"아니, 그렇다고 무릎까지?"

"무릎 꿇으면 혹시 안 때리실까 해서 해 봤습니다. 데이비드라도 떼어 드릴까요? 그렇게 해서 화가 풀리신다면……."

아무래도 이 LA라는 도시에 마가 꼈나 보다.

그렇지 않고서야 이런 캐릭터들이 한 번에 몰려들 리가 없다.

"책임은 나중에 묻도록 하고, 아까 말했던 해결 방법부터 들어 봅시다."

"아, 방법! 지금부터 방법을 알려 드리겠습니다."

라파엘은 자리에서 벌떡 일어나더니, 자신의 가슴을 두드리면서 자신 있게 말했다.

"제 머리가 방법입니다! 리멘 교단의 신전에서 본격적으로 연구할 수 있도록 해 주십시오! 아, 그리고 신성력을 이용한 무기들을 연구하고 계신다고 들었는데, 그것도 제가 도와드리겠습니다. 신성 미사일! 신성 자주포! 말씀만 하십시오! 제가 싹 다……."

우리 가족에게 선물 공세를 펼칠 때부터 알아봤어야 했다.

이 남자, 선물로 사람들을 홀리는 것에는 천부적인 재능이 있었다.

하지만 저런 감언이설에 넘어갈 내가 아니었다.

나는 사뭇 진지한 표정으로 그에게 물었다.

"왜 하필이면 우리 신전입니까?"

"리멘님께서는 이미 차원 통로를 통해서 신도들을 지구로 보내셨습니다. 그 방법을 연구할 수만 있다면, 게이트를 우리들이 원하는 대로 이용할 수 있을 겁니다."

이 세계를 관장하고 있는 시스템이 그 꼴을 가만히 보려나?

그래도 시도해서 나쁠 건 없다고 생각한다.

리멘도 나름대로 방법을 연구하고 있을 테니, 우리도 우리 나름대로 노력할 필요는 있었다.

하지만 딱 한 가지.

"당신은 도대체 뭘 위해서 이러는 겁니까?"

이 남자의 목적에 대해서 아직 알 수가 없었다.

내 질문에 라파엘은 기다렸다는 듯이 입을 열었다.

"저는 지구로 귀환하고 싶은 생각이 없었습니다. 제 아내와 세 살짜리 아이가 그 세계에 남아 있습니다."

"……그럼 어째서 귀환한 겁니까?"

"귀환이 아닙니다, 교황님."

여태까지 웃는 낯이었던 라파엘의 얼굴에서 얼핏 분노가 보인다.

"데우스 엑스 마키나. 제가 있던 세계의 신격. 기계로 만들어진 괴물, 그 새끼가 저를 지구로 쫓아낸 겁니다. 저는 반드시 제가 있던 곳으로 돌아갈 겁니다. 가족들을, 제가 사랑하는 사람들을 되찾아야만 합니다."

그건 흉내 내거나 연기할 수 있는 분노가 아니었다.

세상에는 사람의 숫자만큼 사연이 있다고 했던가.

문득 에덴에서 보냈던 세월이 떠오른다.

가족을 다시 보기 위해서 이를 악물고 견뎌 냈던 세월들. 나에게 있어서 귀환은 재회였지만, 반대로 이 사람에게 귀환은 단절이었던 것이다.

나는 애써 분노를 억누르는 라파엘을 가만히 지켜보았다. 그리고 잠시 후, 천천히 고개를 끄덕였다.

"좋습니다."

"제가 연구할 수 있게 허락해 주시는 겁니까?"

"앞으로 저를 설득하실 때 과학 용어나 지식, 이런 쪽으로 접근하지 마세요. 차라리 지금처럼 감성을 건드리세요. 저 문과거든요."

"조언 감사합니다."

나는 그에게 술잔을 건네주면서 말을 맺었다.

"사연이나 좀 들어 봅시다."

밤은 아직 한참 남았다.

이야기로 채워도 충분할 만큼.

❧

미국 워싱턴, 백악관.

백악관의 대통령 집무실에서는 한창 이야기가 진행 중이

었다.

"아마 지금쯤이면 라파엘과 김시우가 만나고 있을 겁니다. 하지만 여사님, 에이든에 이어서 라파엘까지 한국으로 보내는 건 우리로서도 받아들이기 힘든 일입니다. 이레귤러가 둘이나 타국에 있는 것은 안보에 심각한 위협이 될 수도 있습니다."

"이 늙은이는 그저 조언을 해 드렸을 뿐이고, 라파엘의 휴가를 최종 승인해 준 건 결국 대통령님 본인이시잖아요?"

"다른 방법이 있었을지도 모릅니다."

"글쎄요."

엠마 밀러는 슬며시 미소를 지으면서 조심스레 차를 마셨다.

"라파엘을 막을 수 있는 방법은 없었을 것 같군요."

"여사님께서도 이번 포럼이 끝나면 다시 한국으로 가실 겁니까?"

"그래야죠. 아직 그곳에서의 일이 전부 끝나지 않았어요. 게다가 마음 맞는 좋은 친구도 그곳에 있죠. 정말 좋은 곳이에요."

그녀의 입가에 포근한 미소가 감돌았다.

대통령은 그녀의 미소를 바라보면서 그저 한숨을 내쉴 뿐이었다.

"유니온의 마수가 미국 본토까지 위협하고 있는 상황에

서, 이런 식의 전력 누수는 곤란합니다."

"그 유니온의 마수를 밝혀내 준 것도 시우였죠. 이런 시기에 김시우라는 아군이 있으니, 정말 든든하지 않나요?"

"여사님은 언제나 김시우를 고평가하시는 것 같습니다."

"다른 이들이 시우를 저평가하는 거랍니다."

엠마 밀러는 김시우가 미국에 해가 될 존재라고 생각하지 않았다.

아니, 오히려 김시우라면 장래에 이 땅에 닥칠 재앙으로부터 훌륭한 방파제가 되어 줄 것이라 생각했다.

"라파엘의 내면에는 깊은 분노가 자리 잡고 있어요. 더 이상 잃을 게 없던 에이든과는 전혀 다른 케이스. 라파엘이 그동안 미국에 협조를 해 준 건 그가 애국자라서가 아니에요. 지극히 개인적인 이유였을 뿐이죠."

돌아갈 곳이 있는 귀환자.

엠마 밀러가 본 라파엘은 돌아가기 위해서라면 무엇이든지 마다하지 않을 사람이었다.

지금까지는 단순히 미국과 걷는 방향이 같았을 뿐, 서로 바라보는 곳이 달라진다면 언제든지 어긋날 관계였다.

분노는 선악의 경계를 모호하게 만든다.

그렇기 때문에 라파엘이 본인의 목적을 위해 노선을 바꿀 가능성을 완전히 배제할 수 없었다.

하지만 그 옆에 김시우가 있다면?

적어도 최악의 상황은 방지할 수 있었다.

"대통령님."

"예, 여사님."

"단둘만 있으니까 솔직하게 말씀하셔도 좋아요. 라파엘이 한국으로 간다고 했을 때, 속이 후련하지 않았나요?"

"그것은……."

대통령은 말끝을 흐렸다.

그 역시 엠마 밀러의 말을 부정할 수 없었기 때문이다.

엠마 밀러는 그런 대통령의 표정을 즐겁다는 듯이 감상한 다음, 찻잔을 내려놓았다.

"이미 바티칸에서 먼저 선수를 친 것 같던데요?"

"그레이스 바클리, 그녀를 말씀하시는군요."

대통령은 일전에 보고받았던 그레이스 바클리의 성격, 성향에 대한 것들을 떠올렸다. 그리고 연달아 에이든, 라파엘에 대한 것들도 떠올렸다.

그는 얼마 안 가 한 가지 결론에 이르게 되었다.

"정말 솔직하게 말씀드려도 됩니까?"

"그럼요."

"여사님과의 독대가 끝나는 대로 서신우 대통령에게 전화를 걸 생각입니다. 감사하고 미안하다, 그런 내용으로 이야기를 나눌 겁니다."

대통령의 대답을 들은 엠마 밀러는 작게 소리를 내어 웃었다.

"좋은 생각이네요."

"여사님, 요새 우리 참모진이 한반도를 뭐라고 부르는지 아십니까? 원자로입니다, 원자로. 세계 최대의 원자로."

"원자로. 참모진의 위트가 제법인걸요."

"그 원자로에 우리가 또 다른 핵폭탄을 인계하게 된…… 후우. 제가 서신우 대통령이었다면…… 정말 끔찍하군요."

졸지에 원자로가 되어 버린 한반도였다.

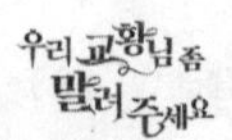

싫으세요?

밤을 새우는 술자리가 끝나고, 아침이 밝았다.

지난밤 사이에 결정된 일이 몇 가지 있었다.

첫째는 라파엘의 한국행.

라파엘은 이번 포럼이 끝나고 한국으로 돌아가는 귀국 비행기에 함께 타기로 했다.

이레귤러를 다른 나라로 파견하는 절차는 엄청 어렵다고 들었는데 그것도 아닌 모양이다.

이미 허락을 받았단다.

아, 그리고 살면서 미국 대통령의 전화도 처음 받아 봤다.

-김시우 교황님. 언제 한번 리멘 교단 신전에 정식으로 초대해 주시겠습니까? 직접 찾아뵙고 감사 인사를 드리고

싶습니다.

도대체 뭐 때문에 감사 인사를 하는지는 잘 모르겠지만, 그래도 일단 감사 인사를 한다니 받았다.

방한 일정에 우리 교단 신전 방문 일정도 포함시키겠다더라.

다음 달 중순쯤에 방문한다던데, 미국 대통령이 방문한다는데 막을 이유는 없었다.

그렇게 해서 일단 라파엘의 한국행은 기정사실화되었는데, 문제는 그다음의 일이었다.

"레오 대주교, 제가 스마트폰 슬쩍 손봐 드려도 됩니까? 맡겨만 주신다면 신세계를 보여 드리겠습니다."

"신세계요?"

"생각만으로 스마트폰을 움직일 수 있는 기술이라든가, 뭐 그런 것들이죠."

"오, 부탁드립니다, 라파엘 님."

"하하! 이제 함께 지낼 사이인데 이 정도쯤 못 해 드릴까요."

우리 일행만 쓰기에는 넓은 호텔이라고 생각했었는데, 라파엘까지 들어오게 되었다.

라파엘을 한마디로 요약하자면 진짜 미친놈이었다.

졸지에 미친놈 소굴이 되어 버린 우리 호텔.

"미친놈은 미친놈을 알아보는 법이지. 시우, 걱정하지 마

라. 네가 우리 중에 가장 미친놈이니까, 네가 이곳의 대장이다."

"나는 좀 빼 줄래?"

"무슨 소리야? 너 때문에 다 모인 사람들인데. 봐라, 시우. 다 네 덕분에 한자리에 모인 거다."

나는 에이든의 말을 들으며 슬쩍 주위를 둘러보았다.

과학기술이 발전한 세계에서 온 미친놈.

야만 부족들이 지배하는 세계에서 온 미친놈.

그리고 사람을 반으로 접는 걸 좋아하는 미친놈.

에이든의 말을 부정할 수가 없었다.

이쯤 되면 확실히 내 쪽에 문제가 있는 걸지도 모른다.

그렇지 않고서야 이런 말도 안 되는 조합이 가능할 리가 있겠나.

"슬슬 너도 인정할 때가 되었다, 시우. 장담하건대 너는 몇 년 안에 노벨 평화상을 수상할 거야."

"평화상은 또 왜?"

"나를 비롯해서 라파엘까지. 통제 불가능한 핵무기들을 네가 직접 관리하게 되었는데, 너만큼 세계 평화에 기여한 사람이 또 있을까? 없을 거라고 본다."

에이든은 가만히 보면 자기 객관화가 확실한 사람이다.

자신이 걸어 다니는 핵폭탄이라는 건 이미 인지하고 있다.

그리고 옆에서 이상한 장비를 들고 레오의 스마트폰을 개조하고 있던 라파엘도 한마디 거들었다.

"항상 존경합니다, 교황님! 달달한 꽃향기에 벌이 날아들 듯, 저 역시 교황님에게 끌리는 걸 거부할 수 없었습니다."

"비유가 왜 그래요."

"아니면 S극이 N극에 달라붙듯이? 문과라고 하셔서 제가 한번 표현을…… 아, 그건 물리학이니 이과인가? 하여간에 그렇습니다, 흐흐. 내 표현 어땠습니까, 그레이스 양?"

"역시, 배우신 분들은 달라도 다르네요."

"그레이스 양도 필요한 거 있으면 말씀만 하십시오. 교황님의 제자가 되신 걸 축하합니다!"

"교단의 연구원이 되신 걸 축하드려요, 라파엘 님."

이보다 더 혼란할 수 있을까.

어제 처음 만난 사이라는 그레이스와 라파엘도 빠른 속도로 친해지고 있었다.

저기에 루나까지 추가된다면…… 상상만으로도 아찔할 정도.

나는 한숨을 푹 내쉬면서 그들의 대화를 귀에 담았다.

고막이 괴로웠지만, 리멘을 위해서 참는다. 나도 근래에 리멘 소식을 못 들어서 걱정도 많이 되고, 라파엘이라면 방법을 찾아낼 사람이긴 하다.

원래 역사는 미친놈의 손에서 이루어지는 법이거든.

"아, 오늘 첫 회의가 있다."

에이든은 아침부터 열심히 위스키를 들이켰다.

어젯밤, 일반인이었다면 급성 알코올 중독으로 사망하고도 남았을 정도의 술을 마셨는데도 대낮부터 낮술을 하는 모습.

하지만 이상할 건 없었다.

에이든이니까.

술에 미친 놈.

"오늘 첫 회의에는 이렇게 셋이 같이 입장하면 될 것 같다. 나랑 시우 그리고 라파엘까지. 한미 동맹의 굳건함을 보여 주는 의미기도 해."

"나보고 얼굴마담이나 하라는 거야?"

"누누이 말했지만, 얼굴마담을 하는 건 나와 라파엘이고 주연배우는 너다. 아, 그리고 연회 때는 안 나왔던 유럽 측의 이레귤러도 참석한다. 한스라고, 독일 소속의 샌님이야. 사용하는 무기는 검. 성격은 모난 곳은 없다. 대신 기사도에 미친 놈이지."

"기사도에 미쳐 있다면, 모난 곳이 있는 게 아닌가?"

"우리에 비해서 말이다."

그러니까 우리보다 덜 미친 놈이니까 걱정할 필요 없다라는 건데…….

하긴.

우리보다 더 미쳐 있는 게 쉽지는 않지.

"원래는 참석할 생각이 없었는데 말이죠."

라파엘은 어느새 개조가 끝난 레오의 스마트폰을 레오에게 건네주면서 미소를 지었다.

"교황님과 함께면 어디든 재밌을 것 같아서 가 볼 생각입니다. 아, 맞다. 교황님, 한국에 이종족 실험체가 있다는데, 사실입니까?"

지난번에 내가 함흥에서 잡아 온 다크엘프 장로를 말하는 것 같다.

다크엘프 장로는 아주 잘 살아 있다.

사실, 그걸 살아 있다고 말하기에는 좀 애매하긴 한데, 아무튼 살아 있다.

"잡아 온 놈이 하나 있죠. 인간을 대상으로 독극물을 실험하던 놈이라서, 일단 목숨은 붙여 뒀습니다."

"마기를 사용하는 생명체들을 연구해 볼 필요는 있습니다."

"정부 측에 인계를 해 둔 상황이라, 돌아가는 대로 허가를 받아 드리겠습니다."

"차원 공명 현상, 신성력, 마기. 연구할 게 많아서 참 즐겁습니다. 연구를 하다 보면 결국 제가 원하는 곳에도 이를 수 있겠지요."

가족들을 다시 만나겠다는 의지로 뭉쳐 있는 미친 과학자.

한 가지 다행인 점은 아직까지는 그의 광기가 나쁜 방향으로 향하지 않았다.

무언가에 미쳐 있다는 게 꼭 나쁜 것만은 아닐 테니까.

이제부터 내가 해야 할 역할은 그의 광기가 어두운 곳으로 향하지 않도록 신경 쓰는 것뿐.

그런 의미에서 보면, 지금 만나게 된 게 차라리 좋은 일이었을지도 모른다.

"회의는 2시간 뒤에 시작되니, 슬슬 준비하는 게 좋을 거다."

"준비해야 한다는 놈이 술을 마시네."

"나에겐 이게 준비다. 워낙 역겨운 놈들이 많아서, 술을 마시지 않고서는 못 견딜 것 같거든. 너도 내가 무슨 말을 하는지 알게 될 거야."

에이든의 냉소적인 반응.

거기에다가 라파엘이 한 숟가락 올린다.

"그럼 제 연구실에 가서 강화 슈트 좀 챙겨 오겠습니다, 교황님! 금방 다녀오겠습니다."

"강화 슈트는 왜……."

"여차하면 쓸어버려야죠! 하하, 꼴도 보기 싫은 놈들인데, 마침 잘된 것 같습니다. 한국으로 가기 전에 청소 좀 미리미리……."

다들 반응이 왜 이래?

나는 대놓고 불쾌감을 표시하는 둘을 쳐다본 다음, 레오를 향해 말했다.

"나 포럼 참석하고 있는 동안에는 가족들이랑 같이 도시 구경이나 하고 있어. 위험할 것 같으면 백설이를 통해서 연락 바로 주고."

"예, 성하."

그렇게 해서 본격적인 2일 차 일정이 시작되었다.

그나저나 저 둘이 왜 이렇게 포럼을 싫어하는 거지? 그래도 나름 각 세력의 대표들이 오는 자리인데, 불쾌한 일이 있을 리가 있나.

포럼이니까 그냥 이런저런 이야기 주고받다가 평범하게 끝나겠지, 안 그래?

하지만 그로부터 2시간 후.

콰아아아아아앙-.

"진짜 도시에 마가 꼈네."

사건이 터져 버렸다.

시작은 폭탄이었다.

콰아아아아아앙-.

원래라면 세계 각성자 포럼이 진행되었어야 할 컨벤션 센터.

포럼 개최 40분을 남기고, 센터의 지하 부근에서 거대한 폭음이 터져 나왔다.

미국의 도시 한가운데에서 가해진 거대한 테러.

게다가 폭탄도 평범한 폭탄이 아니었다.

마력으로 똘똘 뭉쳐 있던 마력 폭탄.

"이 정도면 최소 상급 마정석인 것 같네요."

라파엘은 자신의 손에 들어온 마정석의 조각을 만지작거리면서 인상을 찌푸렸다.

우우우우웅—.

라파엘은 일전에 말한 자신의 '슈트'를 입고 왔다.

보라색 수정이 곳곳에 박힌 금속질의 옷.

그의 몸 전체에서 '사이킥 에너지'라고 불리는 에너지가 끊임없이 흘러나오고 있었다.

확실히 이레귤러는 이레귤러였다.

방금 전의 폭발로 원래 건물이 무너졌어야 했는데, 라파엘이 뿜어내는 사이킥 에너지가 붕괴를 막아 내고 있었기 때문이다.

"오래는 못 버팁니다. 기껏해야 30분 정도? 그 안에 생존자들을 모두 구출해야 합니다."

"이 정도 수준의 폭발을 일으킬 마력 폭탄이라면 무조건 감지가 되었어야 했는데, 마력 은폐 기술인가?"

에이든은 거칠게 숨을 몰아 내쉬면서 분노를 토해 냈다.

"곧바로 요원들 데리고 생존자 구출 시작하겠습니다."

"에이든 군. 여기, 탐지 장치입니다."

라파엘의 어깨에서 자그마한 구체 수십 개가 튀어나왔다.

"생존자 수색에 쓰십시오. 이 녀석들이 알아서 수색을 도울 겁니다."

에이든은 신경질적으로 고개를 끄덕이더니 곧 나를 돌아보면서 말했다.

"시우, 수색은 우리가 맡을 테니, 혹시 용의자들을 잡아 와 줄 수 있을까? 부탁 좀 하자. 우리 정보원들이 아침에 파악한 게 하나 있다."

"말해."

"이번 포럼에 참여하기로 했던 유럽 측의 이레귤러가 한 명 있다. 한스. 그놈이 유니온이랑 연관되어 있을 가능성이 높다는 정보가 급하게 들어왔어. 그놈을 잡아 줘라. 요원을 붙여 주겠다. 부탁한다."

나는 주머니에서 건틀릿을 꺼내서 꼈다.

"그걸 왜 지금 말하냐?"

"이건 아마 우리 쪽 정보원이 그쪽 기밀에 접근해서 벌어진 일일 거다. 아마도 지금쯤 출국하기 위해서 공항으로 향했을 거야. 비행기만 못 뜨게 막아 주면 돼. 자세한 이야기는 저 친구가 말해 줄 거다."

에이든이 말하자마자 앳된 얼굴의 요원 한 명이 빠르게 다가와서 고개를 숙였다.

폭탄을 몰래 설치하는 데 성공했으면, 포럼이 진행되고 있을 때 터뜨리는 게 효과적이었을 텐데 말이지.

뭔가 계획이 어긋난 거다.

그리고 계획이 어긋나게 된 이유는 아마도 내가 어제 연회장에서 유니온 측의 인원을 잡아 버렸기 때문이겠지.

그 녀석들을 미국이 가만히 내버려 둘 리는 없었을 것이다.

"하여간에 그 새끼를 좀 잡아 줘라. 친구로서 부탁한다."

"나 여기 처음 올 때는 그냥 쉬었다 가라고 들었던 것 같은데…… 알겠으니까 빨리 사람이나 구하러 가라."

"고맙다."

에이든은 어느새 도착한 다른 요원들을 데리고 곧바로 건물 안으로 진입했고, 나는 한숨을 내쉬면서 고개를 끄덕였다. 그리고 라파엘을 바라보면서 말했다.

"레오가 제 가족들을 데리고 이곳으로 올 겁니다."

"마음 편히 다녀오십시오."

"예, 그럼."

어째 근래에 너무 조용하다 했다.

나는 다시 한번 크게 한숨을 내뱉은 다음, 내 옆에 서 있던 요원을 바라보았다.

그리고 곧장 녀석의 멱살을 잡아 올리면서 말했다.

"내 앞에서 장난질 좀 치지 말라니까?"

"커허어어어억."

"위장을 하고 있다고 하더라도 내가 그걸 못 알아볼 줄 알았어? 에이든도 이미 눈치챘던데. 그래서 너 던져 준 거야."

머리 위에 줄줄이 나열되어 있는 온갖 죄목들.

나야 멸악의 의지로 이 녀석의 정체를 파악했다지만, 도대체 에이든은 어떻게 이놈이 위장을 했다는 걸 알아차린 걸까?

아무리 생각해도 짐승 같은 놈이라니까.

나는 성화를 끌어 올리면서 말을 맺었다.

"안내해."

"아까 말했던 대로 공항…… 끄아아아아아악!"

"거짓말 한 번만 더 하면 산 채로 익는다. 조심해라."

친구가 부탁을 했으면 확실하게 해 줘야지.

그래야 나중에 딴소리 안 듣는다.

⁂

분주하게 달리고 있는 열차.

최고급의 사치품으로만 도배되어 있는 특실 안, 콧수염을 기른 한 남자가 부하로부터 보고를 받는 중이었다.

"지금은 공항 쪽만 봉쇄되어 있습니다. 철도로 조금만 더 이동하고, 미리 대기시켜 둔 차량을 이용하여 멕시코로 곧장 향하면 됩니다, 지부장님. 모든 준비는 다 끝내 두었습니다."

"곤란하군, 곤란해. 이런 식으로 우리의 정체가 노출될 줄은 몰랐어."

"김시우에게 뭔가 특별한 능력이 있는 것 같습니다. 눈을 마주치자마자 전사들의 정체를 파악해 냈다고 합니다."

"동양인 주제에 과분한 능력이야. 귀찮은 새끼. 그래도 중국의 그놈들이 전해 준 기술이 쓸모가 있었어. 마력 폭탄을 은폐시킬 수 있는 기술, 그 기술의 실효성을 확인한 것만으로 만족해야겠어."

콧수염을 기른 남자, 한스는 짜증을 내면서 창문 밖을 바라보았다.

이번 각성자 포럼은 그들이 오랫동안 준비해 온 원대한 계획의 시작점이라고 할 수 있었는데, 갑작스럽게 등장한 동양의 사이비 교주가 모든 걸 망쳐 버렸다.

"역겨운 탈을 쓰고 활동하는 것도 지겹던 차였다. 이참에 본격적으로 활동해야……."

그때였다.

콰아아아아아아아아아아앙!

열차의 앞쪽에서 거대한 폭발음과 함께 열차가 급제동한다.

순간적으로 몸이 앞으로 튕겨지자, 한스는 재빠르게 몸에 마력을 둘렀다.

그와 이야기를 나누고 있던 부하가 형체도 알 수 없이 으깨졌으나, 한스로서는 부하의 상태를 살필 여유조차 없었다.

끼기기기긱-.

그가 타고 있던 열차의 외피가 찢어지듯이 열렸고, 곧 그 너머로 한 남자가 들어왔다.

검은색 사제복을 입은 남자.

그 남자는 한스를 내려다보면서 말했다.

"동양인 주제에? 이 새끼, 인종차별주의자였네."

그렇게 말한 동양인은 손에 들고 있던 또 다른 남성을 대충 그의 앞에 던지더니, 가볍게 손을 털면서 말했다.

"이레귤러라면서. 어디 한번 재밌게 놀아 보자. 안 그래도 나 최근에 욕구 좀 많이 쌓였거든."

⁂

한스라는 놈의 주 무기는 검이었다.

지난번에 상대했던 왕 웨이와는 느낌부터가 달랐다.

왕 웨이가 어검술들을 이용한 화려하고 변칙적인 기술들로 나를 상대하러 들었다면, 이 녀석은 묵직한 바스타드 소드를 이용한 힘 싸움이 주특기였다.

카아아아앙-.

손끝으로 묵직하게 느껴지는 감촉.

이 녀석도 확실히 이레귤러는 이레귤러인지, 건틀릿을 타고 파고드는 기운이 꽤 거슬렸다.

하지만 거슬리는 정도가 끝.

패시브 스킬 〈신성불가침 Lv.Max〉가 알 수 없는 기운에 저항합니다.

그 기운은 더 이상 내 몸속으로 파고들지 못했다.

확실히 몸으로 겪어 보니 알겠다.

“마력을 한 번 더 가공한 거네.”

마력을 통해서 한 번 더 응집한 형태. 그 과정에서 성질이 크게 변질되기는 했지만, 근본 자체는 마력이었다.

다만 가공 과정에서 특이한 게 하나 섞여 들어간 것 같다.

에이든의 투기와 비슷한 기운이 간간이 느껴지고 있었으니 말이다.

사실, 무슨 기운인지는 딱히 중요하지 않다.

패시브 스킬 〈멸악의 의지〉로 인해서 악인을 상대할 때 모든 능력치와 스킬 레벨이 증가합니다.

중요한 것은 이 녀석이 악인이라는 점.

이 녀석 역시 지구의 시스템에 애매하게 발을 걸치고 있는 놈인 건지, 멸악의 의지가 애매한 수준으로 발동되고 있었다.

지은 죄가 보이지는 않았다.

하지만 〈멸악의 의지〉가 발동하고 있는 것만으로도 상대방이 악인이란 건 이미 증명된 셈이다.

"덕분에 좋은 사실 알아 간다."

에이든이나 라파엘은 시스템이 악인으로 규정한 존재가 아니라는 것.

여태까지 찜찜했는데 이 녀석 덕분에 확실하게 확인된 거다.

왕 웨이를 상대할 때는 제대로 발동하지 않은 게 의문이긴 하다만, 지금 중요한 건 그딴 사소한 문제가 아니다.

눈앞의 악인을 멸하는 것이 중요한 거지.

콰아아아앙!

그래도 한 가지는 까다롭다.

녀석이 두르고 있는 흑색의 갑옷에서 불규칙적으로 방출되는 거대한 파장.

"무료 마사지 좋네. 등 좀 때려 줄래? 좀 뭉쳤어."

그 파장이 주는 자극이 심상치 않았다.

몸이 찌릿찌릿한 기분.

라파엘이 할머니에게 만들어 주었던 안마기보다 훨씬 성능이 좋았다.

게다가 저 흑색의 금속, 정말 탐난다. 내 사제복이랑 비슷한 원리인 건지는 모르겠지만, 아까까지만 해도 저 녀석은 양복을 입고 있었다.

기운을 불어 넣으면 순식간에 판금 갑옷으로 변하는 능력이 어떻게 탐이 안 나겠어?

카아아아아앙-.

다시 한번 내 건틀릿과 녀석의 검 사이에서 불꽃이 튀겼고, 녀석의 입에서 신경질적인 목소리가 튀어나왔다.

"너는 입으로 싸우기라도 하는 거냐! 제발 좀 닥쳐! 이 원숭이 새끼야!"

"세상에는 참 다양한 기사님들이 계셔. 버스 기사님, 택시 기사님. 적어도 그분들은 시민의 소중한 발이 되어 주시잖아? 그런데 너는 기사라면서 도대체 하는 게 뭐야? 넌 그냥 인종차별주의 기사잖아."

"뭐라는 거냐?"

"아, 이런 동음이의어는 제대로 전달이 안 되나? 뭐…… 일단, 그 갑옷부터 벗자."

나는 오른발로 녀석의 명치를 밀어 찼다.

순간적인 변칙 공격에 녀석이 가까스로 유지하고 있던 균형이 무너졌고, 곧바로 상체가 열린다.

그 틈을 놓칠 생각은 없었다.

콰아아아아앙.

곧바로 오른손으로 녀석의 복부 쪽에 건틀릿을 꽂아 넣었다.

콰지지지지직!

녀석의 몸에서 흘러나온 기운이 충격을 줄이기 위해서 발악을 했으나 큰 의미는 없었다.

"커어어어억."

한스는 입에서 피를 토해 내면서 뒤로 나가떨어졌다.

판금 갑옷의 복부 부분에는 내 주먹이 남긴 흔적이 고스란히 남아 있었다.

다만 아쉬운 건.

"마지막 발악이 의미가 없던 게 아니네."

한스가 정신을 잃지 않았다는 것.

아무래도 마지막에 방출했던 그 기운이 효과가 있기는 했던 모양이다.

"오러가…… 쿨럭, 이렇게 쉽게……."

"더 없냐?"

"……뭐?"

"참고로 내가 지난번에 중국인 한 놈도 때려 부쉈는데, 걔가 무협 세계에서 온 놈이란 말이지. 그런데 너보다는 강했던 것 같은데?"

물론 그때 당시의 나와 지금의 나는 비교하기에는 분명히 큰 차이가 있다.

그때와 비교했을 때, 지금 우리 교단의 신도 숫자는 말도 안 되는 수치로 증가한 상황.

당연히 내가 동원할 수 있는 신성력의 수치도 급격하게 증가했다.

현재로서는 에덴에서 사용했던 신성력의 절반까지는 끌어올릴 수 있을 정도였고, 그 신성력을 꽉꽉 담아서 박아 넣는 중이니 녀석이 버틸 수 있을 리가.

나는 녀석을 향해 천천히 다가갔다.

"그 기운의 이름이 오러야?"

"기사의 결투는 신성해야 한다. 내가 재정비하는 시간을 다오. 그래야 이 결투가 명예롭지 않겠나? 명예롭지 않은 승리에 도대체 무슨 의미가 있는가, 교황!"

"아까는 원숭이라며."

"……기억이 나지를 않는다."

"그것 참 편리한 기억력이네."

한스는 바스타드 소드를 지팡이 삼아 자리에서 일어났고, 그러자 곧 손상된 판금 갑옷이 빠르게 복구된다.

나는 그런 한스를 향해 비릿하게 입꼬리를 올리며 말했다.

"너 이렇게 보니까 그 사람 닮았다. 콧수염, 독일인, 인종차별주의자. 너 혹시 평행 이론을 믿냐?"

"무슨 소리를 하는 거냐?"

"내가 개인적으로 머리에 떠오른 말은 반드시 뱉어야 직성이 풀리는 성격이라.”

사실, 아까부터 참고 참았던 말이다.

“너 히틀러 닮았어. 그런 말 못 들어 봤냐?”

독일인이라고 했지?

독일인에게 히틀러를 닮았다고 하는 것보다 더 심각한 욕이 어디 있겠는가.

“이런 미친!”

그 말의 효과는 확실했다.

한스가 투구도 쓰지 않은 채로 나에게 달려들었다. 그야말로 전광석화 같은 속도였다.

아, 어디까지나 ‘남의 눈에 전광석화’ 같은 속도다.

내 눈에는 다 보였다.

어깨를 눕히고 대놓고 각을 내주면서 들어오는 멍청한 기사 한 놈.

평정심 따위는 이미 잃어버린 지 오래인 듯 보였다.

검을 사용하는 사람이면 모름지기 명경지수가 필수인 것을, 멍청한 놈.

“고맙다.”

나는 가볍게 주먹을 들어 한스를 향해 내려쳤고.

콰아아아아아아아앙-!

그 어느 때보다 격렬한 폭음과 함께 거대한 먼지구름이 솟아올랐다.

먼지가 피어오른 자리에는 어느새 거대한 구덩이가 만들어져 있었다.

그 밑에 박힌 게 한스라는 건 굳이 확인해 보지 않아도 알 수 있는 사실.

이 녀석이 유럽산 이레귤러 중 최약체인 건가? 쉬워도 너무 쉬운 전투였다.

자, 이제 이 녀석을 챙겨서 돌아가면 미국에서 나를 굉장히 이뻐……

"야, 야, 이 새끼야. 숨 쉬어."

이 새끼 이거 죽으면 안 되는데?

어?

⁂

유니온 소속의 이레귤러 한스를 손쉽게 포획한 나는 미국에서 제공해 준 헬기를 타고 가벼운 마음으로 사건 현장으로 되돌아왔다.

건물이 무너져 있을 거라고 생각했지만, 역시 미국의 국력은 세계 제일이었다.

"저걸 마법으로 그냥 때워 버리네."

최소 1백 명 이상의 마법사들이 모여서 빌딩의 외벽을 단단하게 고정시켜 둔 상황.

한국이었으면 이 짧은 시간에 1백 명의 마법사를 동원하는 것조차 쉽지 않았을 것이다.

왜냐하면 저 1백 명의 마법사들 모두가 어중이떠중이가 아니라, 한국이었으면 능히 S급 헌터로 분류되었을 이들이었기 때문이다.

"오! 교황님. 다녀오셨군요."

가장 먼저 나를 반겨 준 건 어느새 슈트를 옆에다가 벗어 둔 라파엘이었다.

꽤 힘들었던 모양인지, 아까까지만 하더라도 혈색이 좋았던 라파엘의 얼굴이 새하얗게 질려 있었다.

"에이든 군은 현재 관련자를 색출하러 다니고 있습니다."

"사망자는요?"

"현재까지 파악된 바로는 95명입니다. 부상자는 셀 수도 없죠."

라파엘이 힘겹게 미소를 지었다.

"건물이 무너졌다면 더 큰 사상자가 발생했을 겁니다."

높은 마천루.

저 마천루가 무너졌다면 정말 심각한 상황이 발생했을 것이다.

"유니온과의 본격적인 전쟁이 시작된 셈이죠. 아마 지금 우리 보스는 화가 머리끝까지 올라왔을 겁니다. 유니온이 주도하는 테러가 이번이 처음은 아니거든요."

라파엘은 씁쓸하게 중얼거리더니 곧 작은 검은색 금속 상자를 내 앞에 내려 두었다.

"폭발 원점으로 추정되는 곳에서 이런 게 발견되었습니다."

폭발에 의해 안쪽에서 터져 나간 듯한 형체의 상자.

본 적이 있는 물건이었다.

동북아 교류전 때 중국이 흑단을 반입하면서 사용했던 차폐 장치.

저것을 만든 녀석들도 누군지 자세히 기억난다.

"정화자."

틀림없이 그놈들.

요새 너무 조용하다 싶더니만, 국제 무대를 배경으로 뛰어놀고 계셨던 모양이다.

마기 대신 마력을 차폐하는 방향으로 개조된 것 같기는 했지만, 틀림없는 정화자산이었다.

나는 그 상자를 내려다보면서 미간을 찌푸렸다.

"중국산 물건입니다. 중국에 은둔해 있는 조직인 정화자, 그놈들이 만든 물건일 겁니다."

"유니온과 그들이 손을 잡았다고 생각하면 되겠군요."

"추구하는 방향이 같은 놈들입니다. 손을 잡는 게 불가능할 리가 없죠."

각성자들만을 위한 세상.

모든 것이 각성자들을 중심으로 돌아가고, 나머지는 노예로 만들어 버리겠다는 위험한 사상으로 뭉친 폭탄들.

내 쪽에는 이상한 미친놈들만 모여든다고 걱정했는데, 저쪽은 아예 한술 더 뜬다.

"그런데 교황님. 한스, 그 새끼는 어디에 있습니까?"

"아, 저거입니다."

"음?"

나는 내가 방금 전에 뒤에 두고 온 검은색 공을 가리켰다.

검은색 판금으로 만들어진 공.

그 공의 정체가 바로 한스였으니까.

"이쁘게 접어 두었습니다."

"오, 저 자세로 목숨을 붙여 두실 수 있는 겁니까? 과연, 대단하십니다, 교황님."

"리멘님의 은총이죠."

"굉장합니다. 리멘님께서는 미적 감각도 탁월하신가 봅니다."

인간을 접어 공으로 만들어 버리는 것도 여간 쉬운 일이 아니다.

작업 도중에 신성력으로 생명을 유지시켜 주기도 해야 하고, 뼈를 부러뜨린 다음에 최대한 곡선으로 붙이는 기술이 필요하기 때문이다.

나름 손이 많이 간 작품.

그런데 그때였다.

크르르르르릉.

어느새 소위 '백호 모드'라고 부르는 상태로 변신한 백설이가 기분 좋게 그르렁거리면서 공을 굴려 대기 시작했다.

–공만 보면 참을 수가 없어. 주인! 이거 내 선물이야? 고마워! 내 마음에 딱 들어.

머릿속으로 전해지는 백설이의 목소리.

백설이 녀석은 레오랑 우리 가족과 함께 현장에 도착한 상태였다.

이곳이야말로 LA에서 가장 안전한 곳이었기 때문이다.

"백, 백호다!"

"마수인가?"

"전투준……"

하지만 나에게나 귀여운 애완동물이지, 다른 사람들에게는 거대한 마수나 다름없는 존재.

작은 하얀색 고양이가 백호가 된다는 건 누구라도 믿기 힘들 것이다.

하지만 내가 나서기도 전, 라파엘이 먼저 미국 측 인원들을 안심시켰다.

"강조되고 반복되는 소리는 고양이를 불안하게 합니다. 진정들 하세요. 이 고양이는 리멘 교단의 신수입니다. 그렇지요, 교황님?"

"그건 또 언제 들으셨대?"

"어제 시연 공주님이 말씀해 주셨습니다."

—주인, 그 인간 조심해. 반쯤은 미쳐 있거든. 그래도 나쁜 사람은 아닌 것 같아.

백설이는 '한스공'을 굴리면서 나에게 말했다.

인간으로 만든 공을 굴려 대면서 나에게 '미친놈을 조심해.'라고 말하는 신수라…….

이것 참, 뭐가 정상인지 원.

이쯤 되면 그냥 평범하게 생각하는 걸 포기해야지 싶었다.

'지금 놀 타이밍 아니니까 장난 그만 쳐.'

—너무하네. 나 그래도 1백 명은 넘게 구했는데.

'……그래? 그럼 마음껏 가지고 놀아라.'

—고마워, 주인.

사람을 구했다면 인정이지.

나는 어깨를 으쓱이면서 고개를 끄덕였다. 그리고 시선을 돌려 여전히 불타오르고 있는 컨벤션 센터를 바라보았다.

미국의 도시 한복판에서 벌어진 최악의 참사.

다행히도 초기 대응이 잘 이뤄져 희생자는 줄일 수 있었지만, 한 가지만큼은 확실했다.

"걷잡을 수 없겠네."

이곳에서 피어오른 불길은 곧 세상을 향해 번져 나갈 것이다.

과연, 그 불길은 무엇을 태워 버리게 될까?

나는 작게 한숨을 뱉어 냈다.

〈(속보) 제3회 세계 각성자 포럼 현장, 테러에 당하다!〉

〈미국 백악관 대변인, '우리의 분노가 한계에 다다랐다. 본격적으로 움직일 것.'〉

〈테러 현장에서 발견된 폭발물의 잔해, 중국의 것으로 밝혀져. 이번 테러의 배후에 중국이?〉

〈중국 외교부, '배후에 있는 조직은 정화자. 우리도 쉽게 통제하지 못하는 범죄 조직.'〉

디멘션 오프닝 이후에도 여전히 세계 최강대국으로 군림하고 있던 미국.

그런 미국의 배를 단검으로 쑤시면 미국이 가만히 있을 리가 있겠나.

중국의 외교부가 즉각적으로 반응한 것도 이례적인 일이었는데, 중국 외교부의 반응을 듣고 터져 나온 미국의 답도 이례적이었다.

"중국이 정화자를 처리할 능력이 없다면, 우리 쪽 각성자들을 받아들여라. 유럽도 마찬가지다. 유니온을 직접 색출해 낼 능력이 없다면, 우리에게 일임해라. 시원하게 들이받네요."

지금 이곳은 대한민국으로 귀국하는 전세기.

각성자 포럼은 당연히 흐지부지 끝났다.

조금이라도 연관되어 있는 사람들은 미국에서 모두 구속하였고, 관련이 없는 사람들은 빠르게 귀국하라고 권유했기 때문이다.

말이 권유였지, 사실상 협박에 가까운 타이밍이었다.

하지만 눈이 돌아 버린 미국 측에 뭐라고 하는 사람들은 아무도 없었다.

오히려 다들 불똥이라도 튀길까 봐 먼저 돌아가더라.

아, 참고로 우리 가족은 쫓겨난 거 아니다.

나는 마지막까지 빌런들을 감별해 주다가 왔다. 그래서 그런가, 나에게만 유독 대접이 융숭했다.

"우리 보스가 그래도 할 말은 하는 사람이라서요. 아쉽군요. 에이든 군까지 같이 한국으로 왔으면 좋았을 것을."

내 옆좌석에 앉아서 창문 밖을 지켜보고 있던 라파엘이 한마디 툭 던졌다.

라파엘의 말대로 한국에서 이곳에 왔을 때와는 멤버가 좀 바뀌었다.

엠마 여사님과 에이든이 빠졌고, 그 자리를 그레이스와 라파엘이 대체하게 되었다.

비행기의 승객 숫자는 같았지만, 구성이 확 바뀐 셈.

구성이 바뀌어서 그런지는 몰라도 분위기도 심각할 정도로 크게 바뀌었다.

조용해진 시연이와 시연이에게 계속해서 머리를 부비는 백설이까지.

할머니와 인욱이는 그런 시연이의 옆에 앉아서 계속해서 머리와 등을 쓰다듬어 주고 있었다.

"충격이 아직도 가시지 않은 듯합니다."

"……어쩔 수 없죠. 최선의 판단이었으니까요."

우리가 시연이의 눈을 가리려고 노력은 했지만, 모든 걸 가려 주지는 못했다.

참혹했던 테러 현장.

시연이는 그곳을 눈에 담았다. 평범한 어린아이였다면 진작에 기절했을 상황이었지만, 시연이는 마지막 순간까지 정신을 붙잡고 있더라.

"귀국하는 대로 정신과 진료를 받아 보는 쪽이 어떻겠습니까?"

라파엘이 그렇게 말을 꺼냈을 때, 가만히 앉아 있던 시연이가 좌석에서 벌떡 일어났다.

그리고 천천히 내 앞으로 다가와서 멈춰 섰다.

"큰오빠."

나를 조용히 부르는 시연이.

나는 그런 시연이의 손을 맞잡으면서 고개를 끄덕였다.

"응, 시연아."

"큰오빠는 항상 그런 곳에 가는 거야?"

갑작스럽게 날아든 질문.

나를 질책하는 투의 목소리는 전혀 아니었다. 오히려 물기에 젖은, 걱정이 잔뜩 담긴 목소리였다.

그 목소리에 나는 잠시 할 말을 잃을 수밖에 없었다.

"미안해, 오빠. 오빠가 그렇게 슬픈 곳만 다니는 줄도 모르고…… 나랑 안 놀아 준다고 막 섭섭한 티 내서 미안해."

시연이는 눈물을 흘리면서 내 품에 안겼다. 그리고 한참 동안을 말없이 얼굴을 부볐다.

나는 내 품속에서 울고 있는 시연이의 머리를 그저 쓰다듬어 줄 수밖에 없었다.

기특하고 사랑스러운 동생.

그런 끔찍한 상황 속에서도 내 생각을 해 줬다는 게 어찌나 소중하고 사랑스럽던지.

그렇게 시연이는 한참 동안을 말없이 울었고, 곧 퉁퉁 부은 눈으로 고개를 올렸다.

"오빠가 그 나쁜 놈들 없애 줄 거지?"

"하지 말라는 이야기는 안 할 거야?"

"오빠가 세상에서 제일 세잖아. 오빠가 아니면 더 많은 사람들이 다치는 거 아니야?"

"그렇지."

"내가 오빠를 붙잡으면 내가 세상에서 제일 나쁜 사람 되는 거잖아. 나는 나쁜 사람 되기 싫어."

시연이는 코를 훌쩍 삼켰다.

그러고는 눈을 닦으면서 말을 이어 갔다.

"소중한 사람들을 잃는 건 끔찍한 일이니까, 그렇지 오빠?"

"우리 시연이 어른 다 됐……."

그때였다.

우우우웅.

시연이의 몸에서 순간적으로 따뜻한 기운이 피어올랐다가 자취를 감췄다.

그리고 그것은 비단 나만 느낀 게 아니었다.

가만히 나와 시연이를 지켜보고 있던 레오가 조심스럽게 나에게 말했다.

"성하, 방금……."

"……나도 알고 있어."

시연이의 몸속에 작은 씨앗이 하나 생겨났다.

부정할 수 없는 신성력의 씨앗.

원시적인 형태였으나, 조금만 건드리면 신성력으로 발아하게 될 씨앗이었다.

나는 그 씨앗을 보면서 볼을 긁었다.

"일이 좀 복잡하게 꼬였네."

잠시 후, 그것을 확인이라도 시켜 주듯이 내 눈앞에 메시지 창 하나가 떠올랐다.

> 신도 〈김시연〉에게 〈선지자〉로서의 운명이 허락됩니다.
> 〈선지자의 운명〉을 지닌 자와 조우하게 되었습니다. 그 운명을 일깨울지 말지, 모든 것이 당신의 손에 걸려 있습니다.

"하아."

하필이면 왜 우리 시연이냐고.

⚜

출국은 인천국제공항이었지만 귀국은 성남에 위치한 서울공항이었다.

원래는 국가 원수나 귀빈을 맞이할 때 사용하는 공항이라는데, 상황이 상황이니만큼 정부에서 우리 비행기에 서울공항을 안내해 주더라.

현재, 인천국제공항은 반쯤 마비된 상태라고 한다.

대한민국에서도 검문검색을 강화했으며, 해외에서 들어오는 항공편들을 일단 보류시켜 둔 상황.

이야기를 듣자 하니 유니온에서는 대한민국에도 테러를

예고했다더라.
아마도 각성자 포럼 현장에서 내가 유니온 놈들을 싸그리 청소해 버린 게 원인이었던 듯싶었다.
대한민국도 비상 체계에 돌입한 가운데, 나는 결국 신전으로 돌아올 수 있었다.
성지의 분위기도 썩 좋지는 않았다.
어수선한 분위기.
그것은 아마 유니온 측에서 리멘 교단을 상대로도 테러를 예고했기 때문이겠지.
덕분에 경찰들을 비롯해서, 우리 교단의 교육생들도 주기적으로 순찰을 돌아다니는 중이었다.
"긴급회의를 시작하겠습니다."
신전에 돌아온 나는 곧바로 회의를 시작했다.
참석 인원은 리멘 교단의 간부들과 리멘 교단의 우방들.
정부 측에서는 이능관리부의 김 실장님이 대표로 참석했다.
"여러분들도 뉴스에서 보셨을지 모르겠지만, 제가 미국에 가서 벌집을 쑤셔 버렸습니다. 그래서 그에 대한 대책을 논의하고자 이런 자리를 마련했습니다."
다소 경직된 분위기.
가장 먼저 입을 연 건 최 대표였다.
"대책이랄 게 따로 있겠습니까? 각자가 조금 더 조심하는 수뿐, 교황님께서는 해야 할 일을 하셨을 뿐입니다.”

그리고 그런 최 대표의 말을 라파르트 대주교가 받았다.

“최 대표의 말이 맞습니다, 성하. 조금 더 조심하는 것 말고는 방법이 없을 듯합니다.”

그 이후로 대책에 대한 이야기가 오고 갔다.

이능관리부의 요원들을 추가로 배치하고, 1기 교육생들을 중심으로 성지 내부의 순찰대를 구성하는 것.

동시에 신전을 수호하는 새로운 신성 결계를 만들 것.

내가 귀국하는 동안 이쪽에서도 미리 대책을 준비했는지, 회의가 물 흐르듯 자연스럽게 진행되었다.

신전과 성지의 보안과 안전에 관련된 이야기가 1시간 정도 이어졌고, 그 이야기들이 끝나고 나서야 나는 교단의 식구들에게 새로운 친구들을 소개해 줄 수 있었다.

“에이든과 엠마 여사는 미국에 남게 되었습니다. 상황이 상황이니까요. 대신에 뉴 페이스 둘이 당분간 이곳에서 우리와 함께 생활하게 되었습니다. 라파엘, 그레이스, 인사 나누세요.”

“반갑습니다, 여러분. 미국의 이레귤러 라파엘입니다. 당분간 이곳에서 신세를 지게 되었습니다. 도움이 필요한 일이라면 언제든지 말씀해 주십시오.”

“그레이스 바클리라고 합니다. 있는 동안 열심히 배우고 가겠습니다!”

"라파엘은 과학자입니다. 앞으로 도움이 필요한 게 있다면 언제든지 도움을 요청하면 됩니다. 그리고 그레이스는…… 교황청에서 보낸 유학생이라고 생각하시면 될 것 같습니다. 제 직속 제자로 대우해 주시면 될 것 같습니다."

비록 시기가 안 좋을 때 도착한 유학생이었지만, 바티칸에서 이미 입금까지 완료한 상황.

돈을 받은 만큼 성심성의껏 가르쳐 주는 게 예의였다.

"호칭에 혼동이 있을 수 있는 관계로, 앞으로 그레이스는 저를 사부님이라고 호칭할 겁니다. 다들 알고 계셔 주세요."

이 부분도 비행기에서 합의가 끝난 부분.

그레이스는 나랑 종교가 다른 만큼, 나를 교황이라고 부르기에는 살짝 어색할 수밖에 없었다.

왜냐하면 가톨릭에도 교황이 있으니까.

나를 교황이라고 부를 때마다 아마 신성모독을 하는 기분일 거다.

그래서 그 부분은 배려를 해 줬다.

"그럼 일단 오늘 회의는 여기까지."

그렇게 하여 시급한 안건은 끝.

"교단의 간부들을 제외한 나머지 분들은 돌아가 주셔도 좋습니다. 잃어버린 땅 때문에 정신없이 바쁘실 텐데, 이렇게 모여 주셔서 감사합니다."

최 대표, 민수 씨, 설화는 현재 잃어버린 땅에서 정신없는 나날을 보내고 있다고 들었다.

바쁜 와중에도 기꺼이 내 소집에 응한 셈이니, 나로서는 고마울 따름이었다.

"감사하기는. 맹주가 부르면 당연히 오는 게 맞습니다."

"……맹주요?"

"교황님께서 이 이름 없는 연맹의 맹주는 맞지 않습니까? 하하!"

사부님에, 맹주에.

근래 들어 내 호칭이 너무 다양해지는 것 같다.

최 대표는 털털하게 웃은 다음, 나를 바라보면서 말했다.

"리멘 교단을 공격하는 것은 우리 연맹을 공격하는 것이나 마찬가지입니다. 교황님, 걱정하지 마십시오. 도움이 필요하면 언제든지 올 겁니다. 예전에 교황님이 저랑 제 부하들을 구해 주셨잖습니까."

최 대표는 가볍게 주먹을 움켜쥐었다.

"저희들은 그때 목숨을 빚진 겁니다. 그러니 언제든지 말씀만 하세요."

"우리도 마찬가지야."

"저희도……"

최 대표를 따라 고개를 끄덕이는 설화와 민수 씨.

듣고 보니 저들에게 공통점이 있었다.

저 셋 모두 내가 개입하지 않았다면 죽었을 사람들이다.

민수 씨는 도플갱어에게, 최 대표는 몰락한 세계의 신에게, 그리고 설화는 그 기괴한 점액질에게.

하나같이 비참할 최후를 맞이했을 사람들이었다.

"저희 말고도 리멘 교단의 부름에 답할 사람들이 셀 수 없이 많을 겁니다."

그래도 내가 인생 헛살지 않았구나.

나는 나를 바라보는 그 셋을 향해 정중하게 고개를 숙이며 배웅을 해 주었다.

그렇게 외부 인원들이 돌아가고.

이곳에 남은 건 교단의 간부들과 그레이스, 라파엘.

이제부터는 교단 내부의 일을 해결할 차례였다.

"라파엘."

"예!"

"지금 바로 작업해 줄 수 있어요?"

LA에서 라파엘이 나에게 말해 줬던 이야기들 중에는 현재 리멘과 연락이 안 되는 상황을 일시적으로 해결할 수 있는 방법에 대한 것들도 들어 있었다.

"알겠습니다."

라파엘은 고개를 끄덕이면서 자신의 오른팔 '데이비드'를 움직였다.

그러자 곧 라파엘이 아까 전에 내 집무실 안으로 가져온 컴퓨터 본체 크기의 장치 하나가 탁자 위로 옮겨졌다.

라파엘이 지구로 넘어와서 지속적으로 연구했다는 장치 중 하나.

“일단은 연결 증폭기라고 하겠습니다. 사이킥 수정을 곁들인…….”

라파엘의 추론에 따르면 현재 리멘과 연락이 되지 않는 건 지구와 에덴 간의 연결이 불안정해졌기 때문이란다.

이곳 리멘 교단의 신전은 에덴과 직접적으로 연결되어 있는 장소.

“현재로서는 에덴에서 넘어오는 신호가 지극히 미약합니다. 아까 들어오면서 확인한 바에 따르면 리멘님의 신상이 연결의 매개체인 것 같습니다.”

“라파엘.”

“예, 교황님!”

“설명은 괜찮아요. 그리고 해 줄 거면 좀 쉽게.”

“아! 죄송합니다. 이게 직업병이라…… 쉽게 설명드리겠습니다. 여기 홈 보이시죠?”

순식간에 잡상인 모드로 변환한 라파엘.

라파엘은 손에 주먹만 한 보라색 수정을 든 채로 장치의 중앙에 파여 있는 홈을 가리켰다.

“여기 홈에 이 사이킥 수정을 집어넣으면.”

딸깍-.

뭔가 아귀가 맞는 소리가 들리더니.

우우우우우우우우웅—!

"이렇게 작동됩니다. 참 쉽지 않습니까?"

그 장치에서 거대한 에너지 파동이 방출되었다.

집무실에 있는 각종 가구들이 벽으로 날아갈 정도의 파동.

나는 신성 결계로 그 파동을 막아 내면서 상황을 지켜보고 있었는데.

당신의 주신이 〈신탁(神託)〉을 내립니다!

……시우?

놀랍게도 효과가 있었다.

그 오빠에 그 동생이네

엄청 오랜만에 듣는 리멘의 목소리.

오로지 나에게만 들리는 목소리였기에, 집무실 안에 있던 다른 이들은 알아서 자리를 피했다.

신의 사도가 신으로부터 계시를 들을 때 그 자리에 있는 것은 불경죄나 다름없었기 때문이다.

다행이다, 진짜 다행이야. 이제야 목소리가 닿았어. 잘 들려, 시우?

"잘 들려."

통로가 잠시 열린 걸까?

"그건 아니야. 이번에는 이쪽에서 신경을 좀 썼어."

아, 그 기계가 통로를 안정화시켰구나. 지구의 기술은 아닌

것 같아. 지구는 아직 차원에 간섭하기에는 애매할 테니까.

"정확해. 다른 세계에서 건너온 친구의 도움을 좀 빌렸어. 앞으로 그 친구가 이곳에서 연구를 진행할 거야."

내 대답에 리멘이 넌지시 물었다.

믿을 만한 친구인가 봐?

"목적이 확실한 미친놈이지."

딱 시우 같네. 끼리끼리 뭉친다는 말이 정말 맞나 봐!

리멘은 가벼운 농담을 던지면서 웃었다.

그녀의 웃음이 내 귓가를 간지럽혔고, 나는 그제야 표정을 풀면서 안심했다.

목소리는 괜찮았다.

별일이 있는 줄 알고 걱정 많이 했는데, 그래도 괜찮아 보였다.

"에덴은 어때?"

큰 문제는 없어. 이계의 침식이 조금 더 강해지긴 했는데, 어떻게든 막아 내는 중이야. 버티는 건 어렵지 않을 것 같아. 지구는?

"우리야 항상 똑같아."

여전히 개판이라는 소리구나?

에덴에 있을 당시, 리멘이랑 하루가 멀다 하고 대화를 나눠서 그런가? 리멘은 내가 사용하는 언어를 너무나도 잘 이해한다.

나는 고개를 천천히 끄덕였다.

"정확해."

마왕의 흔적들은 어떻게, 좀 찾아봤어?

"어디로 흩어졌는지는 모르지만, 누가 그것들을 모으고 있는지는 알아냈어."

리멘에게 곧바로 정화자에 대한 이야기를 해 주었다.

정화자를 이끄는 '무명'이라는 놈.

녀석이 중국에 은거해 있으며, 마족들의 머리 위에 있다는 것.

게다가 마왕들과 상하 관계가 아니라, 동등한 수평 관계라는 이야기까지.

그 이야기를 모두 들은 리멘이 나지막하게 한숨을 내쉬었다.

……지구의 인간이 그 편린들을 이용하고 있을 줄이야. 그 인간도 귀환자일까?

"이름조차 모르는 마당에, 그것까진 알기 힘들지."

시우 성격이라면 대놓고 쳐들어갔을 텐데.

"숨어 있는 위치가 너무 안 좋아. 그리고 지금 상황에서 내가 그쪽으로 넘어간다면…… 전면전이지."

지난번 동북아 교류전 이후로 중국과의 관계는 최악을 떠나서 아예 파탄 난 지경이다.

거기에 지금 미국이 테러의 배후로 지목하겠다는 이야기까지 나오고 있는데, 이런 상황에서 내가 중국으로 입국한다?

사실상 선전포고나 다름없는 행위다.

"지금 당장 움직이진 못해. 그 나라가 많아지는 경우가 아니면, 쳐들어가는 것도 당장은 불가능할 것 같아."

많아진다는 게 무슨 뜻이야?

"그런 게 있어."

그래? 음…… 맞다, 시우. 에덴을 침범한 이계의 신격들에 대한 몇 가지 단서를 알아냈어.

듣던 중 반가운 소리다.

최근 갑작스럽게 활동을 멈춰 버린 백명교.

불과 몇 달 전까지만 하더라도 공격적으로 포교를 시작하려던 놈들이 조용히 있으니, 나로서는 신경이 쓰일 수밖에 없었다.

그 이계의 신격들, 아무래도 지구에서 이계로 넘어갔던 고대의 신격들 같아. 시우도 얼추 짐작하고 있었지?

"대강은."

베히모스로부터 들었던 이야기랑, 그때 백명교의 대교구장이랑 나눴던 이야기를 통해 짐작하고는 있었다.

그 녀석들이 왜 에덴에 손을 뻗게 되었는지도 알아냈어. 지금 우리가 이렇게 대화를 나눌 수 있는 차원 통로 있지? 이걸 이용하는 모양이야.

"통로를 닫으면 침략을 안 당한다는 거야?"

대신에 시우와의 연결이 아예 끊기겠지. 그래서 지금 당장은 안 돼. 시우와의 연결이 끝나면, 내가 시우에게 건네준 신성력도 소멸하게 돼. 아직은 때가…….

그녀는 무언가 더 말을 해 주려다가 말을 멈췄다. 그러더니 곧 빠르게 화제를 바꿨다.

하여간에 걱정하지 마. 나 이래 봬도 에덴의 주신이야. 그깟 피난민들쯤은 거뜬해. 시우도 잘 알잖아?

무슨 말을 하려고 했던 걸까?

그러나 나는 따로 묻지는 않았다. 그녀가 말하지 않으려 했다면, 분명히 이유가 있을 것이다.

적어도 나와 리멘 사이에는 단단한 신뢰가 구축되어 있다고 생각한다.

모르는 척 넘어가 주도록 하자.

"잘 알지."

크게 걱정하지는 마. 에덴은 아직까지 거뜬해. 그보다 시우, 나한테 하고 싶은 말이 따로 있는 것 같은데?

리멘에게 가장 묻고 싶었던 말.

나는 지금까지 참았던 말을 그녀에게 건넸다.

"시연이가 선지자의 운명인 거, 너는 알고 있었어?"

그 질문에 리멘은 잠시 대답을 보류한다. 그러더니 곧 부드러운 목소리로 답했다.

시연이는 나도 몰랐어.

"선지자에 대해서는 미리 다 알고 있다면서."

시연이의 운명이 바뀐 거야. 시연이는 원래 선지자가 될 아이가 아니야.

그녀가 나에게 거짓말을 할 리는 없다.

대신 이유는 알 수 있을 것 같아. 시우, 네가 운명을 바꾸고 선택하는 자라서 그래. 그게 신의 사도니까.

한마디로 나 때문에 시연이의 운명이 바뀌었다는 뜻이다.

나는 한숨을 작게 내쉰 다음, 손으로 머리를 긁었다.

"누구를 탓할 수도 없네 뭐."

결정하는 건 시우잖아? 시우가 싫으면 시연이가 교단의 선지자가 되는 일은 없어. 그런데 좀 궁금하네. 시연이한테는 따로 물어봤어? 어차피 시우가 이렇게 고민하더라도, 어차피 시연이의 마음대로 정해지는…… 설마?

"……그 설마가 맞아."

아까 전, 가족들을 집에 데려다줬을 때.

시연이가 했던 말이 있었다.

—나 하고 싶은 게 생겼어, 오빠. 나도 승우 오빠처럼 힘든 사람들 도와주고, 슬픈 사람들을 기쁘게 해 주고 싶어. 내가 어떻게 하면 될까?

아직까지 본인의 상태를 명확하게 인지하지 못한 상황에

서 나온 말이었다.

그 말을 리멘에게 들려주자, 리멘이 살포시 웃으면서 대답했다.

그 오빠에 그 동생이네.

"그러니까."

한번 천천히 생각해 봐. 나도 우리 귀여운 시연이라면 좋으니까.

피이이이이잉—.

그렇게 내가 리멘이랑 대화를 주고받고 있을 때쯤, 탁자 위에 고정되어 있던 증폭기의 진동이 조금씩 사그라들기 시작했다.

그와 동시에 귓가에 들려오던 리멘의 목소리도 작아졌다.

아무래도 시간이 다 된 것 같지? 시연이 문제는 시우에게 모든 걸 일임할게. 그래도 이쪽에서라도 방법을 찾아서 다행이다.

"최대한 빨리 문제를 해결해 볼 테니까 조금만 기다려."

역시, 내가 제일 사랑하는 교황님다워. 정말 듬직해. 그럼, 금방 다시 보자!

우우우웅.

신탁이 종료되었습니다.

증폭기가 회전을 멈추는 것과 동시에 신탁은 종료되었다.

⁂

리멘의 신탁이 끝난 후.

가장 먼저 내 집무실에 들어온 건 레오와 루나였다.

"성하, 리멘님이 뭐라고 하세요?"

"뭐라고 하기는. 그냥 잘 지낸다, 이런 말만 주고받았지. 에덴에도 큰일은 없대."

"아니, 시연이요, 시연이. 시연이를 선지자로 인정하시겠다 하셨어요?"

"인정하고 말고가 어디 있냐."

자기가 하고 싶으면 하는 거고, 하기 싫으면 안 하는 거고.

리멘은 시연이의 선택을 존중해 주기로 했다.

오빠인 내가 가만히 있는데, 왜 부하 둘이서 난리실까? 누가 보면 내 상전인 줄 알겠다.

"이야기나 들어 보자. 너희는 어떻게 생각하는데?"

"어울리긴 할 것 같아요."

"저도 레벤톤 경과 같은 입장입니다."

"시연이, 성하가 생각하는 것보다 손 매워요. 전문적으로 배우면 되게 잘할걸요. 유전자가 확실히 있어요."

살다 살다 에덴에서 넘어온 인물이 유전자를 언급하는 꼴을 본다.

루나는 그 누구보다 열정적이었다.

"언제까지 성하가 시연이를 챙겨 주실 순 없잖아요."

"호신술 때문에 선지자로 만들자고?"

"겸사겸사죠, 뭐."

시연이가 선지자가 된다라.

솔직히 가족 경영 한다는 이야기가 듣기 싫어서 꺼려지는 것도 좀 있다.

하지만 나는 루나가 내세운 논리를 듣자마자 고개를 끄덕일 수밖에 없었다.

"어차피 시연이 평범하게는 못 살아요. 인터넷에서는 리멘 교단의 귀여운 성녀, 이렇게도 불리고 있구요. 김시우 여동생만 치면 바로 나와요."

"어차피 나 때문에 유명해진 거, 아예 선지자로 만들어 버리자?"

"그쪽이 훨씬 안정적이니까요. 신수랑 계속 붙어 있어서 신성력에 대한 적응력도 엄청 좋을 거구요."

시연이를 지켜 주라고 붙여 주었던 백설이가 졸지에 조기 교육으로 변해 버린 순간이다.

"그런데 왜 하필이면 시연이일까? 인욱이는……"

"인욱이는 아쉽게도 이쪽으로는 재능이 없나 보죠."

"그 말 인욱이가 들었으면 섭섭해했겠다."

"한번 껴안아 주면 돼요."

인욱이를 다루는 법을 극성으로 터득해 버린 루나였다.

"맞다, 할머니의 반응은 어떠셨어요?"

"할머니는 찬성이야. 위험한 세상에 자기 몸 지킬 힘쯤은 있어야 한다고, 그렇게 말씀하시더라."

지극히 할머니다운 대답이셨다.

할머니는 시연이가 선지자가 되는 것에 대해 전혀 불만이 없으셨다. 오히려 다행이라고 말씀하시더라.

-밝게 빛나는 불 주위에는 벌레들이 꼬이는 법이란다, 시우야. 그 벌레 중에 독충이 있을 줄 어찌 알겠니? 차라리 다행이다.

듣고 보니 할머니도 루나랑 비슷한 말씀을 하셨다.

다른 사람들이 보기에도 그런가?

"그 이야기는 일단 나중에 하자. 어차피 시연이의 의사가 제일 중요하니까, 알겠지?"

"네에."

"가서 라파엘 들어오라고 해. 아, 그리고 당분간은 우리 교단도 상황을 주시한다. 잃어버린 땅에 예정되어 있는 토벌들을 제외하고서는 외부 활동 최대한 자제할 거야."

혼란스러운 시기다.

이런 시기 때 함부로 움직였다가는 돌 맞기 십상이다.

이럴 때일수록 몸을 숙이고 조용히 내실을 챙기는 게 맞다. 원래 모난 돌이 돌 맞기 십상이거든.

……생각해 보니 그래서 우리 교단에 자꾸 일이 생기는 것 같기도 하고.

"만약에 시연이가 선지자의 길을 걷겠다고 한다면, 꼭 제가 전담하고 싶어요, 성하."

결국, 루나가 급하게 뛰어 들어온 건 저게 이유였던 모양이다.

나는 눈을 빛내는 루나를 향해 대충 손을 휘저었고, 루나는 레오를 데리고 집무실에서 퇴장했다.

그리고 잠시 후, 밖에서 대기하고 있었던 라파엘이 안으로 들어섰다.

"제가 제작한 증폭기가 효과는 있었던 것 같아 기쁩니다, 교황님!"

"증폭기가 정지했는데, 괜찮습니까?"

"사이킥 수정에 담긴 힘을 모두 소모해서 그렇습니다. 일단은 프로토타입이라, 에너지 소비량이 어마어마하거든요. 그래도 데이터를 충분히 수집했습니다."

라파엘은 자신의 오른팔, '데이비드'를 흔들면서 만족스럽게 고개를 끄덕였다.

"참고로 방금 소모한 사이킥 수정은 제가 1년 동안 소중하게 길러 낸 녀석이었습니다."

"……수정은 더 없구요?"

"차원 간의 연결이 그리 쉬운 일이겠습니까? 하하! 걱정하지 마세요. 사이킥 수정이야 다시 만들면 되는 거고, 증폭기는 개선을 하면 되는 거고! 뭐 그런 거죠."

그래도 가능성은 봤다.

처음 봤을 땐 단순히 미친놈인 줄로만 알았는데 말이야.

리멘과의 연락을 복구시켜 주는 걸 보면 확실히 능력은 있는 것 같다.

"사이킥 수정은 뭐로 만드는 겁니까?"

"신성석이랑 원리가 비슷합니다. 마정석을 기본 베이스로 만듭니다."

"방금 부서진 수정이 그러면……."

"원래는 주먹만 한 마정석이었죠."

그 말을 듣자마자 잠시 정신이 아찔해진다.

그럼 내가 리멘과 잠깐 연락하는 사이에 수백억을 해 먹었다는 소린가?

통화료가 수백억?

"이계랑 통신하는 게 뉘 집 개 이름도 아니고, 그 정도 통화료는 내셔야죠. 돈도 많으신 분이."

"저 돈 없어요. 다 교단 돈이에요."

"불리할 때는 교황 행세를……. 흐흐, 어쨌거나 걱정하지 마십시오. 그래도 제가 밥값은 내겠습니다. 증폭기에 들어가는 비용은 순전히 제가 부담할 테니, 걱정 붙들어 매십시오. 제가 이래 봬도 돈이 많거든요."

미국에서 새롭게 개발하고 있는 무기들 대부분에 라파엘의 손길이 닿았다고 들었다.

연구에 들어가는 비용을 모두 스스로 부담하겠다는 소리를 듣고 내가 가만히 있을 수야 있나.

나는 벌떡 자리에서 일어나서 라파엘에게 손을 건넸다.

"리멘 교단에 오신 걸 다시 한번 환영합니다."

딱 한 가지, 미친놈이라는 단점이 있지만…….

어차피 우리 교단에 정상도 없는데, 한 놈 추가된다고 뭐 어때?

그렇게 라파엘은 정식으로 우리 교단의 손님이 되었다.

⁂

한국에 돌아온 지도 벌써 3일이 지났다.

여행이니 뭐니 해도 역시 제일 편한 곳은 고향이다.

특히, 여행 간 곳에서 테러를 경험했다거나 하는 경우에는 더더욱 그렇다.

공감을 못 하겠다고?

테러를 경험해 보면 된다.

나는 내 집무실 창문으로 쏟아져 내리는 햇살을 만끽하면서 손에 커피 잔을 쥐었다.

그리고 창문 밖에 펼쳐진 풍경을 감상하면서 커피를 한 모금 목으로 넘겼다.

"하하, 개판이네."

나도 모르게 입에서 튀어나온 말.

창밖에서는.

"우와아아아! 지구 최고야!"

"흐하하핫! 이봐, 요정님들! 내가 만든 이 놀이 기구 어떤가? 요정님들을 순식간에 고도 100m 이상으로 날려 줄 수 있다네!"

"오오! 라파엘 군! 그거 나는 못 쓰는 건가?"

"토비 씨가 타기에는 중량이…… 제가 토비 님 전용으로 한번 개조를 해 보겠습니다!"

"드워프의 신체는 단단하단 것, 잊지 말게나."

드워프, 인간, 페어리.

거기에.

멍멍멍!

이제는 완벽히 성지에 적응해 버린 베스까지 어우러져서 정말 활기차고 정신없는 분위기를 연출해 내고 있었다.

라파엘이 적당히 잘 녹아들기를 바랐지만 저렇게까지 잘 녹아들기를 바란 건 아니었다.

기존 멤버들이랑 마치 처음부터 함께한 것처럼 어우러지

더라.

그 모습이 보기에 참 흡족……하지는 않았고, 그냥 이제는 보는 것만으로도 기운이 쭉쭉 빨리는 것만 같았다.

"성하, 레오 대주교입니다. 들어가도 되겠습니까?"

"어, 들어와."

내가 창문 밖을 심란한 표정으로 바라보고 있을 때쯤, 레오가 집무실 안으로 들어섰다.

근래에 들어 레오의 표정이 부쩍이나 밝았다.

지구로 건너와서 얼리어답터의 길에 들어서게 된 레오에게 라파엘의 합류는 큰 자극이 되었다고 한다.

당연히 라파엘이 레오가 지닌 전자 기기들을 개조해 주고 있었기 때문이다.

신문물을 만끽하는 행복감이라고 해야 하나.

레오의 얼굴은 그 어느 때보다 활기가 넘쳐 보였다.

"표정 좋아 보인다. 요새 재미 좋나 봐?"

"……과찬이십니다. 매일매일 신앙으로 충만한 하루를 보내고 있다 보니, 자연스레 컨디션이 좋아질 뿐입니다. 리멘님의 은혜가 정말……."

"라파엘이 만들어 준 자동번역기의 은혜겠지."

"리멘님께서 라파엘을 이곳으로 인도하셨다고 생각합니다."

"너 요새 하루가 갈수록 말솜씨가 는다?"

"과찬이십니다."

현재, 우리 교단의 성서는 영문판으로도 번역 중이었는데 원래는 그것 역시 레오에게 주어진 사명이었다.

하지만 라파엘이 자동번역기를 건네주더라.

레오가 한글판으로 번역한 성서를 영어로 번역하는 형식이어서 추가로 기입할 것도 없었다.

그로 인해 레오가 누리는 삶의 질이 대폭 상승했다.

문명의 발달이 인간에게 어떤 편안함을 선사하는지 알 수 있는 대목이었다.

"이단심문관들 육성에 대한 간략한 보고를 드리겠습니다."

"좋지. 안 그래도 한번 확인할 생각이었는데, 어서 보고해봐."

"현재, 이단심문관 교육생 32명 중 22명이 성서 전반부에 대한 시험을 통과하였습니다."

리멘 교단의 성서는 총 17권이다.

17명의 선지자들이 리멘의 은혜로운 말씀을 받아 적은 것들을 모아서 만들어 낸 것이 바로 성서.

그중 전반부는 앞 8권을 의미한다.

"……속도가 엄청나네."

"교육생들의 열의가 무척이나 뜨겁습니다. 스펀지처럼 교리를 흡수하고 있습니다. 1기 교육생이나 2기 교육생 들과 비교하더라도 교리에서만큼은 압도적인 교육 성과입니다."

레오가 그렇게 말하자마자 곧 내 눈앞에 메시지 하나가 떠올랐다.

당신의 교단에 속한 〈이단심문관〉들의 사기가 하늘을 찌르고 있습니다.
특성 〈광신〉을 획득합니다!
〈광신〉: 교단에 속한 광신도들의 성장 속도가 급격하게 증가합니다! 하지만 조심하십시오. 광신도들은 언제나 양날의 검입니다. 그들의 불타오르는 신앙심은 큰 화재를 일으킬지도 모릅니다.
〈광신도〉의 발생 확률이 대폭 증가합니다!

썩 유쾌하지 않은 소식이었다.

광신도들이 많아질수록 곤란해지는 건 사실.

통제가 가능할까 모르겠다.

"아, 그리고 오늘 오후 2시에 이단심문관 교육생들 중에서 가장 뛰어난 성적을 거둔 교육생에게 성하를 뵐 수 있는 영광을 주고자 합니다. 혹시 시간 괜찮으신지요?"

"그딴 게 영광일 리가 없잖아. 어차피 오늘 할 일 없어. 그런데 혹시 나도 아는 사람이냐?"

그러자 레오가 천천히 고개를 끄덕였다.

"예."

"누군데?"

"이은택 교육생을 기억하십니까?"

이은택, 이은택…… 어디서 많이 들었…… 아, 기억났다.
"내가 함흥에서 데려온 그 생존자?"
"예, 맞습니다. 교육 성과가 제일 뛰어납니다. 각성자 출신이 개종한 경우라서 그런지는 몰라도, 전투적인 능력 역시 압권입니다. 빠르면 3개월 이내에 1기 교육생 수준을 따라잡을 것으로 보입니다."
"오."
내가 함흥에서 구출해 온 이은택 씨.
우리 교단의 훈련소에 들어왔다는 보고는 전달받았는데, 이단심문관의 길을 선택했을 줄은 몰랐다.
"의욕과 정신력이 굉장합니다. 아마 성하께서 기억하는 모습과는 많이 달라졌을 겁니다."
"이은택 씨라면 성기사랑 어울린다고 생각했어."
"교단의 적을 분쇄하고 싶다는 의지가 강했습니다. 성하와 리멘님의 이름을 더럽히는 자들을 지옥의 구렁텅이로 밀어 넣겠다면서……."
"그만. 대충 알겠어."
내가 기억하는 함흥은 지옥 같은 곳이었다.
그런 지옥 같은 곳에서 정신력만으로 버텨 온 사람이, 교단의 적을 지옥으로 밀어 넣겠다는 생각을 한다라?
생각만으로 모골이 송연해지는 기분이다.
지옥에서 살아 돌아온 사람이라면 그 누구보다 지옥에 대한 이해도가 높을 터.

나는 잔에 남아 있는 커피를 마저 목으로 넘긴 다음, 씁쓸하게 웃으면서 고개를 끄덕였다.

"그렇게 하자. 아, 레오야, 점심이나 먹으러 갈까? 다른 간부들은 다 일이 있어서, 혼밥하게 생겼다."

"좋습니다."

"돼지고기 불백이나 먹으러 가……. 아, 맞다, 나 집에 카드 두고 왔는데, 어떻게 하지?"

"……제가 사겠습니다."

"역시, 레오가 최고야."

⁂

레오와 든든하게 돼지고기 불백을 먹고 청계천까지 산책을 하고 나서 신전에 돌아왔다.

우리 신전의 위치가 청계천과 가깝기도 해서 간간이 산책을 즐기는 편이다.

우리 교단이 그라운드 제로를 정화하기 전까지만 하더라도 청계천은 산책로로서의 기능을 완전히 상실한 상태였다고 한다.

이능관리부에서 직접 관리해야만 할 정도로 간간이 몬스터들이 출현했다던가.

원인을 알 수 없었다고는 하는데, 아마도 그건 그라운드 제로의 마력 오염과 관련되어 있었을 것이다.

하지만 우리 교단이 성지를 정화한 이후로는 다시 옛날의 모습을 되찾았다.

청계천을 걷고 우리 교단의 성지를 관광하는 것이 현재 서울에서 가장 유명한 데이트 코스다.

페어리들이 우리 교단 성지에 합류한 이후로 우리 교단의 정원도 엄청 다채로워졌다.

게다가 페어리들 자체가 원체 쇼맨십이 좋은 편이라, 관광객들에게 인기 만점이기도 하고.

입장료를 받았다면 떼부자가 되었을 정도로 여전히 우리 교단의 성지는 북적거리는 상태였다.

"교황 성하를 뵙습니다."

"오랜만이네요. 잘 지내셨죠?"

"성하의 배려 덕분에 한국에 잘 적응할 수 있었습니다. 다른 생존자들도 항상 성하께 감사하며 하루하루를 보내고 있습니다."

"이제는 서울 사람이라고 해도 되겠어요."

"그렇습니까?"

"예."

이은택 씨의 사투리가 원래 굉장히 셌던 편인 걸로 기억하는데, 현재 이은택 씨에게서는 사투리의 흔적을 찾아볼 수가 없었다.

사투리라는 게 저렇게 쉽게 교정되는 게 아닌데 말이지.

"리멘 교단의 영광을 위해서라면 목숨이라도 바칠 수 있습니다. 말투를 교정하는 것쯤, 목숨에 비해서는 별거 아닙니다."

사람이 풍기는 분위기도 많이 바뀌었다.

처음 내가 이 사람을 구조했을 때는 그저 단단한 느낌만 받았는데, 이제는 익숙한…… 광기까지 느껴지고 있었다.

레오는 보기 드문 미소를 지으면서 만족스럽게 고개를 끄덕였다.

"이은택 교육생은 그 누구보다 열의가 넘치며, 학습 속도가 빠릅니다. 제가 가장 기대하고 있는 교육생이기도 합니다."

레오가 기대를 많이 한다는 건 아주 엄청난 광신도로 성장할 포텐셜이 있다는 의미다.

나는 어색하게 미소를 지었다.

이은택 씨, 사람이 달라진 것만 같았다.

"성하, 성하께 건의하고 싶은 사안이 있습니다."

내가 이은택 씨와 반갑게 이야기를 나누고 있을 때쯤, 가만히 이야기를 듣고 있던 레오가 이야기를 시작했다.

"부산 쪽에 리멘 교단을 사칭하는 이단들이 등장했다는 이야기가 들려오고 있습니다. 이은택 씨에게 그들을 조사하는 임무를 내리시는 게 어떠신지요."

기본적으로 이단심문관들은 정보 수집 능력을 탑재해야 한다.

상대방이 이단인지 아닌지 판단하기 위해서는 당연히 정보 수집이 필수기 때문이다.

아직까지 이단심문관들에게 정보 수집 능력에 관한 교육은 따로 실시하지 않은 상황.

추후에 정부 쪽의 도움을 받을까 고민하고 있는 상황인데, 아직 교육을 받지 않은 사람을 정보원으로 보낸다?

이건 살짝 어폐가 있다고 본다.

하지만 나는 잠시 후에 이어진 레오의 말을 듣자마자 고개를 끄덕일 수밖에 없었다.

"이은택 교육생에게는 별다른 교육이 필요 없을 겁니다."

"왜?"

"그의 출신이 그렇습니다. 이은택 교육생? 성하께 설명을 드리십시오."

"북한이 무너지기 전, 제가 소속된 곳은 정찰총국이었습니다. 대한민국 국방부 산하의 정보사령부, 아니면 국가정보원이랑 비슷한 조직이었다고 생각하시면 될 것 같습니다."

……전문가였구만.

그래서 이 사람이 정부 측에 꽤 오래 억류되어 있었던 건가?

"제 특기를 활용할 수 있는 기회를 주신다면! 절대로 성하를 실망시키는 일 없도록 최선을 다하여 완수하겠습니다!"
"부산에 이단들이 나타난 건 맞아?"
"리멘 교단의 성서를 함께 공부하자는 모임들이 부산 지역에 우후죽순처럼 생겨나고 있다고 합니다. 심리 상담 같은 것도 병행한다는데, 아무래도 그 수법이 좀…… 성하께서도 알고 계시지 않습니까?"
"심리 상담이라…… 스터디 모임에 관한 이야기도 있었겠지?"
"정확합니다."
"수법은 클래식하네."
성서를 공부한다는 것 자체가 죄는 아니다.
정말 그 사람들이 성서를 공부하고 싶어서 모이는 것일 수도 있다.
물론 극히 희박한 경우겠지만 말이다.
수법 자체는 꽤 고전적이다. 2020년대에도 몇몇 사이비 종교들이 주로 사용했던 포교 방법.
확실히 냄새가 난다.
그것도 아주 진득한 이단의 냄새가.
"정말 그들이 교단의 신도들인지, 아니면 교단의 이름을 팔아 뱃속을 채우는 이단들인지. 인력을 직접 파견할 필요성은 있다고 생각합니다. 그런 의미에서 보았을 때, 이은택 교육생이야말로 이번 임무의 적임자입니다."

현재, 이단심문관 교육의 총책임자는 레오다.

레오에게 전권을 부여한 만큼, 그들의 임무에 대한 것 역시 레오의 의견을 따라가 주는 게 맞다.

나는 빠르게 고민을 끝냈다. 그리고 레오를 바라보면서 고개를 끄덕였다.

"그렇게 해. 이은택 형제님?"

"예, 성하!"

"교단의 명예와 관련된 문제니까 잘 부탁합니다."

그러자 이은택 씨가 자리에서 벌떡 일어나더니, 허리를 90도로 숙이면서 답했다.

"최선을 다하겠습니다!"

그렇게 해서 지구산 이단심문관의 공식적인 첫 임무가 시작되었다.

⚜

이은택 씨와의 만남이 끝난 후, 교단의 이런저런 업무를 처리하고 나서야 집으로 돌아왔다.

"나 왔어."

퇴근은 언제나 즐겁다.

나는 가벼운 마음으로 집으로 돌아왔는데, 내가 집으로 들어서자마자 곧 안방에서 시연이가 달려 나왔다.

"큰오빠! 기다리고 있었어!"

나를 보자마자 와락 껴안는 귀여운 우리 시연이.

정말로 귀여워 죽겠다.

이런 모습을 볼 때마다 시연이가 선지자가 되는 모습은 상상조차 할 수 없었다.

그래, 시연이는 꽃길만 걷게 해 줘야지.

그렇게 내가 웃으면서 시연이를 쓰다듬어 주고 있을 때, 시연이가 나를 바라보면서 눈을 빛냈다.

"큰오빠한테 보여 줄 거 있어!"

"음? 뭔데."

"헤헤, 들어가서 보여 줄게!"

시연이는 내 손을 꽉 잡은 채로 안방으로 들어갔다.

안방에는 지난번에 사다 둔 빔 프로젝터가 있었는데, 그 옆에는 인욱이가 난감한 표정으로 서 있었다.

"……형, 왔어?"

"무슨 일이냐?"

"그게…… 아니다. 형이 직접 봐 봐."

무슨 일이길래 인욱이가 저렇게 당황할까.

그러나 인욱이가 당황하건 말건, 시연이는 미리 세팅되어 있던 의자에 나를 앉혔다. 그리고 당찬 목소리로 말했다.

"열심히 준비했어!"

그리고 잠시 후, 빔 프로젝터가 가동되더니 곧 큰 글씨가 화면에 떠올랐다.

[나의 꿈]

"지금부터 김시연의 발표를 시작하겠습니다!"
……시연아?
뭐 하니?

⁂

무려 30분 동안이나 이어진 시연이의 발표.
도저히 초등학생이라고 믿을 수 없는 패기로 발표를 시작한 시연이는 잔뜩 상기된 표정으로 발표를 마무리했다.
"이상! 김시연의 발표를 끝내겠습니다! 발표 자료 준비를 도와준 김인욱 씨에게 다시 한번 감사의 말씀을 드립니다!"
짝짝짝.
박수 소리가 두 번 중첩되어 들려온다.
하나는 당연히 인욱이였고, 다른 하나는……
"백설아, 너 뭐 하니?"
"뭐긴, 당연히 박수 치는 거지."
백설이가 스마트폰을 통해 틀어 둔 박수 소리였다.
아까까지만 해도 캣 타워에서 잠을 자고 있던 놈이 언제

일어난 걸까?

그리고 갑자기 등장해서는 스마트폰으로 박수 소리를 내는 것도 골을 때린다.

시연이의 발표를 요약하자면 다음과 같다.

—나도 오빠처럼 되고 싶어! 나쁜 사람들 혼내 주고, 힘든 사람들 도와줄 거야! 승우 오빠도 배우는데 나는 왜 안 돼? 나도 할 수 있어!

인욱이의 도움을 받아서 PPT도 깔끔하게 준비했고, 더불어 승우라는 좋은 예시까지 들었다.

명분까지 완벽했던 상황.

예전에 시연이가 웅변 학원에 잠깐 다닌 적이 있다고 했는데, 아무리 봐도 우리 시연이는 천재인 게 틀림없다.

나도 모르게 고개를 끄덕이고 있더라.

아, 그리고 그 과정에서 나는 누가 시연이에게 바람을 불어넣었는지 알 수 있었다.

범인은 바로.

"너 이따가 보자."

"아, 왜? 시연이도 자기가 어떤 상태인지 알고 있어야지. 시연이를 언제까지 어린애로만 볼 거야?"

백설이 이놈이었다.

시연이는 내심 비밀로 하려는 것 같지만, 내 눈에는 다 보인다.

범인은 언제나 가까이에 있는 법.

백설이는 신수답게 시연이의 상태가 어떤지 본능적으로 깨닫고, 바로 작업을 들어간 것 같았다.

"시연이 옆에 있으면 나도 강해지는 기분이라서 그래. 주인이랑 있을 때보다 훨씬 행복하다고."

신수와 같이 있다 보니 신수와 관련된 은총이라도 얻은 건가?

나는 한숨을 푹 내쉬었다.

시연이의 표정을 보니 정말 진심이었다. 그리고 내 경험상, 시연이의 고집을 이기긴 힘들다.

시연이도 나처럼 고집이 좀 세거든.

평소에 고집을 부리는 일이 별로 없지만, 한번 마음 먹은 건 어떻게든 해내고자 하는 성격이다.

그런 시연이가 인욱이의 도움을 받아 발표까지 했다?

명분도 없이 단순히 '안 돼'를 해 버렸다가는 큰일이 벌어질 것이다.

이런 내 심정을 눈치를 챈 걸까?

가만히 있던 인욱이가 조심스레 이야기를 꺼냈다.

"진지하게 한번 고민해 봐, 형. 시연이가 잠도 덜 자고 준비했어."

"시연이가?"

"응. 물론 나도 같이 잠을 못 잤지만."

인욱이는 사실 알 바는 아니고, 시연이가 잠까지 줄였을 정도라면…… 1백 프로 진심이라는 거다.

시연이는 보통 어떤 상황에서도 잠을 우선시하기 때문이다.

즉, 나 역시 시연이의 발표를 진지하게 받아들일 필요가 있다는 뜻.

시연이를 품속에서 애지중지 키우겠다는 생각은 그저 내 욕심일 뿐이었을까?

"큰오빠."

발표를 성공리에 끝마친 시연이가 조심스럽게 내 앞에 다가왔다.

그리고 아까처럼 나를 폭 껴안으면서 말했다.

"큰오빠가 나를 지켜 주는 것처럼, 나도 언젠가는 큰오빠를 지켜 주고 싶어. 다시는 오빠를 잃지 않을 거야."

그제야 나는 시연이의 마음속에 무엇이 남아 있었는지를 깨달을 수 있었다.

5년간의 부재.

항상 함께했던, 너무나도 소중한 사람을 잃었다는 상실감.

평소에 시연이가 티를 내지 않았지만, 내가 5년 동안 실종되었던 기억은 아마 아주 오랜 시간 동안 시연이의 마음속에 남아 있을 수밖에 없었다.

"학교도 계속 열심히 다닐거구, 오빠가 걱정하는 일 없도록 할게!"

아직까지 시연이에게 어떤 은총이 내려졌는지는 모른다.

이럴 줄 알았으면 리멘에게 미리 물어볼 걸 그랬나? 리멘이라면 알지도 모르는데.

아니, 다 떠나서.

나를 지켜 주겠다고, 다시는 잃지 않겠다고 다짐하는 동생의 이야기를 어떻게 거절할 수 있을까.

나는 한참 동안 말없이 시연이를 바라보았다. 그리고 천천히 시연이의 손을 잡으면서 미소를 지었다.

"내 동생 엄청 진지하네. 오빠도 한번 진지하게 생각해 볼게."

시연이가 폭풍에 휘말리지 않았으면 했다.

그러나 그건 어디까지나 내 욕심이었을 뿐.

이 조그만 아이가 저렇게 말하는 걸 보면, 시연이에게도 시연이 나름대로의 생각이 있는 것 같다.

"정말?"

"그럼, 오빠가 언제 너한테 거짓말하는 거 본 적 있어? 인욱이한테는 몰라도 시연이 너한테는 거짓말한 적 없다?"

"그건 맞아."

"아니, 왜 갑자기 나를 때려?"

옆에 있던 인욱이가 억울하다는 듯이 말했고, 나는 그런 인욱이를 향해 어깨를 으쓱였다.

"시연이가 만약에 우리 교단에서 선지자 수업을 받으면…… 우리 집의 최약체는 누가 될까? 야, 김백설, 말해 봐."

그러자 백설이는 한 치의 고민도 없이 스마트폰을 두드렸다. 그러자 곧 스마트폰에서 무뚝뚝한 톤의 목소리가 흘러나왔다.

—김인욱.

"봐 봐. 축생조차 그렇게 말하잖아."

—참고로 나까지 포함. 그러니까 인욱은 나한테 츄르를 많이 줄 것. 그러면 자비를 베풀어 줌.

마지막에 사족을 붙이는 것까지.

베스는 오늘 페어리들이랑 노느라고 집에 아직 안 들어왔고, 베스가 이 집에 있더라도 인욱이가 최약체인 건 틀림없어 보였다.

"진짜 억울해."

"왜."

"따지고 보면 내가 2호 신도인데, 왜 나는 아무런 능력도 없는 거야?"

"그건…… 네 팔자가 그런 걸 어떻게 하겠니?"

꼬우면 시연이처럼 알아서 재능을 개화시키든가.

세례라는 좋은 방법이 있기는 하지만, 인욱이에게까지 세례를 내려 주고 싶은 생각은 조금도 없었다.

인욱이는 내 단호한 대답을 듣자마자 어깨를 축 늘어뜨렸다. 그러자 가만히 우리의 이야기를 듣고 있던 시연이가 인욱이의 등을 두드리면서 말했다.

"걱정하지 마, 작은오빠."

"시연아, 작은오빠는 우리 시연이밖에 없……."

"우리 집 최약체는 내가 지켜 줄게! 나만 믿어!"

……그게 위로가 되는 건 맞니, 시연아?

인욱이의 표정을 보면 아닌 것 같은데…….

아무튼.

그렇게 해서 시연이의 발표가 어느 정도 마무리되었고, 나는 웃으면서 동생들에게 말했다.

"인욱아, 시연이 데리고 잠시 나가 있어 봐."

"알았어."

인욱이가 말을 참 잘 듣는다. 인욱이는 시연이의 손을 잡고 일어났고, 곧바로 안방에서 나갔다.

그러자 신나게 스마트폰을 두드리고 있던 백설이도 몸을 일으켰다.

"츄르 먹을 시간이네. 나 먼저 갈게, 주인! 푹 쉬고 있……."

콰앙.

슬쩍 신성력을 움직여서 안방의 문을 닫아 버렸다.

그러자 곧바로 털을 곤두세우는 백설이.

"주……주인?"

나는 잔뜩 겁을 먹은 백설이를 향해 입꼬리를 씨익 올려 주었다. 그리고 즐거운 표정으로 말했다.

"시연이 꼬신 게 너지?"

"꼬신 게 아니라 이건 어디까지나……."

"아아 됐고, 나도 지금 너 때리려는 게 아니야. 이건 어디까지나 훈육이지."

"……살려 주세요."

김백설 넌 뒈졌다.

⁂

다음 날 아침.

"성하, 오늘따라 기분이 좋아 보이셔요."

"아, 그래? 어제 스트레스 좀 풀어서 그런가?"

"음, 근데 옷에 흰색 털이 많이 묻어 있네요? 백설이 털 같은데, 백설이도 털갈이 같은 거 하나?"

"털갈이는 안 하는데, 조금 있으면 여름 찾아오잖아? 더울까 봐 미리 밀어 줬지. 시원한 게 좋잖아."

"이쁘겠다. 사진 있어요?"

"나중에 집에 가서 봐 봐."

"네에."

나는 아침부터 집무실에 찾아온 루나를 상대해 주는 중이었다.

"시연이는 어떻게, 선지자 교육을?"

"하기로 했어. 시연이 본인의 의지가 강하더라. 그런데 너한테만 맡기지는 않을 거야."

"성하, 그거 알아요?"

"뭐?"

"가족 사이에는 운전 가르쳐 주는 거 아니라잖아요. 전투도 마찬가지라고 생각해요."

한마디로 '너는 교육에서 빠져.'라는 건데, 나는 슬쩍 웃으면서 루나를 바라보았다.

"안 그래도 난 빠질 생각이었는데?"

"어떤 은총을 부여받았는지부터 알아봐야 할 것 같은데…… 아쉽다. 그런 건 라파르트 대주교가 전문이죠."

"그런데 루나야, 너는 웬일로 갑옷을 입고 있냐? 평소에는 잘 입지도 않잖아."

나는 루나가 입고 있는 순백색의 판금 갑옷을 턱으로 가리키면서 물었다.

귀찮다는 핑계로 라이더 복장을 고수하던 루나가 무슨 바람이라도 불었는지, 오늘따라 신전 내부에서도 갑옷을 입고 있었다.

"아, 이거요? 이능관리부에서 오늘 협조 요청 와서 그냥 입고 있었어요."

"협조 요청?"

"경기도 광명시에 오늘 게이트 큰 거 하나 온다고 해서요. 애들 데리고 갑니다."

요새 자잘한 협조 요청은 대부분 간부들이 처리하는 중이다.

매 게이트마다 내가 직접 나서면 귀찮기도 하고, 이레귤러를 아무 데나 동원하기에는 정부로서도 부담스럽기 때문이다.

나야 뭐 좋다.

할 일이 줄어들었으니까.

게다가 이런 협조 요청을 통해서 교육생들을 키울 수 있다는 것도 장점이었다.

"광명시면 내 고향인 거 알지?"

"그럼요. 광명시에도 지금 성하 전신상 세우자는 이야기가 들리던데, 당연히 알죠."

"……거기에도 내 전신상을?"

"그렇다던데요."

이러다가 전국에 내 전신상이 세워질 기세다.

곤란하다, 곤란해.

만약 정말로 그렇게 되었다가는…… 치욕스러워서 죽어버릴지도 모른다.

"오늘 레이드는 2기 교육생들 중에서 다섯 명을 선발하여 참여할 예정이에요. 여기, 명단이요."

루나가 건네준 종이를 받아 들었다.

그곳에 적혀 있는 다섯 명의 이름.

그중 가장 최상단에 위치한 것은 아주 익숙한 녀석이 담당 교관으로 있는 '카시미 시게지'라는 일본인 교육생이었다.

"재민이가 이를 악물고 키웠네. 성과가 아주 좋아."

"근성, 전투 능력 모두 빼어나요. 딱 한 가지, 평소에 사람들을 많이 안 만났는지 사회성은 살짝 떨어져요. 히키코모리 출신이었다고 하더라구요. 처음에는 적응을 잘 못 했는데, 시간이 지날수록 괜찮아지고 있어요."

"좋다. 좋아."

아주 긍정적인 선순환이었다.

1기 교육생들의 주도하에 키워지는 2기 교육생들.

지금이야 2기가 끝이지만, 나중에 3기, 4기를 넘어선다면 선배들의 경험이 고스란히 밑으로 전달될 것이다.

그리고 그 경험들은 곧 우리 교단만이 지닌 또 다른 강점이 되어 줄 터였다.

"조심해서 다녀와라."

"예에, 널널하게 다녀오겠습니다."

"그런데 최근에 수도권 쪽에 게이트가 등장한 적은 몇 번 없지 않았냐?"

"이능관리부에서도 이례적이라고 하던데요?"

"그래?"

잃어버린 땅 공략이 시작된 이래로 게이트나 던전이 출현하는 경우가 극히 드물어졌다는 이야기는 들었다.

그런데 갑자기 서울 바로 밑에 게이트가 생성될 예정이라고 하니, 뭔가 목에 턱 걸리는 것 같다.

"등급은 뭐래?"

"대형 B급이요. 혹시 몰라서 잃어버린 땅에 있는 본대 중 일부 귀환시켰다니까, 크게 걱정하실 필요는 없을 것 같아요. 그런데 왜요, 좀 불안하세요?"

루나가 내 시선을 마주하면서 넌지시 물었다.

"성하 직감은 그런 쪽으론 100% 확실하잖아요. 뭔가 좀 싸하세요?"

나는 그녀의 질문에 천천히 고개를 끄덕였다.

"느낌이 안 좋아. 갈 때 레오도 데려가라. 그레이스도 데려가고."

레오에다가 그레이스까지 붙여 준다면 어지간한 변수에도 대응할 수 있을 것이라고 생각한다.

내 말에 루나는 슬쩍 미소를 지었다.

"누나가 일하는데, 동생 쉬는 꼴은 못 보죠. 감사합니다, 성하. 레오 꼭 데려갈게요."

"……어, 그래."

"그럼 다녀오겠습니다."

루나는 허리를 숙여 인사를 끝낸 다음, 가벼운 발걸음으로 집무실 밖으로 나섰다.

나는 루나가 열고 나간 문을 바라보면서 천천히 숨을 뱉어 냈다.

레오에다가 그레이스까지 붙였으니 별일이야 없겠지, 뭐.

하지만 1시간 후, 나는 나의 그 안일한 생각이 플래그였다는 걸 깨달을 수밖에 없었다.

〈차원계 : 지구〉에 할당된 시나리오 : 〈격의 시대〉
충분한 준비가 끝났다고 판단, 시나리오 진행을 속행합니다.
침공을 방어하십시오.

들어올 땐 마음대로였겠지만

리멘 교단의 2기 교육생, 카시미 시게지.

'정신 차려야 돼.'

카시미 시게지는 코끝을 찔러 오는 역한 피 냄새를 맡으면서 왼손의 방패로 자신의 머리를 가볍게 두드렸다.

"교육생, 긴장하지 않습니다. 앞에 제가 있습니다."

"예!"

시게지는 다시 한번 크게 숨을 뱉어 냈다.

그의 앞에서 철퇴와 방패를 든 채로 서 있는, 기껏해야 고등학생 정도로 보이는 소년.

그는 시게지의 담당 교관이자, 사실은 중학생에 불과한 오재민이었다.

원래는 미성년자들이 레이드에 참여하는 것은 불가능했으나 언제나 예외의 경우가 존재한다.

미성년자의 경우에는 C급 헌터 이상으로 판정될 경우에만 레이드에 참여가 가능한데, 오재민이 바로 그런 경우였다.

"교관님……."

시게지는 부끄러웠다.

아무리 눈앞의 오재민이 자신의 교관이라고 한들, 결국은 자신보다 훨씬 어린 아이이다.

다 큰 성인이 학생으로부터 보호를 받다니?

주객이 전도된 상황에 도저히 가만히 있을 수가 없었다.

액티브 스킬 〈신념의 방패 Lv.2〉를 시전합니다.
일정 시간 동안 당신의 방패에 신성력이 깃듭니다!

아까 전부터 끊임없이 몰려드는 몬스터들.

흔히들 늑대인간이라고 부르는 '웨어울프'들의 습격이 끊임없이 이어지고 있었기에, 리멘 교단의 견습 성기사들은 힘을 합쳐서 방어진을 형성하는 중이었다.

시게지 역시 방패를 들어 올리면서 그 방어진에 합류하고자 했으나, 오재민이 곧바로 그를 밀어 냈다.

"저도…… 저도 할 수 있습니다!"

항상 혼자 방 안에 틀어박혀 있던 자신이다.

리멘 교단에 들어오고 나서야 자신감을 되찾았는데, 동료들에게 짐이 되고 싶지 않았다.

하지만 시계지의 외침에도 불구하고 앞에서는 신경질적인 반응이 돌아왔다.

“제발 좀 정신 좀 차리라고! 이격해! 방어진에서 제발 이격하라고! 너 따위가 감당할 수 있는 적이 아니라고!”

콰아아아아앙—.

웨어울프들 중에서도 유난히 거대한 개체가 방어진을 들이받았고, 그 순간 1기 교육생들이 구성한 방어진이 순간적으로 밀려 났다.

순간적으로 벌려진 틈.

그 틈 사이로 웨어울프 한 마리가 시계지와 눈이 마주쳤다. 그러자 그 웨어울프는 먹이를 포착했다는 듯, 가차없이 시계지를 향해 파고들었다.

‘막아야 되는…….’

방패를 움직여 본다.

그러나 방패는 움직이지 않는다. 아니, 팔 자체가 움직이지 않는다.

웨어울프가 뿜어내는 진득한 살기에 의해 전신이 마비된다.

1초.

30m는 앞에 있던 웨어울프가 순식간에 아가리를 벌리면서 달려든다.

'죽…….'

콰지지지직—.

웨어울프의 누런 이빨이 그의 목을 물어뜯으려던 순간, 앞쪽에서 나타난 작은 체구의 성기사가 어깨를 대신 들이밀었다.

그러자 곧 허공으로 피가 솟구쳤다.

"교육생, 교관 지시 불이행으로 벌점입니다. 알겠습니까?"

오재민이 이를 악물면서 들고 있던 철퇴를 내려놓았다. 그리고 그 손으로 곧바로 웨어울프의 대가리를 움켜쥐었다.

콰드드드득.

웨어울프의 두개골이 함몰되면서 녀석이 몸을 축 늘어뜨렸고, 오재민은 곧바로 손에 신성력을 끌어올리면서 환부에 가져다 대었다.

"교육생이 말을 제대로 안 들을수록 동료만 힘들어집니다. 알겠습니까?"

"괜찮으십니까?"

"이 정도는 문제없습니다! 그러니까 빨리 뒤로 물……."

그때였다.

"재민아!"

"뚫린다! 새끼야, 빨리 좀 와!"

오재민이 이탈하면서 일어난 균열로 웨어울프들이 밀고

들어온다.
순식간에 무너지기 시작한 방어진.
오재민은 이를 악물면서 철퇴를 다시 들었고, 곧 앞으로 달려가면서 소리쳤다.
"갑니다, 갑니다!"
하지만 전투에 익숙하지 않은 시게지가 보기에도 전열은 크게 무너져 있었다.
자꾸만 밀고 들어오는 웨어울프들.
전열 틈 사이로 들어온 웨어울프들에게 포위당해 전멸할 것만 같은 상황.
'나 때문이야.'
무거운 책임감이 그의 마음을 짓눌렀다.
아니, 그건 더 이상 책임감이라기보다는 죄책감에 가까운 감정이었다.
설레였던 첫 전투가 그의 마지막 전투가 될 것 같다는 생각에 눈앞의 시야가 흐려졌다.
그 죄책감이 발끝에서 타고 올라와 그의 전신을 잡아먹으려고 할 때쯤.
"거 신입 새끼가 벌써부터 빠져 가지고. 정신 안 차리냐?"
그의 뒤에서 순백색의 갑옷을 입은 여자 한 명이 그의 뒤통수를 후려갈기면서 걸어 나왔다.
"정신 차려라. 너, 선배들 아니었으면 지금쯤이면 늑대 밥이었어. 알겠냐?"

"루……나 님. 저 때문에…… 저 때문에 교관님들이 위험한……."

빠아아악-.

시게지의 말에 루나는 이번에는 그의 등짝을 후려갈기면서 짜증을 냈다.

"닥치고 너희 선배들 하는 걸 보기나 해. 게이트가 폭주한 건 맞는데, 고작 늑대 새끼들한테 밀릴 정도로는 안 키웠어. 알겠냐?"

그러나 1분 뒤.

"안 되겠다. 누나 다녀온다."

"……예?"

"이 새끼들이 요새 좀 빠져 가지고, 고작 저딴 늑대들한테 밀려? 아무리 게이트가 폭주했다고는 해도, 어? 안 그러냐, 시게지야?"

그녀의 손에서 빛이 모여들더니 곧 무식한 크기의 철퇴가 모습을 드러냈다.

다른 성기사들이 사용하는 철퇴보다 최소 3배는 더 커 보이는 크기.

철퇴를 손으로 가볍게 움켜쥔 그녀는 시게지를 바라보면서 말했다.

"시게지, 너에게 2기 교육생들을 임시로 인솔할 수 있는 권한을 부여한다."

"……예?"

"2기 교육생들을 데리고 지금 당장 성지로 돌아가도록 해. 이곳은 너희에게 너무 일러. 그리고 지금 여기 통화가 안 되거든. 통화권에 들어가자마자 라파르트 대주교님에게 이렇게 전달해."

잠시 말을 멈춘 루나는 한숨을 푹 내쉬면서 말했다.

"게이트에서 마기를 감지했고, 마기의 확산 속도가 심각하다. 이렇게만 전달해도 알아들으실 거야. 알겠지? 중요한 임무다, 시게지."

"알, 알겠습니다!"

"빨리 움직여."

시게지는 루나의 말을 듣자마자 전속력으로 뛰쳐나갔다. 그리고 그런 시게지의 뒷모습을 바라보던 루나가 미간을 찌푸리면서 조용히 뇌까렸다.

"성하 직감이 진짜 족집게라니까. 예언의 은총이라도 있나?"

잠시 투덜거린 루나는 곧바로 전장에 합류했다.

⚜

내 불길한 직감은 틀리지가 않는다.

[“서울, 부산, 대전, 광주에 동시에 게이트가 생성되고 있습니다. 대피령을 선포하며, 각 지역에 계시는 국민 여러분들께서는 절차에 따라 대피를……”]

뉴스에서 긴급 속보가 쏟아져 내린다.

서울을 포함하여 총 4곳.

게이트가 활성화된 장소의 총숫자였다. 이 정도면 내가 지구로 돌아온 이래로 가장 심각한 상황이 아닌가 싶다.

“음, 대한민국뿐만은 아니군요.”

어느새 집무실로 들어온 라파엘이 자신의 오른팔을 조작하면서 눈살을 찌푸렸다.

“유럽, 미국에도 제가 따로 관측기를 설치해 뒀는데…… 아무래도 범지구적인 현상인 것 같습니다. 모든 관측기에서 차원 공명 현상이 발생하고 있습니다. 규모와 강도를 보았을 때, 전부 게이트입니다.”

“라파엘.”

“예! 교황님.”

“지금 당장 우리 동네에 불났는데, 다른 동네도 불났다고 하면 뭐 위로가 될까요?”

“아, 죄송합니다! 이런 게 좀 버릇이라서요. 하하.”

라파엘은 ‘데이비드’를 조작하면서 미소를 짓더니, 곧 나를 바라보면서 말했다.

“관측 이래로 이 정도로 동시다발적인 현상이 발생하는 건 처음이라서 잠시 흥분했나 봅니다. 오해 마시기를.”

“대한민국에서 추가로 감지되는 게이트들은 없습니까?”

“자료가 들어오는 대로 대한민국 정부 측에 건네주겠습니다. 데이비드, 교황님 말 들었지?”

—확인.

……음성 기능까지 탑재되어 있는 줄은 몰랐네.

나는 떨떠름한 표정으로 라파엘을 쳐다보았다.

아까 전에 눈앞에 떠올랐던 〈격의 시대〉가 본격적으로 시작된다는 메시지.

그것과 관계되어 있는 상황인 듯했다.

방금 전에 유선호 장관으로부터 연락도 왔다. 현재까지는 이능관리부에서 감당이 가능한 상황이지만, 여기에서 추가적인 일이 벌어질 경우에는 자신들도 감당할 수 없다는 것.

혹시 모를 사태에 대비하여 대기를 해 달라는 부탁이었다.

“어쩨 요새 너무 편하게 넘어가나 싶었다.”

내가 지구로 넘어오기 전까지만 하더라도 게이트와 던전은 흔한 현상 중 하나였다는데, 근래에는 잠잠해도 너무 잠잠했다.

내 팔자가 뭐 이렇지.

하루도 쉬는 날이 없다.

똑똑똑.

"성하, 라파르트 대주교입니다. 급한 용무가 있어 들어가겠습니다. 무례를 용서하십시오."

내가 라파엘에게 이것저것을 묻고 있는 사이, 라파르트 대주교가 빠르게 집무실 안으로 들어섰다.

"광명시 현장으로 파견된 루나 레벤톤 경으로부터 급보가 전해졌습니다. 광명시에 출현한 게이트에서 대량의 마기를 감지하였으며, 확산이 진행 중이라는 소식입니다."

마기라.

정화자 놈들이 관련되어 있다는 증거일지도 모른다. 자세한 건 더 조사를 해 봐야겠지만 말이다.

나는 미간을 찌푸렸다.

"정부 측에는 전달하셨습니까?"

"집무실로 들어오기 전, 이미 정보를 전달해 두었습니다. 수방사에 임시 배치되어 있던 천벌이 움직인다고 합니다."

"만들어 두기를 잘했네. 루나에게서 증원 요청은 따로 없었나 봐요?"

"그렇습니다."

레오까지 붙여 둔 상태니까 오히려 그쪽은 걱정이 없었다. 다른 쪽에 생성된 게이트들이 문제지.

"다소 심각한 상황인 것 같습니다, 성하."

"성지에 남아 있는 나머지 전력도 모두 전투에 나설 수 있도록 준비시켜 주세요."

"성하의 명을 받듭니다."

"뒷맛이 구린 걸 봐서는 절대로 여기서 안 끝납니다."

보통 일이 벌어지면 차라리 개운한 느낌이 있어야 정상인데, 아직 뒤끝이 남아 있는 기분이다.

마치 쾌변을 못 한 듯한 기분.

이런 경우에는 100% 뭔가 더 온다.

내 말을 들은 라파르트 대주교가 부지런히 발걸음을 옮겼고, 나는 곧바로 인욱이에게 전화를 걸어서 곧장 신전으로 오라는 말을 전했다.

이런 상황에서 제일 안전한 장소는 이곳이었기 때문이다.

할머니도 마침 우리 집에 계셨으니, 가족들에 대한 걱정은 안 해도 될 것 같았다.

베스와 백설이가 알아서 잘 데려올 테지.

"가족들에 대한 건 일단 해결했고."

그다음?

사실 당장 정해진 건 없다.

라파엘이 다음 게이트를 감지해 내는 걸 기다리거나, 아니면 정부의 연락을 기다리거나.

언제든지 나간다는 마인드로 이곳에서 기다릴 뿐.

우우우우웅—.

그때였다.

"어허, 데이비드, 교황님 계시는데 그리 체통 없이 떨어대면 쓰겠냐?"

잠시나마 조용히 있던 라파엘의 오른팔이 거칠게 진동하기 시작했다.

—현상 관측 성공. 다음 게이트 추적 완료.

"오, 역시 데이비드. 교황님께서 궁금해하신다. 빨리 보여드리렴."

—의미 없음.

"어허, 너 그러다가 교황님이 고철장에 데려가신다?"

—정말 의미가 없음.

"라파엘, 팔 좀 이리 내 봐요."

"잠시 진정을……."

'데이비드'의 건방진 말투에 내가 발끈하려던 찰나, 나는 그 '데이비드'의 말이 어떤 의미인지 곧 깨달을 수 있었다.

현 지점에 돌발 게이트가 생성됩니다!
거대한 마기가 감지되기 시작합니다!

나는 그 메시지 창을 확인하자마자 곧바로 창문 밖을 바라보았다.

구름 한 점 없이 맑았던 하늘에 보라색의 원이 하나 생성되더니, 물감이 도화지에 번지듯 빠른 속도로 보라색 빛이 번져 가기 시작했다.

시간이 지나자 나는 곧 그 마기가 누구의 것인지도 알아차릴 수 있었다.

"음욕의 마왕."

뜨겁고도 천박한 마기.

저항력이 없는 상대로 하여금 끝없는 성욕에 사로잡히게 만드는 괴물.

내가 하늘을 바라보면서 눈살을 찌푸리고 있을 때쯤, 옆에서 함께 하늘을 보고 있던 라파엘이 한마디 던졌다.

"알아서 실험체가 와 주는군요. 고맙기도 해라. 저거 잡으면 제가 실험을 좀……."

"……하는 거 봐서요."

"최선을 다하겠습니다."

……이 사람을 정말 믿어도 될까?

어쨌든.

네가 욕망에 굴복하는 모습을 보고 싶어. 사랑스럽고 증오스러운 교황.

음욕의 마왕, 릴리스가 마침내 모습을 드러냈다.

❧

릴리스.

에덴에서 내가 직접 두 손으로 머리와 몸을 분리해 버린 마왕이었다.

어떻게 분리했냐고?

당연히 신의 힘으로 분리했지.

리멘이 준 신성력을 손에 두른 채로 단번에 뽑아 버렸다.

마왕은 다른 마족들이나 마수처럼 피를 흘려 대면서 죽는 놈들이 아니다.

마기의 정점에 서 있는 존재들인 만큼, 녀석들의 살과 피는 마기로 이루어져 있다.

대신에 녀석들은 심장과 비슷한 역할을 하는, 마기의 구심점이 되는 '영혼석'이란 걸 지니고 있다.

녀석들을 소멸시키는 방법은 바로 그 '영혼석'을 뽑아내서 박살 내는 것.

내가 릴리스의 목을 뽑아 버렸던 건 그 '영혼석'이 녀석의 목 바로 밑 부근에 박혀 있었기 때문이다.

콰우우우—.

캬아아아아악!

릴리스가 이끄는 군단은 다른 마왕의 군단에 비해 압도적인 숫자를 자랑한다.

그것을 증명이라도 하듯, 하늘에 생성된 게이트 너머로 괴성이 난무했다.

게다가 일부 마수들이 이미 게이트에 머리를 들이밀며 언제든지 넘어오려는 모습까지 보이고 있는 상황.

그 모습에 나는 비릿하게 웃으면서 한마디 던졌다.

"여전히 발정 난 것들만 데리고 다니나 보네. 항상 느끼던 건데, 너한텐 딱 그게 어울려."

여전히 혓바닥이 매력적이야. 그 혓바닥으로 나에게 음탕한 이야기를 속삭여 주면 얼마나 기분이 좋을까? 생각만 해도 온몸이 짜릿해. 자꾸 흥분되잖아.

릴리스는 허공에 둥둥 떠오른 상태로 나에게 속삭였다.

녀석의 목소리는 바람을 타고 끈적하게 내 몸을 휘감는다.

몽마의 일족 출신으로서 마왕이 된 녀석답게, 목소리 자체에 사람을 현혹하는 힘이 담겨 있었다.

성지를 중심으로 거대한 신성 결계가 생성되어 있어서 다행이지, 집단 현혹을 일으킬 정도로 강력한 마기가 담긴 목소리다.

—치명적인 에너지 파장 감지. 분석 시작.

라파엘의 '데이비드'가 기계음으로 내뱉는 것처럼 저 목소리는 이미 그 자체만으로도 무기였다.

에덴에 존재했던 어떤 제국의 기사단 역시 저 목소리에 홀려 서로 죽여 댔었더랬지.

막대한 군세와 저 말도 안 되는 권능.

그 두 가지로 인해서 대군끼리 맞붙는 전투에서는 항상 큰 피해를 입혔던 게 바로 릴리스였다.

나는 천천히 고개를 들어 릴리스를 바라보았다.

"껍데기가 바뀌었네."

한국인의 시선에서는 서양인의 느낌을 주는 외관을 자랑하던 릴리스의 모습은 어느새인가 동양인의 모습으로 바뀌어 있었다.

마왕의 화신체.

내가 예전에 한국에서 분노의 마왕의 화신체가 될 놈을 처리하기는 했는데, 저 녀석의 화신체가 아무래도 중국 쪽에서 등장했던 것 같다.

"음, 교황님, 말씀 중에 죄송합니다만, 뭐 하나 물어봐도 되겠습니까?"

"예, 하세요."

"저놈, 스트리퍼입니까? 입고 있는 꼴이 영."

라파엘이 혀를 차면서 고개를 가로저었다.

육감적인 상체를 있는 그대로 드러낸 릴리스의 모습.

옆에 승우나 시연이가 있었다면 당장 눈을 가리게 했어야 할 정도로 노골적이며 외설적이었다.

나는 라파엘의 말에 피식 웃으면서 고개를 끄덕였다.

"음욕의 마왕을 스트리퍼라고 부를 수 있는 사람은 몇 없을 것 같긴 하네요."

"아, 저게 마왕입니까? 어쩐지. 탐구욕이 끓어오르는 것만 같군요. 그럼 저는 저 친구를 탐구욕의 마왕이라고 부르겠습니다."

"……좋을 대로."

음욕의 마왕은 남성체들에게 한해서만큼은 압도적인 위력을 발휘한다.

하지만 나와 라파엘에게는 그 어떤 영향도 못 끼치는 듯 보였다.

나야 신성력 덕분에 녀석의 매혹으로부터 자유롭다고 쳐도.

"헤이, 스트리퍼, 팁을 줄 테니 나를 위해 시간을 좀 내줬으면 하는데!"

이 미친놈은 도대체 어떻게 버티고 있는 걸까?

게다가 어느새 어디에서 났는지 모를 전투용 슈트까지 풀착용한 상태.

라파엘은 자신의 슈트 곳곳에 박혀 있는 수정들을 두드린 다음, 엄지손가락을 올리면서 말했다.

"저도 그 영화 좋아했습니다, 아이언 브라더."

"아, 예."

"자, 그럼 저는 시민분들이나 마저 대피시키러 가겠습니다. 아, 그리고 1분 뒤에 도착할 겁니다. 그럼 이만."

헬멧까지 완벽하게 착용한 라파엘이 곧바로 몸을 움직였고, 우리 둘의 대화를 가만히 듣고 있던 릴리스가 한마디 던졌다.

네가 지구 출신이라 그렇게 미쳐 있던 거야? 지구의 인간들은 하나같이 제정신이 아닌 것 같아…….

"현대의 지구인은 누구나 하나씩 결핍되어 있지. 그리고…… 네 성적 매력이 많이 부족했나 봐. 노력을 좀 해라."

나는 그렇게 말하며 천천히 앞으로 걸어갔다.

당연한 거겠지만, 릴리스는 에덴에서의 그녀와 비교해 본다면 보잘것없을 정도로 약해져 있었다.

수치로 따지자면 3분의 1 수준으로 약화되었다고 해야 하나?

그럼에도 불구하고 릴리스의 표정에는 여유가 가득했다.

긴장하지 마, 교황. 오늘은 내가 돌아왔다는 것만 알려 주려고 온 거니까. 아직은 너랑 싸울 생각은 없어.

릴리스가 자신의 목을 쓰다듬으면서 미소를 지었다.

그녀의 눈에서 보라색 마기가 일렁인다.

너에게 보여 주고 싶었어. 우리들이 지구에 성공적으로 자리 잡았다는 걸, 정말로 보여 주고 싶었어.

전투 의지가 없었다는 것쯤은 처음부터 알고 있었다.

만약 녀석이 정말 나와 사생결단을 내고 싶었다면 대화할 시간 따위란 없었을 것이다.

저 게이트 너머에서 기다리고 있을 병력을 한바탕 쏟아 냈겠지.

그럼 여기서 의문 한 가지가 든다.

싸울 생각도 없는데 녀석은 어째서 이곳에 온 걸까?

이름도 없는 인간이 그러던데, 네 부하들도 지구로 꽤 많이 건너왔다면서?

이름도 없는 인간이라 한다면 지난번에 잠시 이야기를 나누었던 그 '무명'이라는 놈을 가리키는 것 같았다.

나는 계속해서 앞으로 걸어갔다.

그리고 천천히 신성력을 끌어올리며 답했다.

"네가 알 바야?"

지금으로서는 너를 죽이지는 못해. 아직 힘을 완전하게 회복하진 못했거든. 그런데 네 부하들 정도는 충분히 죽일 수 있어. 탐식 녀석도 화신체를 손에 넣었어. 지금쯤이면 아마 네 부하들을 먹어 치우고 있지 않을까?

루나에게서 광명시의 게이트를 중심으로 마기가 확산되고 있다는 보고를 전해 들었다.

이제야 이 녀석의 의도를 알아차릴 수 있었다.

"처음부터 목표는 내가 아니라 내 부하들이었다는 거네. 그 이야기를 애들이 들었으면 열 좀 받았겠는걸."

단순한 양동작전.

어차피 본인들의 전력으로는 아직까지 나를 죽일 수 없으니, 내 발을 묶고 부하들이라도 죽이겠다는 생각.

어떤 놈 대가리에서 나왔는지는 모르겠다만, 참으로 상큼한 작전이 아닐 수 없었다.

"탐식 놈이랑 릴리스 너랑, 둘 중 누가 더 강하냐?"

비슷하지?

"그렇다면 걱정할 거 없겠다."

스킬 〈파마의 사슬 Lv.Max〉를 시전합니다.

내 몸에서 뻗어 나간 신성력이 수십 갈래로 나뉘었고, 곧 그것들은 새하얀 빛의 사슬이 되어 릴리스의 전신을 속박했다.

그러나 릴리스는 묶인 상황에서도 여유로운 목소리로 지껄였다.

묶는 플레이가 취향이었어?

"얼추 비슷해."

진작에 말을 하지. 그런데 그거 알아? 어차피 나에게는 다른 화신체도 있어서, 지금 이 화신체를 죽여 봤자 나는 다른 화신

체로 부활하면 그만-.

그때였다.

하늘에서 날아든 미사일이 쉴 새 없이 속박된 릴리스의 몸에 꽂혀 들었다.

라파엘의 손에 의해 빠르게 개조된 천벌.

이름하여 천벌 2 되시겠다.

참고로 유도 기능까지 탑재한 버전이다.

콰아아아아아앙-.

하늘에서 새하얀 불꽃놀이가 시작된다.

나는 그 불꽃놀이를 바라보면서 건틀릿에 잔뜩 신성력을 불어 넣었다.

"아, 그리고 묶는 걸 좋아하는 게 아니라."

건틀릿에 잔뜩 응축되어 있던 신성력이 순식간에 성화로 전환되면서 쏘아져 나갔다.

"묶어서 패는 걸 좋아해."

⚜

중국, 상해.

어느 건물의 지하에 만들어진 거대한 공동.

"꺄아아아아아아아악!"

"쿨럭. 크흐으으으윽."

바닥에 누워 있던 수백 명의 인간들이 동시에 피를 토해내며 사망했다.

그들을 중심으로 그려져 있던 마법진이 희생자들의 피를 흡수하면서 밝게 빛났지만, 그 빛은 그리 오래가지 못했다.

우우우우웅.

마법진의 중심에 있는 두 개의 구슬.

그 구슬들은 마지막 발악이라도 하듯, 인간들의 시체에서 흘러나온 피를 게걸스럽게 빨아들였다.

하지만 그것도 잠시.

파아아아아아아악-.

구슬 두 개가 차례로 산산조각 나며 거대한 폭발을 일으켰다.

"실패로군요."

그 장면을 위에서 지켜보고 있던 미청년이 아쉽다는 듯이 말했다.

그러자 그의 옆에 있던 리치가 고개를 숙이면서 의지를 전했다.

-마왕님들의 화신체가 신성력을 버티지 못했습니다.

"게이트를 활용할 수 있다는 걸 확인한 것만으로도 큰 성과라고 볼 수 있겠군요. 그리고…… 리멘 교단에서 개발한 신무기가 의외로 위협적이네요."

무명은 미소를 지으면서 방금 전의 장면들을 떠올렸다.

리멘 교단에서 새롭게 개발한 신무기.

기존의 재래식 무기들을 신성력을 통해서 재탄생시킨 혼종.

"천벌이라고 했던가요?"

릴리스와 바알.

둘 모두 리멘 교단의 신무기에 당했다.

릴리스의 경우에는 현장에 김시우가 있었으니 그렇다고 쳐도, 바알이 당한 과정을 분석해 보면 그 무기의 위험성에 대해서 쉽게 짐작할 수 있었다.

게이트에서 몸을 드러낸 바알.

탐식의 마왕답게 주변의 빌딩조차 압도하는 크기를 자랑했던 바알이지만, 오히려 압도적인 크기가 독이 되었다.

빠르게 증원을 온 '천벌' 미사일에 의해 전신이 참혹하게 박살 났기 때문이다.

"두 병신 같은 마왕님들께서는 지금 어디에 계시죠?"

-……성소의 영혼석에서 힘을 회복 중이십니다. 신성력에 입은 타격은 마왕님들의 영혼에도 후유증을 남기기 때문에, 한 달 정도의 시간이 필요할 것 같습니다.

"하여간에 병신 같은 놈들입니다. 따라 해 보세요. 마왕들은 병신이다."

-위대한 분이시여…….

"따라 할 수 없나요?"

무명은 웃으면서 리치의 두개골을 향해 손을 뻗었다. 그러자 리치가 다급히 고개를 조아리면서 말했다.

-……마왕들은 병신이다.

"바로 그거예요."

원하는 대답을 들은 무명이 만족스럽다는 듯이 고개를 끄덕였다.

"병신 같은 것들이 화신체나 날려 먹고, 화신체를 구하는 게 얼마나 힘든 일인지 모르나 봐요. 제가 아직 그들을 찌르는 건 이르다고 몇 번이나 말을 했는데…… 겪어 봐야 아는 것만큼 미련한 짓이 또 없죠. 다른 마왕님들에 비해 음욕이랑 탐식은 너무 멍청하고 성급해요."

무명의 목소리가 어두운 동굴 속을 울렸다.

무명은 공동에 널브러져 있는 시체들을 향해 가볍게 손끝을 튕겼다.

그러자 곧 검은색의 불길이 치솟더니, 그 시체들을 남김없이 불태웠다.

"나머지 마왕분들은 사리 분간을 하실 줄 아시던데…… 이렇게 화신체를 소모하는 게 정말 아쉬워요. 그래도 뭐 그런 점이 우리 마왕님들의 매력 아니겠어요?"

그렇게 뒤처리까지 완벽하게 끝낸 무명이 등을 돌렸다.

그리고 어두컴컴한 통로를 걸으며 질문을 이어 갔다.

"백명교 놈들의 행방은 찾아봤나요."

-그들이 잃어버린 땅에서 무언가를 입수한 건 분명해 보입니다. 현재 그들은 블라디보스토크를 거점화하고 있습니다. 명령만 내려 주신다면 곧바로 병력을 파병하도록 하겠습니다.

"리멘 교단이 제가 생각했던 것보다 너무 빠르게 성장하고 있어요. 오히려 그들을 견제해야 할 것 같은데……. 그냥 내버려 두세요. 퇴물을 모시는 광신도들이 무슨 짓을 하나 궁금하거든요."

무명의 입가에 떠올라 있던 미소가 더욱 짙어진다.

"각 지부에 수확을 시작하라고 전달하세요."

-알겠습니다.

"그 달콤한 과일들을 입에 넣으면 얼마나 달콤할까, 기대를 감출 수가 없네요."

기쁨을 주체할 수 없는, 마치 즐거워 죽겠다는, 그런 목소리였다.

⁂

성지에 위치한 넓은 정원.

평상시에는 훌륭한 데이트 코스로 이용되던 이곳이, 지금은 순식간에 대피 장소로 변해 있었다.

"괜찮아요, 여러분!"

"여러분의 곁에는 우리가 있어요!"

"엄청 강한 교황님도!"

"손가락으로 제 머리를 쓰다듬으시면 마음이 한결 놓이실 거예요!"

귀여운 페어리들이 날아다니면서 사람들을 안심시킨다.

페어리들의 몸에서 흘러나오는 순수한 에너지가 불안에 떨던 사람들을 빠르게 진정시킨다.

항상 밝은 표정으로 지내는 페어리들.

녀석들이 활발하게 돌아다니니까 확실히 분위기가 잡힌다.

"성하."

내가 신전의 입구에 서서 그 장면을 바라보고 있을 때쯤, 라파르트 대주교가 나에게로 다가왔다.

"루나 레벤톤 경으로부터 소식이 들어왔습니다."

"피해 규모는요?"

"탐식의 마왕 바알이 등장했었으며, 그로 인해 각성자 피해가 심각했다고 합니다. 다행스럽게도 1기 교육생 중에서 사망자는 없습니다. 대신 중상자가 19명이며, 바알의 공격에 의해 레오 대주교의 복부가 관통당했다고 합니다."

레오의 육체는 갑옷보다도 더 단단하다.

그런 레오의 육체가 뚫렸을 정도라면, 다른 사람이었으면 그대로 먼지가 되었을 공격이었을 것이다.

"레오의 상태는 어떻답니까?"

"생명에 지장은 없습니다."

"다행이네요."

레오는 우리 교단의 선지자들 중에서 유별나게 강력한 회복력을 지닌 녀석이다.

트롤의 뺨조차 후려칠 정도의 회복력.

목숨만 붙어 있다면 어떤 경우에든지 회복을 할 수 있는 녀석이었으니, 크게 걱정할 필요는 없을 것 같다.

레오의 복부를 관통당하는 대가로 바알을 처리했다면, 그것만으로도 충분한 성과였다.

"아, 그리고 정부 측에서 비축해 둔 천벌을 전부 사용했다는 연락이 왔습니다."

"마왕을 저지한 대가치고는 싸게 먹혔네요."

"저 역시 그렇게 생각합니다, 성하."

원래의 힘을 되찾지 못한 마왕들이었지만, 그래도 명색이 마왕이다.

빠른 속도로 저지하지 못했다면 끔찍한 일이 벌어졌을 것이다.

추종자를 만들거나, 역병을 퍼뜨리는 걸 좋아하는 릴리스와 바알이라면 더더욱 그랬다.

마왕의 출현.

그리고 본격적으로 〈격의 시대〉를 시작한다는 시스템 메시지.

이 둘이 어떤 관계가 있는지는 아직까진 모르겠으나, 한 가지만큼은 확실하다.

“좋은 날 다 갔다.”

정신없이 바쁜 날들이 시작될 거라는 것.

확실히 근래에 들어 우리 시스템이 너무 잠잠하다 싶었다.

그나마 다행인 건 대전과 부산 쪽에 생성된 게이트에는 마왕들이 등장하지 않았다고 한다.

“그놈들이 게이트를 이용할 방법을 찾았다고 생각하면 되려나.”

시스템이 그들의 편을 들고 있다고 생각하진 않는다.

자세한 건 정화자의 고위 간부들을 잡아서 심문을 해 봐야 알 테지만 말이다.

나는 천천히 고개를 끄덕거린 다음, 스마트폰에 도착한 문자를 확인했다.

–부산, 대전 인근의 각성자 강제 소집. 게이트 안정화 작업 진행 중.

위급한 고비는 어떻게든 잘 넘어간 것 같기는 한데, 이 이

후가 걱정이다.

이렇게 된 이상 정부가 추진하고 있는 북진이 굉장히 느려지게 될 것이다.

원래는 내년까지 구 북한 지역 전체를 수복하는 게 목표였겠으나, 평양까지 수복하는 수준에서 그치게 될 가능성이 높았다.

"그런데 성하, 라파엘 군은……."

라파르트 대주교가 주위를 둘러보면서 라파엘을 찾았다. 나는 그런 라파르트 대주교를 향해 한숨을 푹 내쉬었다.

"저기 오네요."

"……음."

저 멀리서 이쪽을 향해 다가오고 있는 라파엘.

그의 옆에는 파란색의 비닐로 꽁꽁 감겨 있는 '무엇인가'가 허공에 둥둥 떠 있었는데, 라파엘의 표정이 그 어느 때보다 밝았다.

라파르트 대주교는 흐릿한 눈으로 그 비닐을 살펴보더니, 순식간에 표정이 굳었다.

어지간한 일로는 쉽게 무너지지 않던 라파르트 대주교의 포커페이스조차도 라파엘 앞에서는 허무하게 무너졌다.

"성하, 제가 잘못 보는 게 아니라면……."

"잘못 보시는 게 아닙니다. 보시는 그대로입니다."

"교황님! 이건 제가 자아아아알 보관을 해서 연구를 한번 해 보겠습니다. 감사합니다! 한국에 오기를 잘했다는 생각이 또 듭니다, 흐하하!"

비닐로 감겨 있는 걸 보면 대충 예상할 수 있겠지만, 저건 '릴리스의 화신체였던 것'이다.

심각한 마기로 오염되어 있는 시체.

원래라면 한 치의 고민도 없이 폐기하는 게 마땅했으나, 내 관리 감독 아래라는 조건하에 라파엘이 직접 연구를 하기로 했다.

평범한 사람이면 절대로 연구할 수 없다. 왜냐하면 시체에서 흘러나오는 마기가 끔찍한 수준이었기 때문이다.

"바알의 시체는 없습니다."

"아쉽군요. 하지만 이거면 충분합니다. 마기를 이해하고 분석하는 데에 훌륭한 단서가 되어 줄 겁니다."

생각보다 온전했던 릴리스의 시체와는 달리, 바알의 시체는 갈기갈기 찢겼다.

그것은 군에서 보유하고 있던 천벌을 한 발도 남기지 않고 무자비하게 쏴 댄 결과였다.

릴리스의 화신체는 정밀한 공격에 의해 숨이 끊겼기 때문에, 바알과 비교하면 온전한 상태로 쓰러졌다.

그리고 저 특수 비닐에 꽁꽁 감긴 채로 라파엘의 실험체가 되는 미래를 맞이하게 되었다.

마왕의 영혼은 다시 빠져나갔지만, 그래도 실험체로서의

값어치는 충분했다.

"지정된 장소에서만 연구를 진행하는 겁니다, 라파엘."

"물론입니다. 저도 일찍 죽고 싶은 생각은 없습니다."

라파엘에게 배정된 장소는 내가 신성석 광산에다가 마련해 준 연구실이었다.

사실, 나는 장소만 제공해 줬다.

채굴이 끝난 갱도를 통째로 하나 건네줬는데, 5시간 만에 그곳에 연구 시설을 완성시키더라.

그곳에서 연구를 진행한다면 마기가 확산될 걱정은 없었다.

"아, 그런데 그 정화자라는 놈들 말입니다. 게이트와 관련된 기술을 개발한 것 같은데…… 어떻게, 제가 직접 중국에 다녀올까요? 몇 명 잡아 오면 캐낼 수도 있을 것 같습니다만."

"라파엘이 중국에 발을 내딛는 순간 뭐가 터지는 줄 알아요?"

"음, 글쎄요?"

"3차 세계대전입니다. 아시겠어요?"

나라고는 중국 가기 싫은 줄 아나.

마음 같아서는 지금 당장 중국에 쳐들어가서 정화자 놈들을 뿌리 뽑고 싶은 심정이다.

마왕의 화신체들을 키워 낸다는 거, 그건 다르게 말하자면 셀 수 없이 많은 피를 갈아 넣는다는 뜻이다.

에덴이었다면 당장 병력을 이끌고 쳐들어갔겠다만…… 이곳이 에덴이 아니라는 게 아쉬운 건 또 처음이다.

"상황을 좀 두고 봅시다."

"알겠습니다. 그래도 크게 걱정하지는 마십시오, 교황님."

라파엘은 오른팔을 들어 올리면서 미소를 지었다.

"데이비드가 이번 게이트에서 특이한 파장을 감지해 냈습니다. 그것을 분석하면 아마 뭔가 방법이 있을 것 같기도 합니다. 그럼 저는 이만!"

그렇게 라파엘은 가벼운 발걸음으로 신전의 뒤쪽을 향해 걸어갔다.

미친놈이라서 그런가 어디로 튈지 당최 모르겠단 말이지.

하여간에 정부랑 이야기를 하든, 아니면 미국 쪽이랑 이야기를 하든.

정화자와 관련된 대책을 세우긴 해야 할 것 같다.

나는 천천히 고개를 끄덕이면서 신전 안으로 들어섰다.

⁂

루나와 레오를 비롯하여 광명시 게이트에 파견되었던 인

원들은 게이트가 소멸된 지 2시간이 지나고 나서야 신전으로 복귀했다.

중상을 입은 1기 교육생들은 모두 인근에 위치한 대학병원으로 이송되었고, 그들을 치료하기 위하여 승우와 라파르트 대주교가 직접 움직였다.

레오와 루나에게 치료 임무까지 맡기기에는 그 둘의 상태가 썩 좋지 않았기 때문이다.

"성하, 저 진짜 죽을 뻔했는데, 어떻게 보너스는 안 주시나요? 사랑스러운 부하가 이렇게 다쳐서 왔는데…… 위로의 뽀뽀 정도는 해 줄 수 있잖아요."

"그 입을 다치고 왔으면 더 좋았을 것 같긴 해."

"그랬으면 입술에 뽀뽀를 해 주셨을 건가요?"

"입술에다가 붕대를 감아 뒀겠지."

루나는 평소처럼 나에게 농담을 던졌지만, 나는 루나의 상태가 좋지 않다는 것을 한눈에 알아차릴 수 있었다.

"탐식 그 새끼, 여전히 지독하더라구요. 애들 지키느라고 고생했다니까요? 성하는 약한 사람의 마음을 진짜 몰라. 성하는 마왕쯤이야 거뜬하겠지만, 저랑 레오는 아니라구요."

"엄살 좀 부리지 마……라고 하기에는 좀 아파 보이기는 해."

나는 루나의 어깨 부근에 남아 있는 상처를 바라보면서 고개를 끄덕였다.

루나가 갑옷을 벗자마자 드러난 어깨 위의 상처.

짐승한테 물어뜯긴 듯, 이빨 자국이 그대로 남아 있었다. 게다가 환부 주위가 검게 변색되어 있는 상태였다.

바알과 직접 맞섰다는 게 티가 난다.

바알, 그 새끼는 온몸에 셀 수도 없이 많은 입을 지니고 있는 흉측한 녀석이다.

그 이빨에 물리면 곧바로 마기 잠식이 시작된다.

루나나 되니까 마기의 증식을 막아 냈던 거지, 다른 각성자였다면 순식간에 마기에 중독되어 사망했을 것이다.

나는 냉장고에 넣어 두었던 성수를 꺼내서 그 환부에 부었다.

그러자 루나가 호들갑을 떨어 댄다.

"꺄아아아악. 아파요, 진짜."

"너희 다쳤다는 이야기 듣고 내가 직접 축성한 성수거든. 엄살 떨지 마."

"아니, 성수에 도대체 뭘 넣어 둔 거예요?"

"혹시 몰라서 소독제도 넣어 뒀지. 병균 감염은 항상 조심해야 해."

그래도 효과는 굉장히 좋았다.

루나의 어깨 부근에 잔존해 있던 마기가 순식간에 사라졌다.

"다음은 레오."

루나의 응급처치를 대충 끝내고 곧바로 레오를 바라보았다.

그러자 레오가 살짝 뒤로 물러서면서 말했다.

"걱정해 주셔서 정말 감사합니다만은, 이미 상처를 회복했습니다. 제 몸은 제가 직접 관리를……."

"내가 갈까? 아니면 네가 올래?"

"……제가 가겠습니다."

레오가 천천히 내 앞으로 다가왔다.

레오의 몸 상태는 딱 봐도 루나보다 심각했다. 레오는 어느 순간에도 검은색 사제복을 입고 다녔는데, 지금은 정장을 입고 있었다.

나는 곧바로 레오의 와이셔츠를 풀어 헤쳤다.

그리고 잠시 후.

"너 왜 입원 안 했냐?"

짜증을 낼 수밖에 없었다.

딱 봐도 큼지막한 상처였다.

루나의 어깨에 남아 있던 상처와 비교한다면 루나의 상처가 아무것도 아닌 수준.

복부에 구멍이 뚫렸었다더니, 그게 과장이 아니었던 모양이다.

"정말 괜찮습니다, 성하."

"장기까지 손상되었을 상처인데, 이거 맞냐?"

"보시다시피 상처 부위는 수복했……."

"어휴."

에덴에서야 치료할 겨를도 없었으니까 그렇게 터프하게 다녔던 거지, 솔직히 이런 상처를 입고도 병원을 안 가는 건 무식한 방법이지 싶다.

나는 한숨을 푹 내쉬었다. 그리고 붕대 위에다가 성수를 들이부으면서 말했다.

"다음부터는 병원 가라."

"……크으으."

"재생은 재생인데, 고통은 별개의 문제잖아. 아무리 고통을 잘 견딘다고 하더라도 왜 굳이 고통을 방치해? 진통제라도 먹든가. 진통제도 안 먹었지?"

고통을 줄일 수 있는 수단이 있는데도 몸으로 버티는 꼴이 참 안쓰럽다.

그래도 내 수족이나 마찬가지인 사람들인데, 어디 가서 쥐어 터지고 온 걸 두 눈으로 보니 속이 터진다.

"성수 한 병으로 안 되겠다. 루나야, 냉장고에서 한 병 더 꺼내 와라."

"네에!"

루나가 빠르게 가져다준 성수를 곧바로 레오의 환부에다가 부었고, 레오의 입에서 다시 한번 비명이 튀어나왔다.

"크윽."

"내가 진짜 속이 터져서 살 수가 없어, 어! 칠칠맞게 배나 뚫리고 다니고, 나 너 그렇게 안 키웠다?"

"애들 살리려고 그랬던 거예요, 성하. 너무 뭐라고 하지 마세요. 이단심문관 출신들이 뭐 몸으로 때우는 것 말고는 할 줄 알겠어요?"

루나의 깐족거림이 이어지면서 레오의 응급처치도 대강 마무리되었다.

"앉아. 할 얘기가 있어."

"네."

"예."

나는 그 둘을 자리에 앉혔다. 그리고 곧바로 집무실의 벽에 걸려 있던 TV를 켰다.

"일단 뉴스를 보면서 이야기하자."

그러자 곧 내가 방금 전까지 보고 있던 뉴스가 흘러나오기 시작했다.

["전 세계적인 혼란이 들이닥친 가운데, 현지 소식원에 따르면 현재 중국 각지에서 동시다발적인 테러가 일어나고 있다고 합니다. 전문가들은 현재 중국이 내전에 휩싸일 가능성이 높다고 말하고 있으며, 이에 대한 시급한 대책이 필요하다고……."]

길게 이어지는 뉴스.

상하이, 북경 등등.
중국의 주요 도시에서 동시다발적으로 일어난 테러들.
나는 그 뉴스를 보면서 레오와 루나에게 말했다.
"중국이 여러 개가 될 것 같다."
반가우면서도 반갑지 않은, 그런 소식이었다.

대혼란의 시대

상황이 상황이니만큼, 게이트가 출현했던 다음 날 긴급 회의가 곧바로 열렸다.

참석자는 이능관리부의 유선호 장관, 나, 도깨비 길드의 최 대표, 강채아 헌터, 그리고 라파엘.

유선호 장관이 따로 마련한 자리였다.

"바쁘신 와중에 따로 모시게 되어 죄송한 마음입니다."

"은퇴를 앞두시고 이런 일이 벌어지게 되어 유감입니다, 장관님."

"은퇴는…… 사실상 무기한 연기되었습니다."

"저런. 우리 교단에서 스카우트할 만반의 준비를 끝내 뒀는데요."

"아쉽게 되었습니다. 하지만 어쩔 수가 없군요."

나와 유선호 장관은 서로 간단하게 인사를 주고받았다.

잃어버린 땅을 개척하기 시작한 이후로 줄곧 밝았던 유선호 장관의 얼굴에서는 벌써 피로감이 엿보이고 있었다.

그는 나이를 정확하게 예측할 수 없을 정도로 박력이 넘쳤던 노인이었지만, 지금과 같은 상황에서는 별수 없는 것 같다.

유선호 장관의 주름이 유독 눈에 들어오는 건 내 기분 탓은 아닐 것이다.

"어제 생성되었던 게이트들은 모두 소멸된 상태입니다. 그런데도 여러분을 모신 이유는 바로 이것 때문입니다."

유선호 장관이 손에 들고 있던 리모컨을 누르자, 곧바로 화면에 지도가 생성되었다.

정확히는 동북아시아에 한정된 지도.

한반도에 옆에 있는 거대한 땅덩이가 알록달록하게 물들어 있었다.

색깔은 못해도 9개.

"중국의 각지에서 테러를 일으키고 있는 조직들을 색깔별로 구분해 봤습니다. 중국에 있는 정보원들의 숫자가 적은 편이라, 미국과 공조하고 있습니다."

저 다양한 색깔 모두가 다른 세력이란 말이지?

나는 손가락으로 볼을 긁었다.

회의에 참석한 인원들은 일제히 그 지도를 살피면서 각자 다양한 반응을 보여 주었다.

특히 최 대표.

최 대표는 물을 시원하게 들이켠 다음, 나를 바라보면서 입꼬리를 올렸다.

"우리 교황님께서 원하신 대로 된 것 같습니다?"

"예?"

"아니, 왜 예전에, 중국이 많아졌으면 좋겠다! 그리 말씀하셨잖습니까. 어째 딱 그렇게 된 것 같아서 소름이 끼칩니다. 혹시 뭐 관여하신 건 아닙니까?"

"그럴 리가요. 저쪽엔 아직 우리 인프라도 없어요."

예전에 라파르트 대주교에 의해 개종된 형제 하나가 넘어가기는 했지만, 내전을 일으킬 수 있을 정도의 기반까진 만들지 못했다고 들었다.

그리고 그런 기반을 만들었다고 해서 우리 쪽에서 먼저 움직일 생각도 없었다.

포교를 위해 나라를 무너뜨린다?

다른 사람들이 잘도 받아 주겠다.

그냥 그건 전범이다. 나는 우리 교단이 전범이 되는 걸 용납할 생각도 없고 말이다.

나는 어깨를 으쓱거린 다음, 유선호 장관을 향해 질문을 던졌다.

"중국 측의 공식 입장은 따로 없습니까?"

"현재 베이징에 위치한 각종 정부 기관들도 큰 피해를 입은 상태로, 그쪽에서 공식 성명조차 발표하지 못하고 있습니다."

"흠."

"이건 기밀 사항이니, 밖에서 말씀하시면 안 됩니다."

큰 게 오는 것 같다.

유선호 장관이 기밀이라고 말하면 보통 진짜 심각한 사안이다.

유선호 장관의 말에 회의실 내부가 쥐 죽은 듯이 고요해졌고, 노인은 나지막한 목소리로 이야기를 꺼냈다.

"중국의 1호가 사망한 것으로 확인되었습니다."

"……개판 났네, 진짜. 정보 출처는요?"

"중국 정부 내부에서 흘러나온 정보입니다. 1호가 사망한 것을 확인한 일부 관료가 미국에 망명 신청을 했습니다. 정보값이지요."

국가의 원수가 사망하면서 각지에서 무장 단체들이 들고 일어나고 있는 상황.

개인적으로 중국이 많아졌으면 좋겠다는 생각은 했지만, 이런 식의 전개는 생각지도 못했다.

전개가 너무 자연스러웠다.

마치 미리 각본이라도 짠 것처럼 신속하고 일사불란한 움직임이었다.

이런 경우 100% 각본가가 존재한다.

그리고 그 각본가가 누군지를 짐작하는 건, 나에게 있어서 그리 어려운 일이 아니었다.

"정화자."

중국에서 저런 일을 저지를 녀석들이라면 그놈들뿐이었으니까.

내 말에 유선호 장관은 표정을 살짝 찡그리면서 고개를 끄덕였다.

"저희 역시 그렇게 예측하고 있습니다. 다만, 한 가지 의문인 점이 있습니다."

"의문이라고 하신다면."

"이 정도 스케일의 사건을 일으킬 정도라면, 그들은 아마 중국 정부를 쥐락펴락할 수 있는 힘이 있었을 겁니다. 그런데 지금 그들은 그 권력을 스스로 포기한 셈입니다. 권력의 속성을 생각해 봤을 때, 쉽게 이해가 가지 않는군요."

유선호 장관은 그렇게 말하며 물을 한 모금 목으로 넘겼다.

평생 정치인으로 살아왔다고 했던가?

그런 사람이 보기에는 확실히 정화자 놈들의 이번 행보가 이해가 가지 않을 것이다.

하지만 나는 녀석들의 의도가 뭔지 충분히 이해가 간다.

녀석들이 원하는 건 한 나라를 자신의 손아귀에 넣고 권력을 휘두르는, 그따위 시시한 짓이 아니다.

“녀석들이 원하는 건 딱 하나뿐입니다, 장관님.”

권력, 재물욕 등.

인간이라면 당연히 가지고 있는 탐욕.

마기는 기본적으로 그 탐욕을 먹고 자라난다. 하지만 그건 어디까지나 하수인들의 경우일 뿐.

고위 마족, 더 나아가 마왕급에 도달한 녀석들이라면 이미 탐욕에 사로잡히는 단계를 벗어나게 된다.

에덴에서 마왕들이 궁극적으로 추구했던 가치는 딱 하나.

“녀석들이 원하는 건 그저 혼돈입니다.”

혼돈이었다.

온갖 탐욕끼리 뒤섞이며, 그들이 보기에 흡족한 세상.

에덴에서 마왕들이 원했던 가치는 오직 혼돈뿐이었다. 그리고 그런 마왕들과 동등한 계약을 맺었다는 그 무명이라는 놈 역시 그들과 목적을 같이할 가능성이 높았다.

그런 관점에서 보았을 때 지금 일어나는 일들? 충분히 이해가 가능하다.

아니, 더할 나위 없이 그 목적에 부합한다.

〈격의 시대〉라는, 아직까지 제대로 파악되지 않은 과제가 주어진 상황.

이런 상황에서 중국이라는 나라가 분열되게 된다면, 그야말로 아비규환을 보게 될 수밖에 없었다.

“세상을 잡아먹을 혼돈. 그들을 인간의 관점에서 이해하려 들면 안 됩니다. 미친놈들이니까요."

내 말을 들은 유선호 장관이 한참 동안 말없이 창문 밖을 바라보았다.

그렇게 회의실에 얼마나 정적이 흘렀을까?

생각을 정리한 듯한 유선호 장관이 씁쓸한 표정으로 미소를 지었다.

"……그렇군요. 예측하려 드는 것부터가 틀렸던 거군요. 이해했습니다. 감사합니다, 김시우 교황님."

"별말씀을."

"만반의 준비를 해 두겠습니다. 대륙에서 번진 화마가 한반도까지 휩쓸지 않도록 해야겠습니다. 안보리가 소집되었는데, 김시우 교황님도 함께 가시겠습니까? 대한민국 유일의 이레귤러이시니 참석 자격이 충분합니다."

"꼭 참가해야 합니까?"

"그렇지 않습니다."

"대통령님이랑 여러 전문가분들께서 알아서 잘하리라 믿습니다. 저희 교단 식구들이 많이 다쳐서, 자리를 비우기가 좀 그러네요."

물론 핑계다.

내가 그 자리에 있으면 이래저래 방해가 될 것 같거든.

나는 슬며시 미소를 지었고, 내 뜻을 이해한 유선호 장관이 따라서 웃었다.

그렇게 회의가 어느 정도 정리되고 있을 때쯤.

"아아, 잘 잤다."

내 옆에서 졸고 있던 라파엘이 눈을 떴다.

"다 끝났습니까? 제가 밤새도록 연구를 해서 그런가, 좀 피곤했네요. 그런데 교황님, 중국에 무슨 일이 벌어졌답니까?"

진짜 피곤한 캐릭터네.

그 질문에 대신 답을 해 준 건 최 대표였다.

"중국이 터졌답니다."

그러자 라파엘이 귀를 파면서 말했다.

"미국이 터트리려고 하니까 자기들이 스스로 먼저 터진 겁니까? 거참, 성질머리 한번 화끈하네. 대륙의 기상이 대단합니다그려."

그야말로 뒤 없는 발언.

라파엘의 성격이 있는 그대로 드러나는 발언에, 유선호 장관은 나를 바라보면서 말했다.

"교황님 주변에 계시는 분들은 하나같이 특이하신 것 같습니다."

"……그냥 미친놈들이라고 하셔도 좋습니다."

"허허, 그런 결례를 범할 수야 있나요."

결례라면 일단 회의 도중에 졸고 있던 저놈이 먼저 저지른 것 같습니다만.

"정보 라인을 총가동 중이니 추가적인 정보가 들어오는 대로 김 실장을 통해 전달하도록 하겠습니다."

"예, 도움이 필요하시다면 언제든지 연락해 주세요."

"이런 혼란한 시기에 김시우 교황님이 계셔서 더없이 든든합니다. 항상 죄송하고 감사할 따름입니다. 대통령께서도 안부를 전해 달라 하셨습니다."

"조만간 한번 뵈러 간다고 전해 주세요."

"대통령께서 혹시 교황님께 빚을……."

"아니, 그런 게 아니라 그냥 안부차요. 지난번에 떡볶이도 얻어먹었고 해서요. 누가 들으면 제가 사채업자인 줄 알겠습니다."

"농입니다, 농."

그렇게 유선호 장관과의 긴급회의가 마무리되었다.

❧

회의가 끝나고 신전의 집무실로 돌아왔다.

"승우 오빠, 나도 이제 오빠랑 같이 사람들 도와주러 다닐 거야!"

"성하께서 허락해 주신 거야?"

"응! 내가 발표도 했어."

"대단하네, 우리 시연이."

"헤헤. 그치? 내가 좀 대단해!"

집무실에서는 두 어린아이가 베스와 백설이를 데리고 노는 중이었다.

당연히 한 명은 승우, 다른 한 명은 시연이었다.

승우가 '우리 시연이'라고 하니까 뭔가 기분이 요상하다. 아무리 승우가 우리 교단에서 이쁨을 받는다지만, 승우를 보고 있는 시연이의 눈빛이 반짝이는 걸 보고 있자니…… 뭔가 속이 쓰리다.

시연이가 신전에 있는 이유는 단순했다.

현재 대한민국이 어떤 상황에 놓여 있는지 명확하게 파악하기 전까지는 당분간 신전에서 지내기로 했기 때문이다.

"승우야."

나는 의자에 앉은 채로 넌지시 승우의 이름을 불렀고, 그러자 시연이와 놀아 주고 있던 승우가 재빠르게 내 앞으로 달려왔다.

"부르셨어요?"

"오늘 수업은 다 했어?"

"아침에 다른 형제자매님들 입원한 병원을 다녀와서요. 수업은 따로 없다고 하셨어요."

"음, 그렇구나. 저녁은 먹었고?"

"2시간 전에 점심을 먹어서요. 아직 저녁은……."

"그 나이대는 많이 먹어야 돼. 가서 저녁 먹고 와."

시연이랑 즐겁게 노는 모습을 보고 있으니 뭔가 괜히 심통

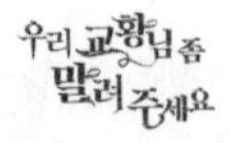

이 난다.

그러나 여기에서 내가 예측하지 못한 변수가 개입했다.

“아! 승우 오빠, 나랑 같이 떡볶이 먹으러 가자!”

“그럴까?”

“루나 언니도 데리고 가면 되겠다. 아까 떡볶이 먹자고 했었거든.”

“좋아.”

……이건 내가 원하던 그림이 아니었는데.

나는 최대한 미소를 유지한 채로 시연이에게 말했다.

“시연아, 오빠한테는 왜 안 물어봐?”

“오빠는 바쁘잖아. 아직 퇴근 시간도 아니구, 그러니까 내가 승우 오빠랑 루나 언니 데리고 갔다 올게.”

“루나도 일…… 아, 내가 오늘 휴가 줬지.”

레오와 루나에게 따로 휴가를 부여했다. 그 둘이 티를 안 내긴 했어도, 이번에 입은 부상의 여파가 없진 않았기 때문이다.

그게 이렇게 돌아올 줄은 몰랐네.

“그럼 다녀오겠습니다!”

“오빠도…… 떡볶이 좋아하는데.”

“그럼 올 때 내가 포장해 올게! 승우 오빠, 가자!”

“성하, 잠시 외출 다녀오겠습니다.”

“……그래.”

내가 원하는 대답은 '오빠도 같이 가자'였거늘.

떡볶이 먹을 시간 정도는 아직 있는데…….

밝은 표정으로 승우의 손을 잡고 나가는 시연이를 보고 있자니 괜스레 서럽다.

그렇게 시연이와 승우가 밖으로 나갔고, 얼마 안 가서 인욱이가 집무실 안으로 들어왔다.

인욱이는 내 얼굴을 보자마자 물었다.

"뭔 일 있어? 표정이 왜 그래?"

"딸 기르는 심정이 이런 건가 싶어서."

"확실히 시연이가 딸같이 느껴지긴 해. 형, 승우랑 시연이 같이 있다고 심통 났구나? 그런 거 보면 은근히 보수적이야. 승우가 얼마나 착한데? 틈틈이 우리 집 와서 인사도 하고 가고, 엄청 착해. 저번에는 나 피곤해 보인다고 신성력도 써 주고 가더라."

"이런 팍스."

"뭐?"

"그런 게 있다. 어쩐 일이냐?"

인욱이는 자연스럽게 내 앞에 있던 콜라를 가져가서 한 모금 들이켰다. 그리고 입을 닦으면서 답했다.

"페어리들이랑 놀고 있었는데, 페어리들이 형 좀 데려와 달라고 하더라. 줄 선물이 있다나."

"인욱아."

"어?"

"힘내자."

"갑자기 무슨 소리야?"

불쌍한 우리 인욱이.

같이 놀 사람이 없어서 페어리들이랑 놀다가, 페어리들의 심부름까지 하는 신세라니.

갑자기 인욱이가 안쓰러워 보였다.

"그런데 갑자기 무슨 선물이래?"

"몰라. 형이 가서 확인해 봐."

"선물 좋지."

안 그래도 분위기가 어두컴컴하던 차에 잘되었다. 페어리들이랑 이야기하면서 기분이라도 전환해 봐야지.

그나저나 갑자기 선물이라.

……뭐가 이렇게 불안하지?

기분 탓인가?

⚜

페어리들이 거주하고 있는 신목.

페어리들은 보통 나무의 가지에다가 집을 걸어 두는 형식으로 거주지를 만드는데, 내가 신목에다 거주지를 만들 수 있도록 허가를 내 줬었다.

겸사겸사 페어리들이 신목을 관리해 주길 바랐기 때문이다.

녀석들은 최고의 정원사기도 하니까.

"교황 왔다!"

"얘들아! 다 모여 봐!"

"교화아아아앙! 저번에 싸우는 거 엄청 잘 봤어. 사악한 악당도 순식간에 해치우던데?"

"최고야!"

"최고야!"

신목에 도착하자마자 페어리들의 무수한 따봉 세례가 쏟아져 내렸다.

나를 향해 엄지손가락을 일제히 치켜세우는 페어리들.

열렬한 환대에 얼굴이 뜨거워질 지경이었다.

"교황!"

페어리들의 대표라고 할 수 있는 레아.

지난번에 함흥에서 나와 처음 만났던 그 페어리였다.

레아는 이번에도 페어리들을 대표하듯 팔락거리면서 내 앞으로 날아들었다.

"우리를 이곳으로 데려와 줘서 정말 고마워. 이곳은 환상적이면서도 최고야! 감사 인사가 너무 늦었지?"

누가 만들어 줬는지는 모르겠다만, 페어리들은 각자 개성이 넘치는 현대복을 입고 있었다.

누구는 청바지, 누구는 슬렉스 등등.

페어리들을 위해서 직접 제작해 준 듯한 옷들.

우리 교단 미튜브에서 주가를 높이고 있다는 이야기는 들었는데, 아무래도 페어리들을 좋아하는 팬들이 선물로 준 듯 보였다.

나는 레아를 향해 웃으면서 손을 흔들었다.

"감사 인사가 뭐 필요 있겠어? 이번에 너희한테 신세도 졌는데, 인사 같은 건 괜찮아."

성지 위에 릴리스가 등장했을 때, 당황한 시민들을 페어리들이 잘 안심시켜 주었다.

페어리들만 사용할 수 있는 마법을 이용해서 시민들의 안전을 지켜 주었고, 또 귀여움으로 상황을 최대한 진정시키려 했던 모습이 아직도 기억에 남는다.

이제 페어리들은 명실상부한 우리 교단의 식구.

"식구끼리는 감사 인사 주고받는 거 아니야. 당연한 거지."

내 말에 레아가 고개를 가로저으면서 대답했다.

"당연하게 받아들이는 게 나쁜 거야. 감사할 일을 했으면 감사 인사를 받고, 욕을 먹을 일을 했으면 욕을 먹고. 그런 게 자연의 섭리지!"

"자연의 섭리까지야……."

"아무튼! 우리가 오늘 그동안 신세 진 것도 감사하고, 앞으로 신세 질 것도 미리 감사하자는 마음으로 선물을 하나 준비했어."

보통 선물이라면 받기 전에 가슴이 설레야 정상이다.

하지만 근래에 자꾸 귀찮은 일들이 벌어져서 그런가, 선물이라는 단어에 괜히 불안감만 늘어난다.

"얘들아!"

"응!"

"보여 주자!"

순간, 마구잡이로 흩어져 있던 페어리들이 한곳으로 모여들었다.

그리고 녀석들은 일제히 눈을 감으며 서로의 손을 맞잡았다.

하늘에 페어리들이 만들어 낸 한 개의 원이 그려진다.

원을 만든 페어리들은 곧장 마력을 끌어올리면서 회전을 시작했고, 녀석들에게서 흘러나온 마력이 작은 기둥을 만들어 냈다.

기둥의 높이는 그리 높지는 않았다. 기껏해야 내 머리맡에 이르는 정도.

그러나 잠시 후, 그 빛기둥 중심에서 무언가 생성되기 시작했다.

"우리가 교황한테 무엇으로 보답해야 하나 엄청 고민 많이 했는데, 저번에 그 사악한 놈이 하늘에 나타나자마자 딱 그런 생각이 들더라?"

곧바로 이어지는 레아의 설명.

나는 아무 말 없이 레아의 설명을 귀에 담았다.

"아, 우리가 이곳을 지키기 위해서 뭐라도 해야겠구나 하는 생각. 함홍이라고 했던 그곳에서 잡혀 있을 때는 우리가 막 차원을 넘어온 직후라서 마력도 많이 못 모으고, 몸도 안 좋았었단 말야. 그래서 여유가 없었는데, 이제는 여유가 생겼어!"

레아는 속사포처럼 말을 쏟아 냈다.

"그래서 교황한테 선물을 줄까 해. 우리가 지구로 넘어온 이후로 처음 소환하는 친구들인데, 큰 도움이 될 거야."

"소환?"

"응! 페어리의 소중한 친구."

파아아아앗-.

그 말과 함께 빛기둥에 뭉쳐 있던 마력이 빠르게 주변으로 퍼졌다. 그러자 빛기둥 안의 희미한 형체가 눈 깜짝할 사이에 뚜렷해졌다.

"나무 정령이라고 해. 우리를 도와 자연을 가꾸는 친구들이야."

빛기둥 안에서 '나무 정령'들이 걸어 나왔다.

말이 나무 '정령'이지, 겉으로 보면 그냥 인형이다. 그것도 아주 귀여운 인형.

눈, 코, 입이 조그마하게 붙어 있었고, 그 이목구비는 페어리들의 것을 그대로 빼다 박았다.

페어리들과의 차이라고 한다면 이 녀석들의 몸은 딱 봐도 나무로 되어 있다는 것 정도.

누가 보더라도 나무로 된 몸체였다.

몇몇 놈들은 머리카락이 있을 자리를 이끼가 대체하고 있었으며, 어떤 놈은 거들먹거리면서 기어 나왔다.

숫자는 총 22개.

페어리들의 숫자와 동일했다.

"페어리의 동반자기도 해. 페어리들은 탄생과 동시에 나무 정령과 영혼을 결속하거든."

"……그래?"

"응! 우리가 자연을 가꾸는 걸 도와주는 친구들이야. 전투 능력도 있어!"

"이 조그만 애들이?"

"평소에만 조그마하지, 싸울 땐 아니야. 잘 봐."

레아는 마력이 담긴 목소리로 주문 비스무리한 것을 외웠다.

그러자.

우드드드득.

가장 앞에 서 있던 나무 정령의 몸이 거대해진다.

눈 깜짝할 사이에 단독주택 크기로 성장해 버리는 나무

정령.

몸집만 커진 게 아니라, 그 곁에서 느껴지는 마력도 꽤 강렬해졌다.

"우리 페어리들이 마법 말고는 방어 수단이 없는 대신, 나무 정령들이 물리적인 건 대부분 해결해 줘."

"든든하겠네."

"아, 그리고 그것도 있다. 우리가 요새 보니까 이 아름다운 정원에 쓰레기를 버리고 가는 사람들이 꽤 있었어."

부끄러운 일이다.

성지에다가 쓰레기를 버리고 가면 안 좋은 일이 생길 수도 있다는 걸 공지했는데도 그런 사람들이 있다니?

대머리가 되거나 성 기능이 사라지거나 하는 등등, 엄청난 불행이 닥칠 수도 있다고 몇 번이나 말했는데 말이다.

"나무 정령들이 이제부터 성지 주위를 돌아다니면서 바닥에 버려진 쓰레기들을 청소해 줄 거야."

"진서준 씨랑 성지관리팀이 굉장히 좋아하겠다."

일종의 로봇 청소기, 뭐 그런 건가?

친환경적인 로봇 청소기 같다.

보디가드 기능에 자동 청소 기능까지 탑재한 나무 정령들이라.

굉장히 훌륭한 선물이었다.

딱 봐도 힘이 좋아 보였고, 그 물리적인 힘이 페어리들의 마법 능력과 결합하면 상대하기 까다롭겠다 싶었다.

아, 물론 나 말고 다른 각성자들의 기준에서.

“힘을 이 정도까지 회복했는데, 너희도 너희만의 숲을 만들고 싶지 않아?”

그 어떤 험지도 개척할 수 있는 것처럼 보여서 슬쩍 물어봤다.

따지고 보면 이 친구들은 우리 집에 셋방살이를 하고 있는 셈이니까.

그러나 레아와 페어리들로부터 즉각적으로 대답이 돌아왔다.

“우리가 왜?”

“이곳이 제일 마음에 드는데!”

“편한 게 최고야.”

“다른 곳 가기 싫어.”

“설마 우리를 쫓아내고 싶은 거야, 교황? 우리가 더 열심히 할게! 미안해!”

“미안해!”

눈물까지 글썽거리는 몇몇 페어리들.

“어머, 저기 봐.”

“김시우가 귀여운 요정들을 혼내고 있나 본데?”

“역시, 보기보다 무서운 사람이었어.”

주위를 지나다니고 있던 사람들이 웅성거리는 소리가 들

려온다. 졸지에 악당이 되어 버린 기분이었다.

나는 양손을 내저으면서 다급한 목소리로 말했다.

"아니, 그런 거 진짜 아니야. 나는 너희가 성지를 떠나면 어떻게 해야 하나 걱정했던 거야."

그러자 레아가 대표로 대답했다.

"우리 여기에서 계속 눌러살 건데! 인간들이 맛있는 것도 알아서 가져다주고, 재밌는 일도 계속 일어나고. 이곳만큼 즐거운 곳이 어디 있겠어? 그러니까 걱정하지 마! 시킬 일 있으면 언제든지 시키고. 밥값 꼭 할게!"

하여간에 이 페어리들, 루나보다 말이 훨씬 더 많다니까?

그래도 이곳이 마음에 든다니 다행이다.

앞으로도 계속 부려 먹…… 아니, 협조해 나갈 수 있을 것 같다.

"흐음."

선물이라는 나무 정령이 멀쩡한 걸 보면 아까 전부터 느껴지던 불안감의 원인은 이쪽이 아니었던 것 같은데, 그렇다면 도대체 뭐가 문제였을까?

뭔가 놓치고 있는 게 있는 것 같단 말이지.

내가 곰곰이 생각을 정리하고 있을 때쯤이었다.

"성하."

휴식을 취하고 있어야 할 레오가 수선이 끝난 사제복을 입은 채로 나에게 다가왔고, 곧바로 페어리들이 레오의 몸 위에 올라탔다.

레오는 그런 페어리들을 조심스레 밀어 내면서 말했다.

"부산에 파견한 이은택 씨로부터 연락이 왔습니다."

"그래?"

"이은택 씨는 부산에서 리멘 교단의 이름을 사칭하는 집단을 확인하였으며, 지금까지 파악한 정보에 대한 보고서를 작성하여 전송했습니다."

레오가 태블릿 PC를 건네주었다.

태블릿 PC에는 이은택 씨가 직접 작성한 듯한 문서가 열려 있었다.

"이은택 씨가 확실히 정보 조사 능력은 있네. 그런데 너, 휴가잖아."

"사안이 사안인지라, 도저히 쉬고 있을 수는 없었습니다."

"한번 보자."

천천히 보고서를 확인했다.

그리고 3분 뒤.

"이것 때문이었구나."

나는 아까 전부터 느껴지던 불안감의 원인을 찾아낼 수 있었다.

[……이와 같은 증거들에 의거하여, 해당 조직을 명백한 이단으로 규정할 것을 요청함. 교단의 명예를 심각하게 실추하고 있으니 조속한 조

치가 요망됨.]

"레오야."

"예, 성하."

"부산행이다. 짐 싸자."

"예, 성하."

한시도 나를 가만히 두지 않는구나.

이 썩을 놈들.

⁂

-레오 대주교님 : 교황 성하께서 직접 내려가십니다.(2시간 전)

'교황님께서 직접…….'

이은택은 스마트폰을 확인한 다음, 크게 숨을 들이쉬었다.

그가 교단으로부터 처음 부여받은 영광스러운 임무.

부산에 등장한 리멘 교단 조직을 직접 확인할 것.

크게 어려운 임무가 아니었다.

10년 전쯤, 외국에서 첩보 활동을 했을 때를 떠올린다면 이 정도쯤은 별거 아닌 문제였다.

민간인들로 주로 구성된 조직에 잠입하는 건 그에게 있어서 너무 간단한 일이었기 때문이다.

그가 이곳에 와서 확인한 것들만 해도 너무 전형적인 사이비들의 수법이었다.

소속감을 느끼게 하고, 직분을 부여하면서 성취감을 채워주는 형식의 수법.

이은택이 이곳에 와서 다소 놀란 것은 의외로 젊은 층이 많다는 점이었다.

"형제님?"

"곧 나갑니다."

이은택은 들고 있던 스마트폰을 움켜쥐어 가루로 만든 다음, 곧바로 변기에 털어 넣었다.

그리고 물을 내렸다.

화장실의 문을 열고 나가자 곧 밝은 표정의 젊은 청년이 그를 반겨 주었다.

"화장실에서 오래 계시길래 걱정을 많이 했습니다."

"제가 장이 좀 안 좋습니다. 죄송합니다."

"아닙니다. 리멘님의 은혜가 당신에게 닿는다면, 그 장도 충분히 치유가 될 거라 생각합니다."

거리낌 없이 리멘의 이름을 파는 청년.

이은택은 조용히 그 청년을 바라보았다.

그리고 리멘 교단의 부산 지부를 자처하는 이 조직이 저지른 짓들을 떠올렸다.

그가 파악한 것만 하더라도 수십 가지.

'신도 성 착취, 과도한 헌금 요구, 가족과의 관계 단절. 셀 수도 없군.'

리멘의 이름을 팔면서 저지른 악행들.

정치인이나 고위 공직자 들에게 뇌물을 찔러 넣었다는 것까지 확인했다.

이 정도 정보를 입수하는 데까지 그리 오래 걸리지 않았다.

왜냐하면 이 조직의 간부를 직접 손봤기 때문이다.

레오 대주교로부터 직접 전수받은, 흔적조차 남기지 않는 심문 기술의 효과가 아주 탁월했다.

이은택은 숨을 가볍게 내뱉었다. 그리고 안내를 핑계로 자신을 감시하고 있던 청년에게 물었다.

"최성재 형제님은 어쩌다 이곳에 오게 되었습니까?"

그의 질문을 받은 청년이 잠시 몸을 움찔거렸다. 그러나 그는 곧 부드러운 미소를 지으면서 대답했다.

"리멘님에 대해 배우고 싶었습니다."

"그렇다면 서울의 신전에 직접 찾아가는 방법이 더 좋았을 텐데요."

"서울 신전에 찾아간다고 해서 꼭 가르침을 얻을 수 있는 게 아니잖습니까? 성지에 사람이 얼마나 많은데요. 그리고 이곳에 계시는 선지자님도 성서에 아주 해박하신 분입니다."

"음, 그런가요."

이 조직을 이끌고 있는 일명 '선지자'.

교황으로부터 직접 성서를 배웠다는 소리를 해 대는 놈이었고, 이은택 역시 어제 한 번 만난 사람이었다.

자신을 향해 인자한 웃음을 지어 주던 중년의 남성.

하지만 그 뒤에서 온갖 흉악한 짓을 벌이고 있던 놈이었다.

"선지자님의 설교를 듣고 있으면 답답한 가슴이 뚫리는 기분을 느낍니다. 안 그런가요, 이은택 형제님?"

"글쎄요. 저는 선지자님의 가슴을 뚫어 버리고 싶은 기분이었습니다."

"……예?"

"제 첫 임무가 끝났습니다. 감사합니다, 최성재 형제님. 형제님에 대한 이야기는 제가 꼭 전달하도록 하겠습니다."

"지금 무슨 말씀을 하고 계신……"

이은택은 저 멀리서 거대하고도 경이로운 기운이 다가오는 것을 느꼈다. 그리고 그제야 편하게 미소를 지었다.

"그분이 오십니다."

다음 권으로 이어집니다

망한 가문의 검술천재가 되었다

소구장 퓨전 판타지 장편소설

역사에서도 잊힌 비운의 검술 천재
최강의 꼰대력으로 무장한 채
후손의 몸으로 깨어나다!

만년 2위 검사 루크 슈넬덴
세계를 위협하던 마룡을 물리치며
정점에 이른 순간

이대로 그냥 죽어 다오, 나를 위해서.

라이벌인 멀빈 코넬리오에게 목숨을 잃……
……은 줄 알았는데,
200년 후의 몰락한 슈넬덴가에서 눈뜨다!
가족이라고는 무기력한 가주, 망나니 1공자뿐
망해 버린 가문을 살리기 위해
까마득한 조상님이 팔을 걷었다!

설풍 같은 검술, 그보다 매서운 독설로
슈넬덴가를 정점으로 이끌어라!